U0058567

華志文化

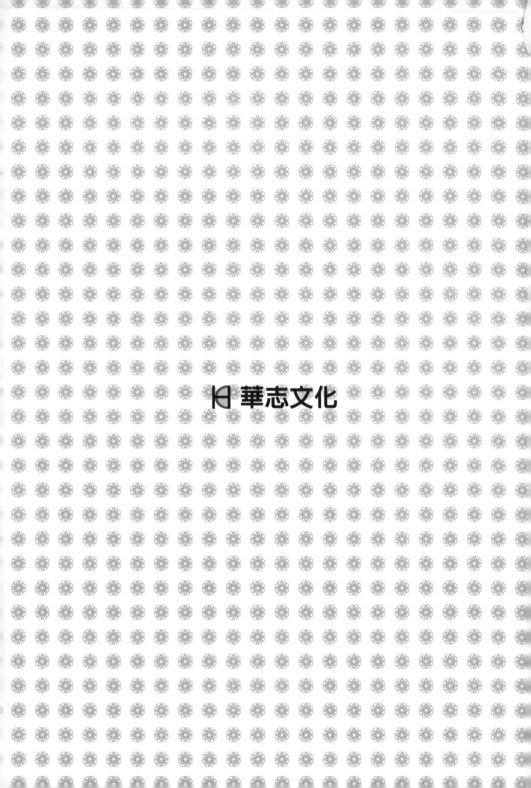

前言：韓愈文集新解

　　今天研究學習唐代文學大師韓愈的詩文，依筆者的粗淺認識，有兩點最為重要，最有繼承借鑒的意義。

　　其一，是韓愈在文學理論和創作實踐上不斷開拓、銳意創新的精神和韌勁。中唐以前，六朝以來的纖麗靡弱的駢文仍然統治文壇，講究對偶，注重聲律，堆砌詞藻，連續用典，脫離現實生活，缺乏時代氣息。韓愈深察這種形式主義文風的弊病，提出「辭必己出」、「不襲蹈前人一言一句」的革新主張。總的目標，就是在學習秦漢散文語言、吸取當時口語的基礎上創造一種明白顯豁、自然流暢的新型文體。《答劉正夫書》說：「若聖人之道，不用文則已，用則必尚其能者。能者非他，能自樹立，不因循者是也。」「自樹立」，「不因循」，就是創造革新。此前的文人學者，如元結、獨孤及、蕭穎士、李華等，都曾主張改革文體，然而收效甚微。韓愈不僅提出一套古文運動的理論和綱領，而且和柳宗元等人一起創作了成千上百思想深刻、感情充沛、內容豐富、風格剛健的古文名篇，因而取得了成功。韓愈宣導古文，革新文體，主要是為宣揚儒學，捍衛道統，維護中唐時期危機四伏、面臨崩潰的封建秩序，但在客觀上，對於揭露腐敗政治、抨擊宗教迷信、反映民生疾苦也發揮了有力的作用；就是那些因仕途坎坷、世態炎涼而發洩牢騷憤懣的文章，對於觀察世相、瞭解士大夫的心態也有一定的參考價值。

　　韓愈身為唐代古文運動的領袖，在改變詩風、獨創流派上也是一位功勳卓著的健將。盛唐以後，詩歌發展達到頂峰，詩

歌格律趨於定型。李杜之後，多數作者只滿足于循常襲故，按照格律遣詞造句，於是一種熟軟均衡的詩風確立起來，追求形式完美，抹殺個性特點，窒息藝術生命。韓愈竭力加以扭轉，突破常規，另闢蹊徑，創造了一種驚世駭俗的獨特詩風。韓詩有意拋開排偶對仗，幾乎全用單句散行，經常用僻字，押險韻，大量增加議論成分，有的奇險怪異，蛟龍、毒蛇、鬼物、神靈時常出現，有的雄奇壯美，高峰橫空，瀑布灑雨，有的幽默風趣，有的平白如話……形象特異，意境新奇，令人醒目，令人驚心，無不具有強烈的感染力量。

進入二十一世紀，科技發展迅猛，國際競爭激烈。我們必須抓住機遇，迎接挑戰，實現民族振興、經濟騰飛。當前，建設民族文化，繁榮文藝創作固然迫切需要推陳出新；發展科技、興國富民更加需要勇於進取、不斷創新。現代社會的各個領域都處在瞬息萬變之中。「變」，就意味著求異、求新。研讀韓文和韓詩，會給我們以啟迪，以借鑒，促使我們繼往開來，隨時變化。

其二，是韓愈在從政為官、立身處世中那種不顧安危、不計利害、見義勇為、當仁不讓的精神。在朝廷上，他曾兩次因為仗義執言、犯顏進諫，被貶黜到荒遠、兇險的南方；但他自信是正確的，即使大禍臨頭，無所怨悔。「欲為聖明除弊事，肯將衰朽惜殘年？」（《左遷至藍關示侄孫湘》）氣概何等豪邁！中唐藩鎮坐大，叛亂不斷，威脅朝廷，危害民眾。韓愈堅決反對藩鎮割據，兩次親赴前線平息叛亂。尤其後來一次，鎮

州王廷湊舉兵作亂，殺死成德軍節度使田弘正，並且殘害田的家族，朝廷派他前去安撫。人們都說這是前去送死。韓愈毅然前往，闡明大義，制止亂軍，表現了大智大勇。唐代士大夫間有一種偏見，為師和從師都會被人譏笑。韓愈深信尊師重道是傳承文化、推進學術、造就人才的需要，衝破世俗，敢為人師，凡是投到門下學習的，欣然施教，青年文人寫信求教的，熱情解答，在很多詩文中都留下了生動的記錄。

　　在封建時代的人際交往中，趨炎附勢，翻雲覆雨，到處可見。韓愈對此切齒痛恨。「今夫平居裡巷相慕悅，酒食遊戲相征逐，詡詡強笑語以相取下，握手出肺肝相示，指天日涕泣，誓生死不相背負，真若可信；一旦臨小利害，僅如毛髮比，反眼若不相識，落陷阱，不一引手救，反擠之又下石焉者，皆是也。此宜禽獸夷狄所不忍為，而其人自視以為得計……」（《柳子厚墓誌銘》）背信棄義，卑鄙無恥，禽獸不如，這是多麼深刻有力的鞭撻！而其本人，篤於親情，忠於友誼，不嫌棄貧賤，不阿附權勢，歷經升沉起伏，始終不渝。能在他周圍團結一批作家詩人，如孟郊、賈島、盧仝、張籍等，這是一個重要因素

　　我們讚美大公無私、廉潔奉公、見義勇為、捨己救人等等先進事蹟，同時也必須正視這些社會醜惡現象的存在。更令人擔憂的是，在一部分人當中，由於個人主義、追求金錢、貪圖享樂、只顧眼前，導致理想的錯位、道德的冷漠、良心的麻木。壞人壞事、違法亂紀就在身邊，不過問，不制止，聽之任之，甚至侵犯到自己頭上，不敢抗爭，不敢揭發，忍氣吞聲。這樣

一來,一些地方邪氣盛行,壞人囂張。解決這些問題,首先應當教育群眾分辨是與非、善與惡,樹立正義終將戰勝邪惡的信心,挺身而出,伸張正義。在這方面,我們能從韓愈身上獲得很多教益。

當然,韓愈的詩文革新也產生了一些流弊,他的思想品德也存在某些封建文人的通病,限於篇幅,這裡不作具體分析。

本書是在舊稿基礎上增補修訂完成的,凡文體相近者排在一起;韓詩,按寫選自世彩堂本《昌黎先生集》,並以馬通伯《韓昌黎集校注》、錢仲聯《韓昌黎詩系年集釋》參校。解評時參考時賢著作多種,恕不一一詳列,在此謹致謝忱!為方便。書中不妥之處,敬請專家學者與讀者朋友指教!

編著／陳霞村　胥巧生

目錄

◎ 詩

❀ 一 謝自然詩

【題解】

◆ 唐朝是李氏王朝，奉道教為國教，當時影響廣泛。貞元十年（西元 794 年），貧家女兒謝自然修道成仙的傳聞故事在社會上傳得沸沸揚揚，官府也被驚動了，據說皇帝還為她下了褒獎詔書。《白氏六帖》中說：「謝自然，女道士也，果州人，居大方山頂，常誦《道德經》、《黃庭》、《內編》，於開元親授《紫虛寶經》於金泉山，一十三年晝夜不寐，兩膝上忽有印，四堨若朱，有古篆六字，粲若白玉。忽於金泉道場，有云氣遮匝一山，散漫彌久，仙去。」（方世舉注引）

◆ 宋代魏仲舉《集注》中說：「果州謝真人上升，在州城西門外金泉山，貞元十一年（西元 795 年）十一月十二日白晝輕舉，州人盡見。時郡守李堅以狀聞，且為之傳。上賜詔褒諭，有曰：『所部之中靈仙表異，元風益振，至道彌彰。』今此郡石刻在焉。」其實這是道士製造的一場迷惑世俗的鬧劇，又被人們渲染附會，傳得神乎其神。韓愈一貫堅持儒家正統思想，反對宗教迷信不遺餘力，針對謝自然成仙的傳聞，給以批判，警告人們不要輕信上當。這首詩像一篇反對宗教、破除迷信的傳單。

○【原文】

果州南充縣，寒女謝自然。童騃無所識，但聞有神仙。
輕生學其術，乃在金泉山。繁華榮慕絕，父母慈愛捐。
凝心感魑魅，慌惚難具言。一朝坐空室，雲霧生其間。
如聆笙竽韻，來自冥冥天。白日變幽晦，蕭蕭風景寒。
簷楹暫明滅，五色光屬聯。觀者徒傾駭，躑躅詎敢前？
須臾自輕舉，飄若風中煙。茫茫八紘大，影響無由緣。
里胥上其事，郡守驚且歎！驅車領官吏，氓俗爭相先。
入門無所見，冠履同蛻蟬。皆云神仙事，灼灼信可傳。
余聞古夏後，象物知神奸。山林民可入，魍魎莫逢旃。
逶迤不復振，後世恣欺謾。幽明紛雜亂，人鬼更相殘。
秦皇雖篤好，漢武洪其源。自從二主來，此禍竟連連。
木石生怪變，狐狸聘妖患。莫能盡性命，安得更長延？
人生處萬類，知識最為賢。奈何不自信，反欲從物遷？
往者不可悔，孤魂抱深冤。來者猶可誡，餘言豈空文？
人生有常理，男女各有倫。寒衣及饑食，在紡績耕耘。
下以保子孫，上以奉君親。苟異於此道，皆為棄其身。
噫乎彼寒女，永托異物群。感傷遂成詠，昧者宜書紳。

【新解】

果州南充縣，寒女謝自然～～南充縣：今四川省南充市。
寒女：貧民女兒。以上是說，果州南充縣裡，有個貧民女兒謝
自然。

童騃無所識，但聞有神仙～～童騃（ㄞˊ）：幼稚愚笨。
騃，傻，癡。但聞：只聽說，只知道。以上是說，她幼稚愚笨，

什麼都不知道，只知道有神仙。

　　輕生學其術，乃在金泉山～～輕生：輕視人生，輕視世俗生活。以上是說，她拋棄了世俗生活，學習道術，便在金泉山當了女道士。

　　繁華榮慕絕，父母慈愛捐～～絕：斷絕。捐：拋棄。以上是說，斷絕了羨慕榮華富貴的念頭，拋棄了父母慈愛的親情。

　　凝心感魑魅，慌惚難具言～～凝心：專心致志，聚精會神。魑魅（ㄔ ㄇㄟˋ）：傳說中山林中的妖怪。慌惚：同「恍惚」。具言：一一說明。以上是說，專心學道，感化了魑魅魍魎，這種事情恍惚隱約，難以一一說明。

　　一朝坐空室，雲霧生其間～～一朝：忽然有一天。以上是說，忽然有一天，她坐在山上石室中，雲霧從石室中冒出來，迷漫四方。

　　如聆笙竽韻，來自冥冥天～～如：似乎。聆（ㄌㄧㄥˊ）：聽。韻：優美的樂聲。冥冥：深遠的樣子。以上是說，似乎聽到笙竽演奏的樂曲聲，從深遠的天空傳來。

　　白日變幽晦，蕭蕭風景寒～～幽晦：昏暗。蕭蕭：風聲。以上是說，白天變得昏暗無光，風聲蕭蕭，景象淒涼。

　　簷楹暫明滅，五色光屬聯～～楹：堂前的柱子。明滅：忽明忽滅。屬（ㄓㄨˇ）聯：連綴。以上是說，屋簷堂柱忽然顯露忽然隱沒不見，五色光芒連續不斷。

　　觀者徒傾駭，躑躅詎敢前～～徒：副詞，只。傾駭：傾動驚駭。躑躅（ㄓˊ ㄓㄨˊ）：徘徊不進。詎（ㄐㄩˋ）：副

詞，表示反詰，豈，怎麼。以上是說，觀看的人們只是轟動起來，驚駭詫異，猶猶豫豫，哪敢向前？

須臾自輕舉，飄若風中煙～～輕舉：飛上天去。舉，飛起。以上是說，頃刻之間，她就自己飛上天去，輕飄飄的，像風中一縷青煙。

茫茫八紘大，影響無由緣～～八紘（ㄏㄨㄥ ˊ）：八極，八方。紘，繩索。古代傳說有維繫天地的八根大繩。影響：形體和聲音。無由緣：沒有辦法攀登，沒有辦法尋求。三國魏曹丕《與吳質書》：「天路高遠，良無由緣。」以上是說，人世茫茫，八方廣大無邊，形影和聲音沒有辦法追尋。

里胥上其事，郡守驚且歎～～里胥：古代鄉里的官吏，如同村長。上：稟報上級。郡守：州官。唐代廢郡改州。這裡指果州刺史李堅。以上是說，里胥把謝自然成仙的事稟報上級，果州刺史吃驚又感歎！

驅車領官吏，氓俗爭相先～～氓（ㄇㄥ ˊ）俗：農民和市民。以上是說，刺史乘車率領官吏前去考察，民眾爭相前去。

入門無所見，冠履同蛻蟬～～蛻（ㄊㄨㄟ ˋ）蟬：蟬蛻。蟬所脫下的薄殼。以上是說，人們進入石室的門什麼也看不到，只有女道士的帽子和鞋子，如同蟬蛻下的薄殼一樣。

皆云神仙事，灼灼信可傳～～灼灼：鮮明的樣子。信：的確，誠然。以上是說，人們都說謝家女兒成仙升天的事，清清楚楚，的確可以傳揚。

余聞古夏後，象物知神奸～～夏後：夏王，指夏代第一代

天子禹王。象物：在鼎器上鑄刻各種動物的形象。神奸：神靈
和鬼怪。《左傳》宣公三年：「楚子問鼎之大小、輕重焉。（王
孫滿）對曰：『在德不在鼎。昔夏之方有德也，遠方圖物，貢
金九牧，鑄鼎象物，百物而為之備，使民知神奸。故民入川澤、
山林，不逢不若。螭魅罔兩，莫能逢之。用能協於上下，以承
天休⋯⋯』」以上是說，我聽說古代夏禹王鑄造九鼎，鑄刻各
種動物的形象，讓人民分辨神靈和鬼怪。

　　山林民可入，魍魎莫逢旃～～魍魎（ㄨㄤ ˇ ㄌㄧㄤ ˇ）：
傳說中山林中的妖怪。旃：相當於「之焉」。以上是說，人民
可以進入山林，不會遇到螭魅魍魎。

　　逶迤不復振，後世恣欺謾～～逶迤（ㄨㄟ ㄧ ˊ）：邪曲，
不正。欺謾（ㄑㄧ ㄇㄢ ˊ）：欺騙蒙蔽。以上是說，世道邪曲
不再振作，後代肆行欺騙蒙蔽。

　　幽明紛雜亂，人鬼更相殘～～幽明：迷信所說陰間（鬼的
世界）和陽間（人的世界）。以上是說，陰間和陽間交錯混亂，
人鬼互相殘害。

　　秦皇雖篤好，漢武洪其源～～秦皇：秦始皇，迷信神仙，
派人入東海求不死之藥。篤好：深信。漢武：漢武帝，迷信鬼神，
寵信方士，派人入海尋訪仙人，築通天台迎神仙。洪：用為動詞，
擴大。以上是說，秦始皇雖然誠心愛好神仙，只是到漢武帝時
才大做迷信活動。

　　自從二主來，此禍竟連連～～此禍：指迷信神仙之害。以
上是說，自從秦始皇、漢武帝以來，迷信神仙的禍害竟然連續

出現。

木石生怪變，狐狸騁妖患～～怪變：變化成妖。唐代耒陽縣（今屬湖南省）竈口寺內供著一個形狀像人的樹根，稱木居士，被供奉為神仙。韓愈作《題木居士》詩加以揭露嘲笑，其一寫道：「火透波穿不計春，根如頭面幹如身。偶然題作木居士，便有無窮求福人。」就是一例。騁：施展。患，協平聲韻。以上是說，木頭石塊變成妖怪受到供奉，狐狸施展邪術害人。

莫能盡性命，安得更長延～～盡：一作「保」。安：疑問代詞，何。長延：長壽延年。以上是說，很多的人迷信神仙，煉丹服藥，送了性命，怎麼還能長壽延年呢？《古詩十九首》說：「服食求神仙，反為藥所誤。」說的正是這種禍害。

人生處萬類，知識最為賢～～賢：可貴，重要。以上是說，人類處在萬物當中，有知識是最可貴的。人為萬物之靈，靈就在於有知識。

奈何不自信，反欲從物遷～～物：異物，非人類。遷：遷移。以上是說，為什麼不相信自己的智慧，反而想隨著異物遷移呢？女道士謝自然白日升天是一場騙局，其實她是被妖道所迷惑，跟著走了，後來不願待下去，又回故鄉來。唐代劉商《謝自然卻還故居》詩說：「仙侶招邀自有期，九天升降五雲隨。不知辭罷羲皇日，更向人間住幾時？」（明代楊慎《升庵詩話》引）

往者不可悔，孤魂抱深冤～～往者：以前迷信神仙受害喪命的事。以上是說，以前因為迷信喪命的事後悔也來不及了，他們成了懷抱深冤的孤魂野鬼了。

◎ 詩

來者猶可誡，餘言豈空文～～來者：今後可能聽信神仙邪說的事。《論語‧微子》：「往者不可諫，來者猶可追。」以上是說，今後遇到這類事情還可以勸誡，我的話難道是無根無據說出來的？

人生有常理，男女各有倫～～倫：倫常，封建禮教所說的尊卑上下關係。以上是說，人生在世，有永遠不可改變的法則，男人女人各有自己的位置和責任。

寒衣及饑食，在紡績耕耘～～績：把麻縷搓成線或繩。耘：除草。以上是說，天冷需要穿衣，饑餓需要吃飯，解決衣食問題，在於紡織和耕作。

下以保子孫，上以奉君親～～君親：君主和父母。以上是說，紡織耕作，得到衣食，向下用來養育子孫，向上用來侍奉君主和父母。

苟異於此道，皆為棄其身～～苟：連詞，表示假設，如果。道：法則，規律。以上是說，如果背離了這條法則，都是拋棄了自己。

噫乎彼寒女，永托異物群～～噫乎：嘆詞，表示嘆惜。托：寄身。異物：非人類，妖邪怪物。以上是說，唉呀！那個貧民女兒呀，永遠寄身在妖邪群中。

感傷遂成詠，昧者宜書紳～～詠：吟詠，指寫這首詩。昧：糊塗。書紳：寫在腰間大帶上，以免遺忘。紳，大帶。《論語‧衛靈公》：「子張書諸紳。」晉代孫綽《答許詢》詩：「且戢讜（ㄉㄤ ˇ）言，永以書紳。」以上是說，因為謝自然的事而

感傷，於是寫成這一首詩，迷信神仙的人應當把它寫在大帶上，永遠不要遺忘。

【評析】

韓愈這首詩揭破神仙騙術，批判封建迷信，在當時很有針對性，目的在於警醒世俗大眾，認清得道成仙的欺騙伎倆。這首詩結構非常簡單，前半部分（自「灼灼信可傳」以前）敘述女道士謝自然出家學道、玩弄騙術、迷惑群眾的經過；後半部分（從「余聞古夏後」以後）用大量事實和道理弘揚正道，批駁邪說，教育民眾。在敘述所謂學道成仙的事蹟時，「慌惚難具言」、「躑躅誰敢前」、「影響無由緣」、「入門無所見」、「皆云神仙事」等等閃爍其詞的字句，說明當時沒有誰曾親眼看到，實際調查，只是輾轉傳說，越傳越玄，這就讓頭腦冷靜、不肯盲從的人看出了它的虛偽性和欺騙性。這些地方表現出遣詞造句的用心所在。風格平實，語言淺顯，也是這首詩的一個突出特點。這大概是為了便於廣大民眾接受，從而達到家喻戶曉、深入人心。至於宣揚科學，破除迷信，安定人心，維護正常的生活秩序，在那個時代，也只能做到這種地步了。

❀ 二 雉帶箭

【題解】

◆ 這是韓愈詩中的代表作之一。詩描寫射獵的場景，將軍射技的奇巧高超，野雉驚飛沖人、中箭墜落的動態形象，生動逼人，給人留下深刻的印象。唐德宗貞元十五年（西元 799 年），韓愈擔任徐州節度使張建封的幕僚，曾經隨張建封出獵原野，本詩作於此時。

➲ 【原文】

原頭火燒靜兀兀，野雉畏鷹出覆沒。
將軍欲以巧伏人，盤馬彎弓惜不發。
地形漸窄觀者多，雉驚弓滿勁箭加。
衝人決起百餘尺，紅翎白鏃隨傾斜。
將軍仰笑軍吏賀，五色離披馬前墮。

【新解】

原頭火燒靜兀兀，野雉畏鷹出覆沒～～原頭：原野上。火燒：古代行獵時，為了驅趕鳥獸，常在獵場上焚燒草木。靜：通假作「淨」，乾淨，一無所有。兀兀：光禿禿的樣子。出覆沒：（野雉）從草木中飛出來又鑽進草木中藏起來。以上兩句描寫行獵開始的情景：在原野上燒起火來，野草雜樹都燒乾淨了，一片光禿禿的樣子。野雉怕被獵鷹捕獲，從草木中飛出來又潛藏起來。

　　將軍欲以巧伏人，盤馬彎弓惜不發～～伏人：使人信服。
伏，用法同「服」。盤馬彎弓：跨在馬上盤旋，把弓拉開。惜不發：
不肯輕易射出去。發，射箭。以上兩句是說，將軍在射獵時想
以射技精巧使人信服，跨在馬上左右盤旋，拉開了弓不輕易射，
要射一定命中目標。

　　地形漸窄觀者眾，雉驚弓滿勁箭加～～勁：強勁有力。加：
射在野雉身上。以上兩句是說，越往前追趕，地形越窄，圍觀
的人很多，野雉受驚飛起，將軍拉滿弓射出去，強勁有力的箭
射中了它。

　　沖人決起百餘尺，紅翎白鏃隨傾斜～～決起：突然飛起。
決，迅疾的樣子。紅翎：鳥翅膀或尾巴上的長羽毛裝在箭杆上。
白鏃：白色箭頭。鏃（ㄗㄨˊ），箭頭。隨：副詞，隨即，跟
著。以上兩句是說，中箭的野雉沖向人群，突然飛起十丈多高，
裝有紅色翎毛的箭杆和白色的箭頭隨即歪歪斜斜了。

　　將軍仰笑軍吏賀，五色離披馬前墮～～仰笑：仰面而笑，
形容將軍一箭射中野雉後得意的神態。離披：羽毛散亂的樣子。
以上兩句是說，一箭射中了野雉，將軍得意地仰面笑著，隨從
軍官一起向他祝賀，這時候，羽毛散亂的五色野雉墜落在將軍
的馬前。

【評析】

　　全詩用簡潔的語言、素描的手法展現了將軍射雉的生動場面。
將軍想以箭法高超征服眾人，開始盤馬彎弓，不肯輕易放箭；到了

地形狹窄、觀眾很多的時候，這才猛射一箭，命中目標；野雉中箭落地，軍官齊來祝賀，將軍十分得意，仰面笑了。這裡，將軍的心理、神態，野雉的驚起、中箭、墜落，觀眾的聚集圍觀，軍官的恭維祝賀，歷歷如在目前。查晚晴評詩「以留取勢，以快取勝」，概括了這首詩的寫作技巧。宋代樊汝霖說：「讀之如在目前，蓋寫物之妙者。」前人認為，詩中明寫將軍的箭法，暗中也譏諷節度使張建封驕橫縱恣，流露了作者的不滿。

❀ 三 山石

【題解】

◆ 這是一首千古傳誦的唐詩名篇，是韓愈以賦入詩的成功之作。詩中記敘作者登山入寺、出寺下山的見聞感受，表達了他對仰人鼻息、受人拘制的幕僚生活的厭倦，抒發了他對回歸自然、回歸人性的自由人生的渴望與嚮往。唐德宗貞元十七年（西元801年）七月，作者離開徐州奔赴洛陽，詩即作於這次旅途中。

⊃【原文】

山石犖確行徑微，黃昏到寺蝙蝠飛。
升堂坐階新雨足，芭蕉葉大支子肥。
僧言古壁佛畫好，以火來照所見稀。
鋪床拂席置羹飯，疏糲亦足飽我饑。

夜深靜臥百蟲絕，清月出嶺光入扉。
天明獨去無道路，出入高下窮煙霏。
山紅澗碧紛爛漫，時見松櫪皆十圍。
當流赤足踏澗石，水聲激激風吹衣。
人生如此自可樂，豈必局束為人鞿？
嗟哉吾黨二三子，安得至老不更歸！

【新解】

山石犖确行徑微，黃昏到寺蝙蝠飛～～犖确（ㄌㄨㄛˋ ㄑㄩㄝˋ）：山石高峻奇險的樣子。蝙蝠：黃昏時出來覓食，下雨前會飛出來，這裡寫蝙蝠既點明入寺的時間，又為下雨做了鋪墊。以上是說，在旅途中登山遊寺，山石高聳險峻，走過窄小的山路，黃昏到了寺院，看到蝙蝠飛來飛去。

升堂坐階新雨足，芭蕉葉大支子肥～～支子：一作「梔子」，常綠灌木，花白色，六瓣，香氣濃烈，是有名的花卉。以上是說，登上殿堂，坐在臺階上，這時正好下起一場大雨，雨中所見，芭蕉葉子展開，顯得挺大，梔子花瓣肥厚，一派生機旺盛的景象。

僧言古壁佛畫好，以火來照所見稀～～稀：稀有珍貴。以上是說，和尚向作者介紹寺院歷史悠久，壁畫精彩，熱情地拿著火燭請他觀賞，果然真是世間罕見的藝術作品。

鋪床拂席置羹飯，疏糲亦足飽我饑～～拂：揩拭。置：擺列。羹飯：菜湯和米飯。疏糲：粗糧。一作「粗糲」。糲（ㄌㄧˋ），粗米。以上是說，和尚為我鋪床揮席，然後擺好飯菜，雖是粗

糧做的飯，在旅途勞頓後也吃得很飽。

夜深靜臥百蟲絕，清月出嶺光入扉～～百蟲：各種蟲子。
清月：清新的明月。以上是說，深夜在寺院中靜靜地躺著，蟲
子不再鳴叫，清新的明月升上山嶺，月光照進寺門來。

天明獨去無道路，出入高下窮煙霏～～煙霏：煙霧。霏，
雲氣。以上是說，天亮以後獨自離開寺院，山間濃霧迷漫，看
不見路，時而走出霧中，時而走進霧中，忽高忽低，終於煙消
霧散了。

山紅澗碧紛爛熳，時見松櫪皆十圍～～櫪：櫟樹，俗名柞
樹，樹葉可以飼養野蠶。圍：量詞，大小有幾種說法，測量樹
幹的周長，指兩臂合圍的長度。十圍，形容粗大。以上是說，
煙霧消散，這才看到山嶺紅、澗水綠，色彩斑斕，時常看到松
樹、櫪樹粗壯挺拔，都長到十圍粗了。

當流赤足踏澗石，水聲激激風吹衣～～激激：水流湍急的
聲音。以上是說，面前遇到水流，韓愈便光著腳踩著山澗中的
石頭過去，流水很急，嘩嘩地響，清風吹著衣裳，分外清爽。

人生如此自可樂，豈必局束為人～～局束：拘束，束縛。
馬轡繩，束馬嘴的叫銜，束馬頭的叫羈。比喻牽制。以上是說，
人生能夠放情山水，自由自在，當然值得高興，哪裡一定要失
去自由被人牽制呢？

嗟哉吾黨二三子，安得至老不更歸～～嗟哉：嘆詞。吾黨：
我輩。二三子：諸位。更歸：再回家鄉。以上是說，這山這寺，
如此美麗清靜，啊！我們這幾個人愛上這裡，怎麼能到年老也

不再回去呢？根據考證，當時與作者同行的有侯喜、李景興、尉遲汾。

【評析】

　　這是韓愈詩中藝術風格最為獨特、最受後人激賞的一首。全詩依登山遊寺的時間順序寫一路的見聞感受，真實自然，清新流暢。開頭二句，敘述登山入寺，點出時間（黃昏）、地點（佛寺）。此下八句敘述寺中留宿，看雨景，賞古畫，受到款待，粗飯充饑，清夜靜臥，樂趣無窮。此下六句敘述天明下山，景物優美，赤腳踏石過水，清風吹拂，倍感清爽。最後發出「人生如此自可樂」的感歎，表示與其受人驅使，喪失自由，不如退隱山林，過自然適意的快樂生活。

　　記述行蹤，描寫景物，抒發感觸，渾然一體，流轉自然，毫不費力，確實具有步步引人入勝的藝術魅力。金代元遺山《論詩絕句》說：「有情芍藥含春淚，無力薔薇臥晚枝。拈出退之《山石》句，始知渠是女郎詩。」用宋代秦少遊《春日》詩的纖麗與韓愈《山石》詩的剛健作對比。清代劉熙載《藝概·詩概》說：「昌黎詩陳言務去，故有倚天拔地之意。《山石》一作，辭奇意幽。」評價也很到位。

❀ 四 苦寒

【題解】

◆唐德宗貞元十九年（西元 803 年）初春，天氣反常，嚴寒逼人，狂風肆虐。作者時為四門博士，假借氣候反常、萬物不生，諷刺奸臣當權、朝政混亂。

⊃【原文】

四時各平分，一氣不可兼。隆寒奪春序，顓頊固不廉。
太昊弛維綱，畏避但守謙。遂令黃泉下，萌牙天勾尖。
草木不復抽，百味失苦甜。凶飆攪宇宙，芒刃甚割砭。
日月雖云尊，不能活烏蟾。羲和送日出，恇怯頻窺覘。
炎帝持祝融，呵噓不相炎。而我當此時，恩光何由沾？
肌膚生鱗甲，衣被如刀鐮。氣寒鼻莫嗅，血凍指不拈。
濁醪沸入喉，口角如銜箝。將持匕箸食，觸指如排簽。
侵爐不覺暖，熾炭屢以添。探湯無所益，何況續無鐮？
虎豹僵穴中，蛟螭死幽潛。熒惑喪躔次，六龍冰脫髯。
芒碭大包內，生類恐盡殲。啾啾窗間雀，不知已微纖。
舉頭仰天鳴，所願晷刻淹。不如彈射死，卻得親炰燖。
鸞皇苟不存，爾固不在占。其餘蠢動儔，俱死誰思嫌。
伊我稱最靈，不能女覆苫。悲哀激憤歎，五藏難安恬。
中宵倚牆立，淫淚何漸漸！天乎哀無辜，惠我下顧瞻。
褰疏去耳纊，調和進梅鹽。賢能日登禦，黜彼傲與憸。
生風吹死氣，豁達如褰簾。懸乳零落墮，晨光入前簷。
雪霜頓銷釋，土脈膏且黏。豈徒蘭蕙榮，施及艾與蒹。

日莕行鑠鑠，風條坐褼褼。天乎苟其能，吾死意亦厭！

【新解】

四時各平分，一氣不可兼～～四時：四季。平分：平均分配，各占三個月。宋玉《九辯》：「皇天平分四時兮，竊獨悲此廩秋。」氣：四季的氣象，如冷暖、燥濕、風雨等。兼：占兩方面。以上是說，一年當中，四季平均劃分，一個季節不能佔有兩個季節的時間和氣候。

隆寒奪春序，顓頊固不廉～～隆寒：嚴寒。隆，厚，高。春序：春天的時序。顓頊（ㄓㄨㄢ ㄒㄩˋ）：古代神話傳說，四季各有一個天帝當令，冬帝名叫顓頊。不廉：不夠清廉，貪多。以上是說，嚴寒奪占了春天的時序，冬帝顓頊本來貪多，延長了當令的時間。

太昊弛維綱，畏避但守謙～～太昊：春帝，名叫太昊。昊（ㄏㄠˋ）：元氣廣大。弛：放鬆，廢弛。維綱：政治紀律。維，固定物體的繩索；綱，漁網上的大繩。但：副詞，只，僅。守謙：謙恭自持，不爭，退讓。以上是說，春帝太昊廢弛了綱紀，畏懼躲避，只是謙讓後退，不能堅守自己的職責，抵制冬帝的侵佔行為。

遂令黃泉下，萌牙夭勾尖～～黃泉下：土層中。黃泉，借指地下深處。萌牙：萌芽，草木的幼芽。牙，通假為「芽」。夭：夭折，早死。勾尖：剛發出的幼芽（呈鉤狀）和剛長出的嫩苗（露尖頭）。以上是說，天氣嚴寒，於是使土層中的萌芽凍死了，出土的苗兒也夭折了。

草木不復抽，百味失苦甜～～抽：草木長出新枝嫩葉。失：改變。如該甜的反而變苦，該苦的反而變甜。以上是說，季節反常，草木不再發芽生長，各種食物也變味了，隱喻朝政混亂，一切失去常態。

凶飆攪宇宙，芒刃甚割砭～～凶飆：暴風。飆（ㄅㄧㄠ），狂風。芒刃：刀劍的鋒芒。芒，同「鋩」，刀尖。甚：厲害。砭（ㄅㄧㄢ）：紮，刺。以上是說，暴風攪動了宇宙，比刀劍割肉刺骨還要厲害。

日月雖云尊，不能活烏蟾～～烏蟾：烏鴉和蟾蜍。《淮南子·精神》：「日中有烏，而月中有蟾蜍。」以上是說，日月雖說高貴，也不能救活烏鴉和癩蛤蟆。

羲和送日出，悾怯頻窺覘～～羲和：神話傳說中給日神趕車的車夫。悾怯：畏縮，膽怯。悾（ㄎㄨㄤ），與「怯」同義。覘（ㄓㄢ）：窺視。以上是說，給太陽趕車的羲和把太陽送出來，但是它卻畏縮不前，從雲層中頻頻探頭窺視，不敢全露出來。

炎帝持祝融，呵噓不相炎～～炎帝：夏帝。祝融：傳為古代帝王高辛氏掌火的官，死後被尊為火神，這裡指火。呵噓：吹氣。相炎：使火熱起來。以上是說，夏帝拿著火把，用力吹火，也不能使它熱起來。形容天氣嚴寒。

而我當此時，恩光何由沾～～恩光：恩寵的光輝，指皇帝的恩澤。以上是說，我在這個春寒時候，怎麼能得到光輝照耀，獲得恩惠呢？隱喻政治黑暗，作者不能得志。

肌膚生鱗甲，衣被如刀鐮～～鱗甲：皮膚受凍裂開，如同

鱗甲一般。刀鐮：衣被單薄，由於天冷變硬，裹在身上，如同鋼刀鐵鐮一般。

氣寒鼻莫嗅，血凍指不拶～～嗅：聞到氣味。拶：捏，搓，這裡表示手指蜷曲。以上是說，天氣酷寒，鼻子不通，不能聞到氣味；血液凍僵，手指也不能彎曲了。

濁醪沸入喉，口角如銜箝～～濁醪：酒。醪（ㄌㄠˊ），混濁的酒。銜箝：被箝子夾住。以上是說，把酒煮開了喝下去也不感到熱，嘴角凍得麻木像被箝子夾住一般，無法開合。

將持匕箸食，觸指如排籤～～匕箸：湯勺和筷子。匕（ㄅ一ˇ），古代一種舀湯的長柄勺子。排籤：成排的竹籤。籤，削尖的細竹棍兒。以上是說，要拿著長柄勺子和筷子吃飯，手指碰上如同竹籤一般尖銳。

侵爐不覺暖，熾炭屢以添～～侵爐：挨近火爐。侵，逐漸挨近。以上是說，靠著火爐還不覺得暖和，木炭燒得熾熱連連添加上去。

探湯無所益，何況纊無縑～～探湯：把手放進熱水盆裡。纊（ㄎㄨㄤˋ）：絲綿絮。縑（ㄐㄧㄢ）：絹帛。以上是說，天氣很冷，把手放進熱水盆裡也沒有用，何況沒有用絲綿和絹帛做的輕暖的衣服被子？

虎豹僵穴中，蛟螭死幽潛～～蛟螭：古代傳說中龍一類的動物。蛟，似蛇，四腳小，頭細；螭（ㄔ），無角的龍。幽潛：深藏在水中。以上是說，老虎、豹子凍僵了，趴在洞穴裡動不了；蛟龍凍死在深藏的水底。

熒惑喪躔次，六龍冰脫髯～～熒惑：火星。躔次：古代天文上所說日月星辰運行的軌跡。躔（ㄔㄢˊ），本義指野獸的足跡。六龍：古代傳說給日神駕車的六條龍。冰脫：凍掉。冰，用為動詞，結冰。以上是說，火星運行失去正常的軌跡，六龍的鬍鬚也凍掉了。

　　芒碭大包內，生類恐盡殲～～芒碭：廣大的樣子。一作「芒蕩」。大包：天下。生類：生物。以上是說，廣大的天下，一切生物怕都要滅絕了。

　　啾啾窗間雀，不知已微纖～～啾啾：小鳥叫聲。微纖：微細，即生機微小，死期臨近。以上是說，窗間小鳥啾啾地叫，不知道生存的希望已經微小，快凍死了。

　　舉頭仰天鳴，所願晷刻淹～～晷刻：時刻，這裡表示片刻。晷（ㄍㄨㄟˇ），日影，古代根據日影移動的位置測量時間，因而也指時間。淹：停留。以上是說，鳥兒抬頭望著天空鳴叫，但願停留片刻，再活一會兒。

　　不如彈射死，卻得親炰燖～～親：接近。炰（ㄆㄠˊ）：同「炮」，烘烤。煮。以上是說，鳥兒與其活活凍死，不如被彈弓射死，那樣還能死後受到火烤水煮，得到溫暖。

　　鸞皇苟不存，爾固不在占～～鸞皇：鳳凰，古代傳說中的神鳥。苟：連詞，如果。占：占測範圍。《左傳》莊公二十二年記有「鳳凰於飛，和鳴鏘鏘」的卜辭，詩中用此典故，表示鳥兒不在占測範圍之內，不能算數。以上是說，如果鳳凰都不能保住生命，你這小鳥當然不能倖免了。

其餘蠢動儔，俱死誰思嫌～～蠢動：爬行，指蟲子。儔：類。思：助詞，無義。嫌：怨恨。以上是說，其餘爬行的蟲介之類，統統死了，怨恨誰呢？

伊我稱最靈，不能女覆苫～～伊：助詞，無義。最靈：古語中說「人為萬物之靈」。女：同「汝」，人稱代詞，你。覆苫：遮蔽，保護。以上是說，我是人，被稱為最有智慧的動物，也不能保護你（小鳥）。

悲哀激憤歎，五藏難安恬～～五藏：五臟。藏（ㄗㄤˋ），同「臟」。安恬：安寧。恬（ㄊㄧㄢˊ），安靜，坦然。以上是說，我眼睜睜看著小鳥被活活凍死，無能為力，又悲哀又激憤，歎息傷感，內心難以安寧。

中宵倚牆立，淫淚何漸漸～～中宵：半夜。淫淚：過多的淚水。漸漸：流下。以上是說，半夜靠牆站立，淚水紛紛流淌下來。

天乎哀無辜，惠我下顧瞻～～天乎：老天啊！呼喚蒼天，祈求救助。惠：用為動詞，給予恩惠。顧瞻：觀看。以上是說，老天啊，憐憫憐憫無辜的百姓吧！請你發發慈悲向下看看。這裡「天」暗指皇帝。

褰旒去耳纊，調和進梅鹽～～褰（ㄑㄧㄢ）：提起，拉起。旒（ㄌㄧㄡˊ）：古代皇帝冠冕前後的玉串。纊：塞耳的綿絮。《漢書‧東方朔傳‧答客難》：「冕而前旒，所以蔽明；黈（ㄊㄡˇ，黃色）纊充耳，所以塞聰。」褰旒去耳纊，是希望皇帝耳聰目明，隱喻不受奸邪蒙蔽。梅鹽：古代用做調味品。《尚書‧

◎ 詩

說命》：「若作和羹，爾惟梅鹽。」這是殷高宗對賢相傅說（ㄩ
ㄝ丶）說的。賢相輔佐天子，如同梅（酸）鹽（鹹）調和滋味
一樣。後世就用梅鹽借喻宰相。以上是說，希望皇帝提起冠冕
前部的玉串，除掉耳中的綿絮，不受蒙蔽，進用賢臣輔佐朝政。

　　賢能日登禦，黜彼傲與～～登：提升。禦：任用。黜：罷免。
傲：驕傲的人。以上是說，賢才能人天天得到提升任用，罷免
那些驕傲和奸邪的人。

　　生風吹死氣，豁達如褰簾～～生風：生氣，促進萬物生長
發育的氣息。死氣：摧殘生命的氣息。豁達：開闊通暢。以上
是說，生氣吹走了死氣，朝政局勢開闊通暢，如同卷起簾子，
門戶大開。

　　懸乳零落墮，晨光入前簷～～懸乳：簷下垂掛的冰條。零
落墮：三字同義，掉下來。以上是說，嚴寒氣候解凍，簷下的
冰條掉下來，清晨的陽光照進前簷。

　　雪霜頓銷釋，土脈膏且黏～～銷釋：融化。土脈：土壤開
凍鬆軟。膏：肥沃。黏：潮濕。以上是說，大地回暖，雪霜頓
時融化，土壤鬆軟，肥沃而且潮濕。

　　豈徒蘭蕙榮，施及艾與蒹～～徒：副詞，僅僅。榮：枝葉
茂盛。施（一丶）：蔓延，擴展。艾：草名，艾絨可以灸病。
蒹：沒有長穗的蘆葦。艾、蒹比喻地位卑下的人，小吏、平民。
以上是說，難道天氣轉暖，只是蘭花、蕙蘭這些名花茂盛生長，
連艾草、蘆葦也隨著生機煥發了。

　　日萼行鑠鑠，風條坐襜襜～～日萼：太陽光下的花朵。萼，

花瓣下的葉片。行：副詞，即將。鑠鑠：光輝閃耀。鑠，通假為「爍」。風條：風中的枝條。董仲舒《雨雹對》：「太平之世，則風不鳴條。」坐：因此。襢襢（彳ㄢ　彳ㄢ）：風吹搖動的樣子。以上是說，陽光照著花朵，將要開得光彩閃爍；暖風吹著枝條，因而搖曳多姿。形容氣候溫暖，萬物復蘇。隱喻朝政清明，天下太平。

天乎苟其能，吾死意亦厭〜〜厭：吃飽，引申為滿足。以上是說，老天啊！以上的祈求和願望如果能夠實現，我即使死去心裡也滿足了。正因為不能如願，才顯出憤慨的深沉和強烈！

【評析】

樊汝霖說：「按《韋渠牟傳》，自陸贄免，德宗不復委權於下，宰相取充位行文書而已，所倚信者裴延齡、李齊運、王紹、李實、韋執誼與渠牟等，其權侔人主，此詩所以諷也。」全詩採用隱喻手法，借春寒嚴酷，摧殘生機，諷刺奸臣誤國，民不聊生。從開頭至「生類恐盡殲」是詩的第一部分，描寫初春嚴寒不退，草木不能發芽，虎豹被凍僵了，一切生物恐怕都要滅亡了。詩中寫人的感受，動物的遭遇，草木的受災，從各方面鋪排渲染天氣的嚴寒。從「啾啾窗間雀」至「淫淚何漸漸」，是詩的第二部分，描寫小鳥要被凍死，發出哀鳴，詩人無力救護，悲傷激憤，淚水奪眶而出。通過敘寫小鳥的悲慘命運又把嚴寒的酷烈推進一步，也表達了詩人關懷國運、同情百姓的胸懷。從「天乎哀無辜」至末尾，是詩的第三部分，呼喚老天，為民請命，實際

上是希望皇帝不要受奸邪小人蒙蔽，任用賢臣，體察民情，扭轉這種反常的混亂局面，給萬物以生機。結句「天乎苟其能，吾死意亦厭」，從黑暗的現實與美好的嚮往的對比中，表達了作者的無限感慨和無比沉痛，力度之大，震盪心魄！

❀ 五 答張十一功曹

【題解】

◆ 張十一，即張署，在兄弟中排行十一，河間（今河北省河間市）人。唐德宗貞元十九年（西元 803 年），與韓愈同任監察御史，因為進諫同時被貶，張署貶為郴州臨武縣令，韓愈貶為連州陽山縣令，其間多次詩歌唱和。此前，張署曾寄《贈韓退之》詩：「九疑峰畔二江前，戀闕思鄉日抵年。白簡趨朝曾並命，蒼梧左官亦聯翩。鮫人遠泛漁舟火，福鳥閑飛霧裡天。渙汗幾時流率土？扁舟直下共歸田。」韓愈寫這首詩來回答他。這次貶謫，是韓愈政治上所受的沉重打擊。他置身南方荒遠地方，人煙稀少，寂寞無聊，人生的憧憬難以實現，又不甘心虛度歲月，詩中正抒發了這種愁悶憂憤的感情。

➲【原文】

山淨江空水見沙，哀猿啼處兩三家。
篔簹競長纖纖筍，躑躅閑開豔豔花。

未報恩波知死所，莫令炎瘴送生涯。
吟君詩罷看雙鬢，鬥覺霜毛一半加！

【新解】

山淨江空水見沙，哀猿啼處兩三家～～淨：這裡表示沒有
剩餘，空曠荒涼，不應解為明淨。哀猿：啼聲哀淒的猿猴。這
是就寄身異鄉的感受而言。以上是說，山野荒僻，江上空闊，
水中可見白沙，傳出哀淒的猿猴啼叫聲的地方有兩三戶人家。

籩競長纖纖筍，躑躅閑開豔豔花～～籩簹（ㄩㄣˊ ㄅㅊ）：
一種竿高節長的大竹子。漢代楊孚《異物志》：「籩簹生水邊，
長數丈，圍一尺五六寸，一節相去六七尺，或相去一丈。盧陵
界有之。」纖纖：又尖又細。躑躅（ㄓˊ ㄓㄨˊ）：一種南
方野花，屬杜鵑科。又名羊躑躅、黃杜鵑。《太平廣記》：「南
中花多紅赤，亦彼之方色也。唯躑躅為勝。嶺北時有，不如南
之繁多也。山谷間悉生，二月發時，照耀如火，月餘不歇。」
以上是說籩競相長出尖細的竹筍，杜鵑悠閒地開著紅豔的鮮花。

未報恩波知死所，莫令炎瘴送生涯～～恩波：皇帝深厚的
恩澤。死所：死亡的地方。炎瘴：南方濕熱能夠致病的瘴氣。
生涯：生活，今後的日月。以上是說，自己沒有報答皇帝的深恩，
也不能預料死在什麼地方，感到愁悶憂慮，自我警戒：不要在
這毒熱的瘴氣中消耗了自己的生命。

吟君詩罷看雙鬢，鬥覺霜毛一半加～～鬥：通假為「陡」，
突然。霜毛：白髮。加：增多。以上是說，吟誦完了您的贈詩，
更加愁悶，再看鏡中的兩鬢，突然發現白髮多了一半！這裡用

誇張的手法表達了內心的憂憤。

【評析】

　　韓愈這首詩中抒發由於觸犯皇帝被貶南方、回京無日而產生的愁悶憤怒，但在封建禮教禁錮下不能直白地表達出來，所以寫得深沉含蓄，只可通過字裡行間細心體會。詩的一、二兩句，描寫陽山處於邊荒地帶，人煙稀少，空曠寂寥。在荒涼空寂的山野江邊，猿聲哀傷，只見兩三戶人家。三、四兩句描寫竹筍競相生長，野花悠閒開放，竹、花生意盎然，繁盛熱鬧，更加襯托出人文環境的寂靜冷落。以上四句景中抒情，描寫山、水、猿啼、人家、竹茂、花紅，但是所著「淨」、「空」、「哀」、「競」、「閑」等字都透露出詩人心懷的空虛壓抑。五、六兩句通過敘事說明了這種空虛壓抑的深層緣由，政治上遭到打擊，貶官南海之濱，不僅不能報答皇恩，施展抱負，連生死都難以預料，只怕自己在這瘴癘地區消沉無聊，空耗時光。

　　胸中交織冤屈、激憤、惆悵、怨恨，真是一言難盡。當這時候，讀到同遭厄運的老友張署的贈詩，看到「戀闕思鄉日抵年」的傾訴，滿懷愁苦不由凝固成鉛塊、岩石壓在心頭。最後寫道：「吟君詩罷看雙鬢，鬥覺霜毛一半加！」彷彿人一下子就衰老了，白髮多了一半。只有兩個老友之間互相理解，互相慰藉，一贈一答，心心相通。《韓詩臆說》認為退之七律只十首，「此篇為能真得杜意」。

❀ 六 八月十五夜贈張功曹

【題解】

◆唐德宗貞元十九年（西元 803 年），韓愈和張署同任監察御史，因為上書議政同遭貶謫，韓愈任連州陽山（在今廣東省）縣令，張署任郴州臨武（在今湖南省）縣令。到唐憲宗永貞元年（西元 805 年），李誦、李純先後繼位，兩次大赦，他倆卻未調回京城，只是改為江陵府屬官，韓愈為法曹參軍，張署為功曹參軍。張署為此不勝悲憤。韓愈寫這首詩安慰他，讓他借酒消愁，其實他們的心情是相同的。

⭐ 【原文】

纖雲四卷天無河，清風吹空月舒波。
沙平水息聲影絕，一杯相屬君當歌。
君歌聲酸辭且苦，不能聽終淚如雨。
洞庭連天九疑高，蛟龍出沒猩鼯號。
十生九死到官所，幽居默默如藏逃。
下床畏蛇食畏藥，海氣濕蟄熏腥臊。
昨者州前捶大鼓，嗣皇繼聖登夔皋。
赦書一日行萬里，罪從大辟皆除死。
遷者追回流者還，滌瑕蕩垢清朝班。
州家申名使家抑，坎坷只得移荊蠻。
判司卑官不堪說，未免捶楚塵埃間。
同時輩流多上道，天路幽險難追攀。
君歌且休聽我歌，我歌今與君殊科。

◎ 詩

「一年明月今宵多，人生由命非由他，有酒不飲奈明何！」

【新解】

　　纖雲四卷天無河，清風吹空月舒波～～纖云：細巧的雲。四卷：四面捲起，全收起來，無影無蹤。天無河：由於月光輝映，天上不見銀河顯露。河，銀河。舒波：月光如水，映照萬里，猶如水波流布。以上是說，天空一絲雲彩也沒有了，銀河也看不到了，這是由於清風吹過天際，明月如水，光輝照耀。

　　沙平水息聲影絕，一杯相屬君當歌～～相屬：相勸。屬（ㄓㄨˇ），傾注，引申為勸酒。歌：做一首詩吟唱。古代詩歌有很多是隨口吟唱的。以上是說，沙灘平廣，河水不流，所有的聲響、影跡都沒有了，夜已深沉。這時候，作者端起一杯酒來勸他的朋友張署喝下去，並且請張署一定要作詩吟唱。

　　君歌聲酸辭且苦，不能聽終淚如雨～～聲酸：歌聲酸楚。聽終：聽到唱完。以上是說，朋友張署吟唱的詩歌聲音酸楚、詞句苦澀，讓人不能聽完就淚下如雨了。

　　洞庭連天九疑高，蛟龍出沒猩鼯號～～洞庭：洞庭湖，在今湖南省北部，長江南岸，在岳陽縣城陵磯入長江。連天：洞庭湖水遼闊，號稱八百里。九疑：九疑山，在湖南省東南部。蛟龍：傳說為水中神物。猩鼯（ㄨˊ）：猿猴和飛鼠。以上兩句是說，洞庭湖水無比遼闊，連著天際，九疑山高聳入雲，蛟龍出沒水間，猿猴、飛鼠在山林裡發出哀號。韓愈貶所陽山，張署貶所臨武，都在附近一帶，以上詩句寫出了當地的艱苦荒

37

涼，景象淒慘。

十生九死到官所，幽居默默如藏逃～～十生九死：如說九死一生。幽居：隱居。藏逃：藏匿起來、不敢露面的逃犯。以上兩句是說，張署貶到南方，路途艱險，九死一生，這才到達貶所。到了這裡，隱居起來，默默無聲，如同藏匿不出的逃犯。

下床畏蛇食畏藥，海氣濕蟄熏腥臊～～濕蟄：潮濕。腥臊：惡臭的氣味。以上是說，北方人初到南方，很不習慣，下床怕蛇，吃飯怕中了毒。江海之間，環境潮濕，氣味惡臭，熏得人實在受不了。

昨者州前搥大鼓，嗣皇繼聖登夔皋～～嗣皇繼聖：繼承帝位。登：任用，擢升。夔皋：舜帝時的樂官夔和士官（執掌刑獄）皋陶，這裡借指賢臣。以上是說，昨天州衙之前敲鼓召集官吏民眾，宣佈新君繼位，任用賢臣。

赦書一日行萬里，罪從大辟皆除死～～赦書：朝廷大赦的文書。大辟：殺頭，死刑。除死，赦免死罪。以上是說，新皇繼位，宣佈大赦，大赦文書火速傳遞下來，從大辟以下，一律赦免死罪。

遷者追回流者還，滌瑕蕩垢清朝班～～遷：貶往遠方。流：流放充軍。滌瑕蕩垢：清除污穢，也說「滌瑕蕩穢」。瑕，玉上的斑點。朝班：朝臣的佇列。以上是說，大赦令宣佈後，貶往遠方的追回來，流放充軍的返回京城，清除貪污邪惡之輩，清理朝臣佇列。

州家申名使家抑，坎坷只得移荊蠻～～州家：唐代口語，

指州官，即刺史。申名：提名擢升。使家：唐代口語，指觀察使。抑：壓制。移：調動。荊蠻：指江陵，即荊州，古代稱為蠻夷之地。韓愈、張署都被調任江陵府屬官。以上是說，大赦命令下來，刺史提名擢升韓、張，但被觀察使壓制，他倆很不得志，只得調到江陵這個蠻荒地方任職。

判司卑官不堪說，未免捶楚塵埃間～～判司：判官、司功，即法曹參軍、功曹參軍，都是刺史的屬官。捶楚：杖打和鞭抽。參軍職位卑下，有了過失，要受杖刑、鞭刑。唐代杜牧所謂「參軍與簿尉，塵土驚劻勷。一語不中治，鞭笞身滿瘡」（《冬至日寄小姪阿宜詩》），說的正是這種情況。以上是說，在州衙中擔任參軍，職位卑下不值得提，免不了犯過失跪在地上遭受鞭棍抽打。

同時輩流多上道，天路幽險難追攀～～輩流：同輩，一類。上道：登上返回京城的道路，表示受到任用。天路：進入朝廷的道路。幽險：深遠險僻。追攀：追上去。以上是說，同時被貶謫的同輩官吏大多都已得到任用，登程出發了；可對他倆來說，進入朝廷的道路深遠險僻，難以追上去。

君歌且休聽我歌，我歌今與君殊科～～且：暫且。休：停止。殊科：不一樣。科，類，樣。以上是說，張君暫且停止吟唱，聽我吟唱幾句，我的歌詞今天跟你不一樣。

一年明月今宵多，人生由命非由他，有酒不飲奈明何～～多：一般認為，中秋月光最滿，因此說「今宵多」。他：其他。奈明何：到明天怎麼辦呢？明，指明天，不應解作「明月」。

以上是說，一年當中，今天這個中秋之夜月光最滿，月色最美，人生由命，不由別的，不要為命運坎坷而憂愁憤慨了，還是喝酒吧！今天不喝，到明天怎麼辦呢？

【評析】

這是韓詩中又一首代表作。開頭至「不能聽終淚如雨」，是詩的第一部分，敘寫中秋之夜，兩個同樣淪落天涯的難兄難弟月下飲酒，張署作詩吟唱，聲音酸楚，詞句苦澀，令人聽了落淚。從「洞庭連天九疑高」，至「天路幽險難追攀」，是詩的第二部分，張署在歌吟中抒發憂憤和感慨，實際上也是作者對自身命運的感歎。由於議論時政受到貶斥，到了荒僻的南方，九死一生，處境艱危。幸遇大赦，卻被壓制，不能返回京城，做著這樣一個隨時會受長官鞭笞的小官。

從「君歌且休聽我歌」至末尾，是詩的第三部分，作者聽了張署的傾訴，用人生由命來勸解、寬慰朋友，請他乘著美好月夜，飲酒解悶，自我陶醉。這首詩表面上是勸解、寬慰滿腹牢騷的朋友，其實恰恰表現了作者的無奈和憤慨不平。因為二人的遭遇相同，感受也是相同的，及時行樂，樂從何來？借酒消愁，愁豈能消？歷代評論極多，有「怨而不亂」（《竹莊詩話》）、「運實於虛」（《唐宋詩舉要》）之譽。

❀七 謁衡岳廟遂宿嶽寺題門樓

【題解】

◆唐憲宗永貞元年（西元805年）秋天，作者先由連州陽山到達郴州，後由這裡赴任江陵，期間遊歷衡山，假借記述遊蹤抒發自己為國盡忠、為民請命卻遭貶斥的牢騷。方扶南說：「按公自郴至衡，因謁南嶽，故《祭張署文》云：『委舟湘流，往觀南嶽。』此明證也。東坡以為自潮而歸，誤矣。」（蘇東坡《海市詩》：「潮陽太守南遷歸，喜見石廩堆祝融。自言正直動山鬼，豈知造物哀龍鍾？」）

⊃【原文】

五嶽祭秩皆三公，四方環鎮嵩當中。
火維地荒足妖怪，天假神柄專其雄。
噴雲泄霧藏半腹，雖有絕頂誰能窮？
我來正逢秋雨節，陰氣晦昧無清風。
潛心默禱若有應，豈非正直能感通？
須臾靜掃眾峰出，仰見突兀撐晴空。
紫蓋連延接天柱，石廩騰擲堆祝融。
森然魄動下馬拜，松柏一徑趨靈宮。
粉牆丹柱動光彩，鬼物圖畫填青紅。
升階傴僂薦脯酒，欲以菲薄明其衷。
廟令老人識神意，睢盱偵伺能鞠躬。
手持杯珓導我擲，云此最吉餘難同。
竄逐蠻荒幸不死，衣食才足甘長終。

侯王將相望久絕，神縱欲福難為功。

夜投佛寺上高閣，星月掩映雲曈朧。

猿鳴鐘動不知曙，杲杲寒日生於東。

【新解】

五嶽祭秩皆三公，四方環鎮嵩當中～～五嶽：中嶽嵩山（在今河南省登封市）、東嶽泰山（在今山東省泰安市）、西嶽華山（在今陝西省華陰市）、南嶽衡山（在今湖南省衡山縣）、北嶽恒山（在今山西省渾源縣）。祭秩：祭禮的等級。秩，次序，等級。三公：古代最高軍政長官，周代指太師、太傅、太保，漢代指司馬、司徒、司空。鎮：古代認為五嶽之神鎮守五方。原來只有四嶽，鎮守四方；後來增加中嶽，位於中央。以上是說，五嶽的祭禮等級都比照三公的祭禮，四嶽環繞，嵩山正在當中。

火維地荒足妖怪，天假神柄專其雄～～火維：南方。古代以五行配五方（東、西、南、北、中），南方為火，因此用火指南；古代傳說大地四角有大繩維繫，故稱四方之角為四維。假：給予，授予。神：指南嶽山神。專：獨佔，專制。以上是說，南方地方荒涼，充斥妖怪，上天授予南嶽山神權柄，讓他獨掌權威，鎮服妖怪。

噴雲泄霧藏半腹，雖有絕頂誰能窮～～半腹：山腰。絕頂：山的最高峰。衡山有七十二峰，以祝融、紫蓋、芙蓉、石廩、天柱五峰為最大，其中祝融峰最高。以上是說，衡山極其高峻，山腰噴雲吐霧，雖然有最高的山峰，誰能登上頂峰？

我來正逢秋雨節，陰氣晦昧無清風～～陰氣：雲雨天氣。

晦昧：昏黑陰暗。以上是說，我來遊歷衡山，正遇秋雨連綿的季節，雲雨天氣，山上一片昏黑，沒有一絲清風。

潛心默禱若有應，豈非正直能感通～～潛心：內心深處。默禱：默默祈禱（希望趕快晴天）。正直：山神正直無私。《左傳》莊公三十一年：「史嚚曰：神，聰明正直而壹者也。」宋代蘇東坡說：「自言正直動山鬼。」這是對韓詩的誤解。以上是說，作者來到山前，內心默默祈禱，似乎有所感應，天放晴了，難道不是山神正直無私，因而能夠感應，人神互相溝通嗎？這是誇張而諧謔的表達方法。

須臾靜掃眾峰出，仰見突兀撐晴空～～靜：通假為「淨」。掃：掃蕩雲雨，形容山神威力無比。突兀：山勢高聳的樣子。以上是說，作者的禱告應驗了，一會兒雲雨掃蕩淨盡，抬頭看見山勢高聳，支撐晴空。

紫蓋連延接天柱，石廩騰擲堆祝融～～連延：連綿。騰擲：形容山勢斜出天外，彷彿騰躍拋擲的樣子。以上是說，紫蓋峰連綿不斷，鄰接天柱峰，石廩峰伸向遠空，似乎是它拋出巨石，堆成七十二峰中最高的祝融峰。

森然魄動下馬拜，松柏一徑趨靈宮～～森然：心中驚懼的樣子。魄動：內心驚動。靈宮：神廟，指衡嶽廟。以上是說，作者看到衡山眾峰高聳入雲，內心驚懼，受到震動，於是下馬揖拜，走過松柏中間的小徑直奔神廟。

粉牆丹柱動光彩，鬼物圖畫填青紅～～鬼物：鬼怪。以上是說，先看廟的外邊，粉牆紅柱光彩閃爍；再看廟的裡邊，神

靈鬼怪，滿牆圖畫，塗成紅綠顏色。

升階傴僂薦脯酒，欲以菲薄明其衷～～傴僂（ㄩˇ ㄌㄡˊ）：彎腰。薦：獻。脯酒：乾肉和酒，這是古代祭祀名山大川的供品。脯（ㄈㄨˇ），肉乾或果乾。菲薄：指微薄的供品。衷：誠心。以上是說，作者登上廟前的臺階，低頭彎腰獻上供品，想用微薄的供品表示對山神的誠心。

廟令老人識神意，睢盱偵伺能鞠躬～～廟令：唐代五嶽四瀆神廟，各設廟令一人，執掌祭禮。睢盱：注視。睢（ㄙㄨㄟ），仰目觀看；盱（ㄒㄩ），張開眼睛。鞠躬：彎腰表示恭敬。以上是說，廟令老人領會山神的意向，注視窺探，神態恭恭敬敬。

手持杯珓導我擲，云此最吉余難同～～杯珓：古代占卜用具，最早使用蚌殼，一分為二，三次祈禱，三次把它投擲地下，根據反正俯仰判斷吉凶。後來用玉制，也有用木製、竹製的。云：說。吉：判斷吉凶靈驗。以上是說，廟令老人手裡拿著杯珓引導我投擲，並說這種占卜方式最靈驗，其餘的方式難以相比。

竄逐蠻荒幸不死，衣食才足甘長終～～竄逐：流放。韓愈被貶謫到南方荒涼地區做個小官，與流放處境差不多。長終：長此下去，一直到死。以上是說，自己被貶到這樣的蠻荒地方，跟流放差不多，幸而保住性命，吃穿剛能夠用，維持下去，直到了此一生，也心甘情願了。

侯王將相望久絕，神縱欲福難為功～～縱：連詞，表示讓步，即使。福：用為動詞，賜予福分。以上是說，貶謫以來，追求功名富貴，封為侯王將相的願望早已斷絕；山神縱使想賜

予自己幸福，也難取得功效了。

夜投佛寺上高閣，星月掩映雲曈曨～～掩映：遮掩映襯。曈曨（ㄊㄨㄥˊ ㄌㄨㄥˊ）：似明不明的樣子。以上是說，夜裡投宿佛寺登上高高的殿閣，看到星月被遮住了，雲層一片朦朧。

猿鳴鐘動不知曙，杲杲寒日生於東～～猿鳴：猿猴清早啼叫。謝靈運《從斤竹澗越嶺溪行》詩：「猿鳴誠知曙。」鐘動：佛寺清早撞鐘。杜甫《游龍門奉先寺》詩：「欲覺聞晨鐘，令人發深省。」杲杲（ㄍㄠˇ ㄍㄠˇ）：太陽明亮的樣子。以上是說，自己看透了人生，心中無所牽掛，在佛寺裡睡得很沉，猿叫鐘鳴，也不知道天快亮了，明亮的太陽已經從東方升起來。

【評析】

開頭六句是詩的第一部分，寫衡山雄奇高峻，不易登覽；此下八句是詩的第二部分，寫因心中默默祈禱突然開晴，得以仰觀眾峰氣勢；此下十四句是詩的第三部分，寫入山神廟祭拜，對功名已絕望了，不願祈求幸福；最後四句是詩的第四部分，寫投宿佛寺，一覺睡到天亮，脫開精神枷鎖，思想放開了。這首詩的特別之處是從頭至尾敘寫遊歷衡山的經過，先寫衡山的重要地位，次寫山下仰望，次寫登山祭拜，終於投宿佛寺；但在敘述遊蹤中委婉曲折地發洩牢騷。「竄逐蠻荒幸不死」，表面上是把貶謫沒有處死當作幸運，實際上是說二者相差不多；「衣食才足甘長終」，口頭上說安於現狀，內心裡憤慨不平；「神縱欲福難為

功」，山神威震一方，治服妖怪，呼風喚雨，卻不能幫助我脫離困境，可見作者命運的悲慘、感慨的深沉！這首詩語句簡練，脈絡清晰，風格質樸剛健，前人所說「此詩質健，乃韓公本色」，的確如此。

❀ 八 岳陽樓別竇司直

【題解】

◆ 唐憲宗永貞元年（西元805年）十月，韓愈由連州陽山縣令調任江陵法曹參軍，途經嶽州（今湖南省岳陽縣）。時任岳州刺史的老友竇庠在岳陽樓上擺酒宴為他送行，於是寫下這首贈別詩。詩中描繪了遠眺洞庭湖所看到的壯闊景象，回憶了自己堅持正道、遭到貶謫的辛酸經歷，表達了退出官場、與世無爭的心願。竇庠，字胄卿，原在武昌節度使韓皋幕府中任推官，升任大理寺司直（奉旨審理案件），權領岳州刺史。岳陽樓，嶽州城西門樓，我國古代名樓之一，唐代張說貶謫嶽州始建，宋代滕子京重修。竇庠、劉禹錫讀了這首詩，曾作和詩。竇庠《和韓十八侍禦登岳陽樓》：「巨浸連空闊，危樓在杳冥。稍分巴子國，欲近老人星。昏旦呈新候，川原按舊經。地圖封七澤，天限鎖重扃。萬象皆歸掌，三光豈遁形。月車才碾浪，日御已翻溟。落照金成柱，餘霜翠擁屏。夜光疑漢曲，寒韻辨湘靈。山晚雲常碧，湖春草遍青。軒皇曾舉樂，范蠡幾揚舲。有客初留鶡，貪程尚數萛。自當徐孺榻，不是謝公庭。

雅論冰生水，雄材刀發硎。座中瓊玉潤，中下蘭馨。假守誠知拙，齋心匪暫寧。每慚公府粟，卻憶故人苓。苦調常三歎，知音願一聽。自悲由也瑟，敢墜孔悝銘？野杏初成雪，松醪正滿瓶。莫辭今日醉，長恨古人醒。」

➲【原文】

洞庭九州間，厥大誰與讓？南匯群崖水，北注何奔放！
瀦為七百里，吞納各殊狀。自古澄不清，環混無歸向。
炎風日搜攪，幽怪多冗長。軒然大波起，宇宙隘而妨。
巍峨拔嵩華，騰踔較健壯。聲音一何宏，轟渴車萬兩！
猶疑帝軒轅，張樂就空曠。蛟螭露筍虡，縞練吹組帳。
鬼神非人世，節奏頗跌踢。陽施見誇麗，陰閉感悽愴。
朝過宜春口，極北缺堤障。夜纜巴陵洲，叢芮才可傍。
星河盡涵泳，俯仰迷下上。餘瀾怒不已，喧聒鳴甕盎。
明登岳陽樓，輝煥朝日亮。飛廉戢其威，清晏息纖纊。
澄泓湛凝綠，物景巧相況。江豚時出戲，驚波忽蕩漾。
時當冬之孟，隙竅縮寒漲。前臨指近岸，側坐眇難望。
滌濯神魂醒，幽懷舒以暢。主人孩童舊，握手乍忻悵。
憐我竄逐歸，相見得無恙。開筵交履舄，爛漫倒家釀。
杯行無留停，高柱送清唱。中盤進橙栗，投擲傾脯醬。
歡窮悲心生，婉孌不能忘。念昔始讀書，志欲幹霸王。
屠龍破千金，為藝亦雲亢。愛才不擇行，觸事得讒謗。
前年出官由，此禍最無妄。公卿采虛名，擢拜識天仗。
奸猜畏彈射，斥逐恣欺誑。新恩趨府庭，逼側廁諸將。
於嗟苦鷙緩，但懼失宜當。追思南渡時，魚腹甘所葬。

嚴程迫風帆，劈箭入高浪。顛沉在須臾，忠鯁誰複諒？
生還真可喜，克己自懲創。庶從今日後，粗識得與喪。
事多改前好，趣有獲新尚。誓耕十畝田，不取萬乘相。
細君知蠶織，稚子已能餉。行當掛其冠，生死君一訪。

【新譯】

洞庭九州間，厥大誰與讓～～厥：代詞，其。誰與讓：在
哪個大湖之下？以上是說，在全中國各大湖間，洞庭湖會讓哪
個湖佔先呢？

南匯群崖水，北注何奔放～～南匯：從南方彙集。群崖水：
各山嶺上流下的水，湘水、資水、沅水、澧水都匯入洞庭湖。
北注：向北注入。洞庭湖在岳陽縣城陵磯注入長江。以上是說，
洞庭湖從南方彙集了各山嶺流下來的水，向北注入長江，水勢
多麼奔放！

潴為七百里，吞納各殊狀～～潴（ㄓㄨ）：聚集。七百里：
《清一統志》：「湖南嶽州府：洞庭湖在巴陵縣西南，每夏秋
水漲周圍八百餘里。」或說七百里，或說八百里，都是約數。
吞納：有的吞入，有的收納。晉代郭璞《江賦》：「併吞沅、澧，
汲引沮、漳。」又說：「呼吸萬里，吐納靈湖。」以上是說，
聚集各條流水，成為周圍七八百里的大湖，有的吞入，有的收
納，情況各不相同。

自古澄不清，環混無歸向～～澄不清：不能澄清。《後漢
書‧黃憲傳》：「憲字叔度，郭林宗曰：『叔度汪汪若千頃陂，
澄之不清，淆之不濁，不可量也。』」環混：（流水）環繞匯合。

以上是說，洞庭湖水遼闊浩大，自古以來不能澄清，環繞匯合無所歸向。

炎風日搜攪，幽怪多冗長～～炎風：熱風。搜攪：騷擾，攪動。幽怪：隱藏的妖怪。冗長：大量生長。以上是說，熱風天天攪動湖水，隱藏的妖怪大量生長。

軒然大波起，宇宙阨而妨～～軒然：形容高舉的樣子。阨（ㄜˋ）：通假為「阨」，阻止。妨：阻擋。以上是說，高高的大浪掀騰起來，好像天地容不下它，阻礙著它。

巍峨拔嵩華，騰踔較健壯～～拔：超越。嵩華：中嶽嵩山（在今河南省登封市北）、西嶽華山（在今陝西省華陰市南）。騰踔：騰躍。踔（ㄓㄨㄛˊ），跳躍。別本作「躍」。較：較量。以上是說，洞庭湖的波浪高如山峰，超越嵩山、華山，騰躍起來，好像要跟它們較量高低。

聲音一何宏，轟車萬兩～～一何：多麼。轟：車輪聲。漢代司馬相如《上林賦》：「砰磅訇磕。」司馬彪注：「水聲也。」並說「磕」與「?」音義相同。兩：同「輛」。以上是說，湖上波濤聲多麼宏大，嘩啦嘩啦，就像一萬輛車子碾過。

猶疑帝軒轅，張樂就空曠～～軒轅：黃帝軒轅氏。張樂：奏樂。《莊子·天運》：「黃帝張《咸池》之樂於洞庭之野。」就：在。以上是說，聽這宏大的濤聲，還懷疑是黃帝軒轅氏在空曠的洞庭湖邊演奏音樂呢。

蛟螭露筍虡，縞練吹組帳～～蛟螭（ㄔ）：蛟龍和無角龍。筍虡（ㄙㄨㄣˇ ㄐㄩˋ）：樂器的架子（橫樑叫筍，立柱叫），

上頭刻成龍形。一作簨」。縞練：白綢和白絹，比喻湖面翻卷的白色波浪。組帳：華美的帷帳。組，繫帳的絲帶。以上是說，湖面蛟螭露頭，以為那是黃帝的樂器架子；白色波浪被風吹起，以為那是奏樂時擺設的帷帳。

鬼神非人世，節奏頗跌～～節奏：音樂的高低急緩。跌：抑揚頓挫。以上是說，鬼神世界與人世不一樣，音樂的節奏強烈，變化很多。

陽施見誇麗，陰閉感悽愴～～陽施：（白天）陽氣散佈。誇麗：宏大美麗。誇，大。陰閉：（黑夜）陰氣閉合。悽愴：淒涼悲傷。愴（ㄔㄨㄤˋ），悲傷。以上是說，白天陽光照耀，看到宏偉壯麗的景象；夜晚昏暗蒼茫，感到淒涼悲傷。

朝過宜春口，極北缺堤障～～宜春：宜春江，在岳陽縣南，流入洞庭湖。口：江口。極北：最北的岸邊。以上是說，早晨經過宜春江口，最北的地方沒有堤岸可以停船。

夜纜巴陵洲，叢芮才可傍～～纜：繫舟停泊。巴陵：岳州在南朝宋文帝時改稱巴陵郡。叢芮：岸邊水草叢生的地方。芮（ㄖㄨㄟˋ），草叢生的樣子。傍：靠岸。以上是說，夜裡在嶽州沙洲繫舟停泊，水草叢生的岸邊才能停靠。

星河盡涵泳，俯仰迷下上～～星河：銀河。涵泳：沉浸。晉代左思《吳都賦》：「涵泳乎其中。」以上是說，銀河全沉浸在湖水中，抬頭望，低頭看，無法分辨上下。

餘瀾怒不已，喧聒鳴甕盎～～喧聒：喧鬧嘈雜。聒（ㄍㄨ
ㄚ），聲音嘈雜。晉代郭璞《江賦》：「千類萬聲，自相喧聒。」

甕盎：水缸和瓦盆。盎（ㄤˋ），古代一種肚大口小的瓦盆。以上是說，大浪過去，餘波還在不停地怒吼，喧鬧嘈雜的聲音像在水缸和瓦盆裡迴響。

明登岳陽樓，輝煥朝日亮～～明：天亮的時候。輝煥：輝煌燦爛。以上是說，天亮的時候登上岳陽樓，旭日東昇，光輝燦爛。

飛廉戢其威，清晏息纖繵～～飛廉：風神。戢（ㄐㄧˊ）：收斂。清晏：清朗無雲。漢代揚雄《羽獵賦》：「天清日晏。」顏師古注：「晏，無雲也。」纖繵（ㄎㄨㄤˋ）：細紵和細綿，比喻細微的波紋。以上是說，風神收起他的威勢，天氣清朗無雲，湖面沒有一絲波紋。

澄泫湛凝綠，物景巧相況～～澄泫：水深清澈的樣子。凝綠：一湖綠水停滯不動。況：比擬，相似。以上是說，湖水深湛清澈，一片碧色彷彿凝滯不動，物象和倒影恰好一般。

江豚時出戲，驚波忽蕩漾～～江豚（ㄊㄨㄣˊ）：我國長江及印度大河中的一種鯨魚。晉代郭璞《江賦》：「魚則江豚海。」《南越志》：「江豚似豬。」時：有時。以上是說，鯨魚有時出來遊戲，驚濤駭浪忽然搖盪起來。

時當冬之孟，隙竅縮寒漲～～值：正當。孟：古代稱每季的第一個月，這裡指孟冬十月。隙竅：空隙，洞穴。漲：擴大。以上是說，當時正遇孟冬十月，原來很小的洞穴由於天冷水退都擴大了。

前臨指近岸，側坐眇難望～～臨：走近。側坐：坐在旁邊。

眇：高遠。以上是說向前走指點近處的堤岸，坐在旁邊看，水天高遠，難以望到盡頭。

滌濯神魂醒，幽懷舒以暢～～滌濯：洗滌。神魂：精神，內心世界。幽懷：鬱悶的心情。以：連詞，表示並列關係。以上是說，欣賞湖光山色，精神受了洗滌，感到清醒，鬱悶的心情變得舒暢了。

主人孩童舊，握手乍忻悵～～童孩舊：青年時期結識的老友。竇庠比韓愈年長19歲，二人早就結交。乍忻悵：乍忻乍悵，忽而高興，忽而傷感。以上是說，主人是青年時期結識的老友，相見握手，忽而高興，忽而傷感，百感交集。

憐我竄逐歸，相見得無恙～～竄逐：貶謫。無恙：沒病沒災。《楚辭‧九辯》：「還及君之無恙。」以上是說，老友可憐我貶謫陽山回來，見面時平平安安。

開筵交履舄，爛漫倒家釀～～筵（一ㄢˊ）：酒席。交履舄：鞋子交錯放著，形容酣飲沉醉，不拘形跡。舄（ㄒ一ˋ），鞋。《史記‧滑稽列傳》：「履舄交錯，杯盤狼藉。」爛漫：放浪。家釀：家裡自造的酒。以上是說，擺開酒席為我送行，大家盡情飲酒，都喝醉了，不拘形跡，鞋子亂放在一起，高興得忘了一切，把家造的酒搬出來打開喝。

杯行無留停，高柱送清唱～～杯行：行酒，巡行斟酒請客人喝。高柱：借指琴瑟聲音。柱，琴瑟等樂器上調弦的柱子。清唱：優美的歌曲。南朝梁代沈約《詠箏》詩：「秦箏吐絕調，玉柱揚清曲。」以上是說，舉杯勸酒，一遍一遍不停，琴瑟悠揚，

為優美的歌聲伴奏。

中盤進橙栗，投擲傾脯醬～～中盤：盤中。進：獻。傾：倒。脯醬：肉醬，古代喝酒的菜餚。以上是說，盤中進獻柳丁、栗子，把缽子扔過來扔過去，倒出肉醬下酒。

歡窮悲心生，婉孌不能忘～～歡窮：歡樂到了極點。《史記·滑稽列傳》：「淳于髡曰：酒極則亂，樂極則悲。」婉孌：深厚的友情。婉，通假作「惋」，歡，愛；孌，傾慕（《說文》：「孌，慕也。」）。以上是說，歡樂到了極點，便生出了悲哀的情緒，回憶往事，不能忘懷深厚的友情。

念昔始讀書，志欲幹霸王～～幹：謀求（職位俸祿）。以上是說，回想從前開始讀書，立志想向霸主帝王謀求職位俸祿。

屠龍破千金，為藝亦云亢～～屠龍：比喻高超的才識技藝。《莊子·列禦寇》：「朱泙漫學屠龍於支離益，單（殫）千金之家。三年技成，而無所用其巧。」云：動詞，說。亢（ㄎㄤˋ）：高。以上是說，學習屠宰天龍的技能，費盡千金家產，作為一種才藝，也可以說夠高超的了。

愛才不擇行，觸事得讒謗～～擇行：區別品行。擇，區別。這裡是說交友只重才學，忽視品行。《唐國史補》：「韓愈引致後進，為求科第。」觸事：觸及政事。貞元十九年（西元803年），關中大旱歉收，皇帝下詔書減免一半田租，執政大臣征租更加急迫，韓愈與張署、李方叔上疏為民請命，遭到執政大臣誣陷，貶為陽山縣令。以上是說，自己愛才學，不區別品行優劣，交友太濫，受了牽連，又因上疏得罪當道，遭到誣陷。

　　前年出官由，此禍最無妄～～前年：貞元十九年（西元803年）。由：緣由。無妄：意想不到。《周易·無妄卦》：「六三，無妄之災。或系之牛，行人之得，邑人之災。」有人把牛拴在路旁，過路的人牽走了牛，鄉里的人卻被懷疑盜牛而逮捕了。後來用「無妄之災」指意外的災禍。「無妄」又作「毋望」。以上是說，前年被貶出京城做官，就是因為上疏得罪了當權人物，這次災禍是最出乎預料了。

　　公卿采虛名，擢拜識天仗～～虛名：不實的名聲，自謙之詞。天仗：皇帝的儀仗。唐代韋應物《溫泉行》詩：「身騎廄馬引天仗，直入華清列御前。」古代常用「天」指皇帝的或朝廷的，如天邑、天兵、天使、天族等。以上是說，公卿採用不實的名聲推薦自己，因而提升官職，這才接近皇帝，看見鑾駕儀仗了。這裡回顧貞元十九年（西元803年）韓愈由四門博士升任監察御史之事。

　　奸猜畏彈射，斥逐恣欺誑～～奸猜：奸邪小人。彈射：彈劾。斥逐：驅逐。以上是說，奸邪小人畏懼我彈劾他們，用盡欺騙手段把我從朝廷驅逐出去。

　　新恩趨府庭，逼側廁諸將～～新恩：新的恩典。指獲得赦免並調江陵府法曹參軍。趨：恭敬地走。逼側：接近，並列。廁：置身……之中。以上是說，獲得皇帝恩典，赦免罪行並且調任江陵府法曹參軍，恭敬地走進府衙裡，並列在諸位將領當中。韓愈未能調回京城，是因受到壓制，這裡卻說調到江陵是得到「新恩」，含有無奈和牢騷。

◎ 詩

　　於嗟苦駑緩，但懼失宜當～～於嗟：嘆詞，抒發感慨，唉咳。
苦：為……發愁。駑緩：才能笨拙。駑，笨馬，比喻才能低劣；緩，
遲緩。但：副詞，只。以上是說，唉咳！我為自己才能笨拙發愁，
只怕行事不夠恰當。

　　追思南渡時，魚腹甘所葬～～南渡：貶謫陽山途經洞庭湖。
魚腹：魚肚。《楚辭‧漁父》：「寧赴湘川，葬於江魚之腹中。」
以上是說，回憶南下渡過洞庭湖時，風急浪湧，甘心葬身魚肚
之中。這裡照應詩的開頭關於洞庭湖中驚濤駭浪、鬼怪出沒的
描寫。

　　嚴程迫風帆，劈箭入高浪～～嚴程：限期到達貶所。劈箭：
（行船）衝破大浪急速前進。以上是說，朝廷限期到達貶所，
逼著帆船加速前進，衝破大浪，像箭一般飛駛。

　　顛沉在須臾，忠鯁誰復諒～～顛沉：顛覆沉沒。忠鯁：忠
誠正直。鯁，正直。諒：相信。以上是說，當時情況十分危險，
船在那之間就可能顛覆沉沒。自己不怕危險乘船前進，忠誠正
直，誰又相信我呢？

　　生還真可喜，刻己自懲創～～刻己：嚴格律己。懲創：懲戒，
警惕。以上是說，今天能夠活著返回真令人高興，以後嚴格律
己，自我警戒不要重蹈覆轍。

　　庶從今日後，粗識得與喪～～庶：或許可能。粗：大致，
大略。喪：失。以上是說，經過這次教訓，或許能在今後清醒
起來，大略認清得失成敗的界限。

　　事多改前好，趣有獲新尚～～好：愛好。趣：通假為「趨」，

追求。尚：崇尚，理想的目標。以上是說，從此以後，做事情大多改變了過去的愛好，人生追求有了新的目標。

誓耕十畝田，不取萬乘相～～十畝田：《詩經‧魏風‧十畝之間》：「十畝之間兮，桑者閑閑兮。」萬乘相：天子的宰相。周代天子兵車萬乘，因此用萬乘指天子。以上是說，發誓寧願種十畝田，不肯取得天子的宰相之位。

細君知蠶織，稚子已能餉～～細君：古代諸侯的妻子稱為小君，又稱細君。後來用作通稱。《漢書‧東方朔傳》：「歸遺（ㄨㄟˋ）細君，又何仁也？」蠶織：養蠶紡織。餉（ㄒㄧㄤˇ）：送飯。以上是說，妻子懂得養蠶紡織，小兒子已經會送飯了。

行當掛其冠，生死君一訪～～行當：即將。掛其冠：棄官而去。《後漢書‧逢萌傳》：「時王莽殺其子宇，萌謂友人曰：『三綱絕矣！不去，禍將及人。』即解冠掛東都城門，歸將家屬浮海，客於遼東。」後來「掛冠」成為棄官、辭職的典故。《南齊書‧杜京產傳》：「泰始之朝，掛冠辭世，遯舍家業，隱於太平。」生死：究竟是生是死？君一訪：一訪君。南朝梁代王僧孺《送殷何兩記室》詩：「倘有還書使，一言訪死生。」以上是說，即將拋棄官職歸鄉隱居，到那時候，探訪竇君一次，究竟是生是死？

【評析】

這首詩分前後兩部分。「幽懷舒以暢」以上是前一部分，敘寫詩人調任江陵途經嶽州，著重描繪洞庭湖的宏大壯闊和航程

的艱危兇險。大浪掀天，連宇宙都容不下它了，嵩山、華山高峰巍峨，比起它的巨浪來也顯得渺小了。湖水深處，藏著無數鬼怪；濤聲響起，彷彿黃帝奏樂。這些描寫，氣勢雄渾，境界恢弘，極盡誇張、想像之能事。「主人孩童舊」以下是後一部分，敘述老友設宴餞別的經過，把感激老友深厚的友情與感歎政治的失意交織起來。詩人遭到當權人物迫害，貶往邊荒，九死一生，能夠生還，的確不易，但是他對皇帝的忠心始終不變。前部對洞庭湖驚濤駭浪、變化莫測、生死難料的描述，正與後部命運的坎坷、忠心的表白聯繫起來。俞犀月說：「此詩前半首寫景，後半首述事，卻用追思南渡時數語挽轉，直有千鈞之力。且有此一段才見前此鋪張非漫然也。可見公佈局運筆之妙。」正是對詩中前後照應寫作方法的精當分析。

❀ 九 鄭群贈簟

【題解】

◆ 唐順宗永貞元年（西元 805 年），韓愈自陽山縣令調任江陵法曹參軍。次年五月，天氣炎熱，同僚鄭群贈給蘄州竹席，韓愈衷心感激，贈詩表達謝意。詩中不僅讚美了他們之間的深厚友情，也讚美了蘄州特產竹席精巧的工藝和涼爽的性能，間接表現了人民的高超技藝。簟（ㄉㄧㄢˋ），竹席。

○ 【原文】

蘄州笛竹天下知，鄭君所寶尤瑰奇。

攜來當晝不得臥，一府傳看黃琉璃。

體堅色淨又藏節，盡眼凝滑無瑕疵。

法曹貧賤眾所易，腰腹空大何能為？

自從五月困暑濕，如坐深甑遭蒸炊。

手磨袖拂心語口，曼膚多汗真相宜。

日暮歸來獨惆悵，有賣直欲傾家資。

誰謂故人知我意？卷送八尺含風漪。

呼奴掃地鋪未了，光彩照曜驚童兒。

青蠅側翅蚤蝨避，肅肅疑有清颸吹。

倒身甘寢百疾愈，卻願天日恒炎曦。

明珠青玉不足報，贈子相好無衰時。

【新解】

蘄州笛竹天下知，鄭君所寶尤瑰奇～～蘄（ㄑㄧˊ）州笛竹：唐代淮南道蘄州（今湖北蘄春縣）所產竹，用來製簟和笛，天下聞名。鄭君：鄭群，字弘之，鄭州滎陽（今河南省滎陽市）人，以進士選吏部考功。裴均任江陵節度使，他以殿中侍御史為僚佐。瑰奇：珍奇。以上是說，蘄州所產笛竹天下聞名，鄭君所愛的竹席尤其珍奇。

攜來當晝不得臥，一府傳看黃琉璃～～琉璃：鋁和鈉的矽酸化合物釉料，塗在黏土外層，燒製磚瓦或器皿。常見的有綠色和黃色。黃琉璃瓦金光耀眼，多用來蓋宮殿、廟宇等。以上是說，鄭君把竹席帶來，正當白晝卻不能躺在上邊休息，整個

58

府衙傳看這張黃琉璃般金光閃閃的竹席。

　　體堅色淨又藏節，盡眼凝滑無瑕疵～～體堅色淨：性質堅固，顏色純淨。藏節：竹節遮藏起來，席面平勻。凝滑：平整滑溜。瑕疵：毛病。以上是說，這張竹席性質堅固、顏色純淨，滿眼所見，又平整又滑溜，沒有一點毛病。

　　法曹貧賤眾所易，腰腹空大何能為～～易：輕視。腰腹空大：韓愈體態肥胖。以上是說，法曹參軍生活貧困、地位卑賤，是眾人所輕視的，生來腰粗肚胖又能怎樣？

　　自從五月困暑濕，如坐深甑遭丞炊～～甑（ㄗㄥˋ）：古代蒸飯的一種瓦器。丞：通假為「蒸」。以上是說，自從元和元年（西元 806 年）五月我被又炎熱又潮濕的天氣搞得困苦不堪，猶如坐在飯鍋上的瓦盆裡遭受熱氣薰蒸。

　　手磨袖拂心語口，曼膚多汗真相宜～～心語口：心裡想著，嘴上便說出來。曼膚：細膩的皮膚。以上是說，用手擦抹，用袖子拂拭，心裡想著，嘴上便說出來：我這細膩的皮膚經常出汗，用這竹席真適合呀。

　　日暮歸來獨惆悵，有賣直欲傾家資～～惆悵：這裡形容不能如願，感到無奈。直：副詞，竟然。傾：盡其所有，全拿出來。以上是說，傍晚回到家裡獨自感到無奈，如果有人賣這種竹席，竟然想拿出所有家財去買它。

　　誰謂故人知我意？卷送八尺含風漪～～故人：老友，熟識的人。八尺：借指竹席（長約八尺）。風漪：清風和水波，比喻涼爽。南朝陳代陰鏗《經豐城劍池詩》：「夾篠澄深綠，含

風作細漪。」「含風漪」是就前人詩句略加變化，表達新的意象。以上是說，誰曾想到老朋友知道我的心願，捲起八尺竹席送來，就像帶著清風和水波那樣透著涼爽。

呼奴掃地鋪未了，光彩照曜驚童兒～～照曜：照耀。童兒：兒童。這裡為了協韻而說「童兒」。以上是說，呼喚奴僕掃地鋪席，還不等全鋪開，看到竹席光彩閃耀，讓兒童們很吃驚。

青蠅側翅蚤蝨避，肅肅疑有清飆吹～～青蠅：蒼蠅的一種，又稱金蠅。側翅：傾斜翅膀（被風吹得歪著身子）。肅肅：形容風聲強勁。清飆：清風。飆，暴風。以上是說，蒼蠅傾斜翅膀，跳蚤、蝨子都躲避了，聽到肅肅的聲音，似有陣陣清風吹來。

倒身甘寢百疾癒，卻願天日恒炎曦～～甘寢：睡得很甜。炎曦：火熱的太陽。以上是說，倒在竹席上睡得很甜，身體清爽，百病都痊癒了，希望天上永遠是火熱的太陽。這是詼諧的說法。

明珠青玉不足報，贈子相好無衰時～～子：敬稱鄭群。相好：互相友好，這裡指友誼、友情。衰：減弱，降低。以上是說，鄭君贈給我這樣的禮物，明珠青玉也不足以回報，只有回報鄭君真誠的友誼，這種感情什麼時候也不會損減的。

【評析】

全詩分三部分。開頭六句是第一部分，描寫鄭君所愛竹席是天下聞名的蘄州特產，堅實美觀，人們爭相傳看。此下八句是第二部分，敘述自己體虛怕熱，炎暑多汗，迫切希望得到竹席。最後十句是第三部分，正當自己急切盼望的時候，鄭君送來竹

席，清涼宜人，睡覺香甜，得到這樣的避暑佳品，內心極為感激。語言風趣動人，表現了韓愈性格中好跟朋友說說笑笑的一面。詩中多處使用映襯和反襯，表現蘄州竹席工藝的精妙、避暑的作用，如「攜來當晝不得臥，一府傳看黃琉璃」、「倒身甘寢百疾癒，卻願天日恆炎曦」等，「語意並妙」（高步瀛）。在詩詞中描寫手工業產品的歷來罕見，韓愈為我們留下了無比珍貴的詩篇。

❀ 十 杏花

【題解】

◆ 唐憲宗元和元年（西元 806 年），韓愈已由貶所連州陽山調任江陵府法曹參軍。去年新皇登基大赦，曾抱著奉調回京的希望，所以寫了《赴江陵途中寄贈王、李、李三學士》詩，想讓在朝的朋友推薦一下，可是沒有如願，對他打擊很大。在《謁衡嶽廟遂宿嶽寺題門樓》詩中說：「竄逐蠻荒幸不死，衣食才足甘長終。侯王將相望久絕，神縱欲福難為功。」就是這種老死邊荒的絕望心理的反映。這首詩借春天看杏花這樣一件極為普通的小事，表達了懷念京城的愁怨和無奈。南方的花木大都不同於北方，只有看杏花才能幫助自己回憶長安的春景，稍慰懷戀之情。

⊃【原文】

居鄰北郭古寺空，杏花兩株能白紅。

曲江滿園不可到，看此寧避雨與風？

二年流竄出嶺外，所見草木多異同。

冬寒不嚴地恒泄，陽氣發亂無全功。

浮花浪蕊鎮長有，才開還落瘴霧中。

山榴躑躅少意思，照耀黃紫徒為叢。

鸕鶿鈎輈猿叫歇，杳杳深谷攢青楓。

豈如此樹一來玩，若在京國情何窮？

今旦胡為忽惆悵？萬片飄泊隨西風。

明年更發應更好，道人莫忘鄰家翁。

【新解】

居鄰北郭古寺空，杏花兩株能白紅～～居：住地。鄰：鄰近，靠近。郭：外城。能：唐代口語用詞，這樣，如此。唐代張九齡《庭梅詠》詩：「芳意何能早？孤榮亦自危。」以上是說，我的住地鄰近北城古寺，寺院空曠，兩株杏樹花兒開得這樣粉白和鮮紅。

曲江滿園不可到，看此寧避雨與風～～曲江：即曲江池，在長安郊外（在今陝西省西安市東南），有河水曲折流過，故名曲江，風景美麗，是京城春遊勝地。寧：副詞，表示反詰，怎麼，哪裡。以上是說，京城郊外曲江春天杏花滿園，可是如今不能去遊，看這寺中的杏花可以稍解鄉愁，哪裡躲避下雨颳風？

二年流竄出嶺外，所見草木多異同～～二年：從貞元二十年（西元 804 年）冬至元和元年（西元 806 年）春，時約二年。流竄：放逐。韓愈由京官監察御史貶為荒遠南方縣令，視同放逐。嶺外：嶺南，即五嶺山脈以南地區，大約相當於今廣東、廣西一帶。異同：不同。以上是說，放逐兩年到了五嶺以南，所看到的草木大多跟北方不同。

　　冬寒不嚴地恒泄，陽氣發亂無全功～～嚴：重。地恒泄：地氣經常洩露，土地入冬後不封凍，草木照常生長。陽氣：陽和之氣，春天的溫暖氣候。發亂：發作很猛。無全功：（天地）沒有完全的功能，不能全面掌握氣候，冷暖適度。《列子‧天瑞》：「天地無全功，聖人無全能，萬物無全用。」以上是說，嶺南地區，冬季沒有嚴寒天氣，地氣經常洩露，作物照常生長；到了開春，陽氣發作兇猛，天氣一下熱起來。看來天地功能有限，不能全面掌握氣候。

　　浮花浪蕊鎮長有，才開還落瘴霧中～～浮花浪蕊：平常的花草，花期短促的花草。鎮：副詞，總是，常，唐代口語用詞。唐代褚亮《詠花燭》詩：「莫言春稍晚，自有鎮開花。」長：經常。以上是說，尋常的花草常常有，才開幾天又凋落在濕熱的濃霧中了。

　　山榴躑躅少意思，照耀黃紫徒為叢～～山榴：南方花名，具體不詳。躑躅，杜鵑科花，又名羊躑躅、黃杜鵑。意思：情趣。徒：副詞，枉然，白白。以上是說，山榴、杜鵑缺少情趣，深黃淺紫，鮮豔奪目，白白開得一片一片，我卻沒有興趣去看。

鷓鴣鉤輈猿叫歇,杳杳深谷攢青楓～～鉤輈:擬聲詞。晉代崔豹《古今注·鳥獸》:「南山有鳥名鷓鴣,自呼其名,常向日而飛。」古人又形容它的叫聲是「不如歸去」或「行不得也哥哥」。唐代李群玉《九子坡聞鷓鴣》詩:「正穿屈曲崎嶇路,更聽鉤輈格磔聲。」則用鉤輈格磔(ㄍㄡ ㄓㄡ ㄍㄜˊ ㄓㄜˊ)模擬鷓鴣叫聲。攢(ㄘㄨㄢˊ):聚集。以上是說,鷓鴣咕咕猿猴啼叫都停歇了,只有幽暗的深谷中長著一片片青色的楓樹林。

豈如此樹一來玩,若在京國情何窮～～京國:京城,國都。窮:盡。以上是說,這些草木哪裡比得這杏樹呢?到杏樹下玩賞一下,就像身在京城,這份感情哪有窮盡?

今旦胡為忽惆悵?萬片飄泊隨西風～～胡為:為什麼。惆悵(ㄔㄡ ㄔㄤˋ):悲傷失意。飄泊:飛揚。以上是說,今天早晨為什麼忽然悲傷失意起來?因為看見萬片杏花隨著西風飄蕩。

明年更發應更好,道人莫忘鄰家翁～～更發:再開。這裡「更」表示再次。「更好」的「更」表示更加。道人:古代和尚也稱道人。鄰家翁:指韓愈。照應開頭「居鄰郭北古寺空」。以上是說,明年杏樹再次開花應當開得更好,到那時候,和尚不要忘了招呼隔壁我這老頭兒看花。

【評析】

這首詩分三部分。開頭四句是第一部分,韓愈每天到古寺

中看杏花,不避風雨,因為貶謫南方,無法看到京城曲江的杏花,借此稍解懷念京城的愁懷。中間十二句是第二部分,回憶貶謫二年的親身感受,因為不能回京,精神苦悶,看見南方的草木毫無興趣,聽到南方的鳥叫猿啼更加傷感,一見杏花格外親切,彷彿回到京城裡了。這就進一步推進了羈留邊荒的愁悶情緒。

最後四句是第三部分,觀看杏花心中快慰,杏花飄落引發傷感,只有等到明年杏花再開了。反覆再三,強調對杏花的感情,藉以抒發對京城的懷念,對返回京城、實現抱負的企盼。全詩圍繞身在南方、愛看杏花這條主線,貫穿始終,層次清楚,條理井然。開頭揭出愛杏花這個主題,然後申述儘管南方花草鮮豔,自己只看杏花,後以杏花飄落期待來年再看結束,而其感情的潛流則是懷念京城,渴望回去。詩中開頭「居憐北郭古寺空」、結句「道人莫忘鄰家翁」遙相呼應,首段「曲江滿園不可到」、中段「若在京國情何窮」、末段「明年更發應更好」一脈相通,「淒絕語出以平淡」,「真怨而不怒」,更加凸顯了詩的主題。語言流暢自然,措辭接近口語,容易被人接受,引起共鳴,也是其成功之處。

❀ 十一 榴花

【題解】

◆ 這是元和元年（西元 806 年）所作《題張十一旅舍三詠》之一，原為組詩，共三首。詩中描寫農曆五月石榴花快凋落時的景象。

➲ **【原文】**

五月榴花照眼明，枝間時見子初成。
可憐此地無車馬，顛倒青苔落絳英。

【新解】

五月榴花照眼明，枝間時見子初成～～時：有時。子：石榴的籽。石榴結果成球形，上端裂開，可見密集的籽。以上是說，五月的石榴花鮮紅耀眼，樹枝間有時看到籽兒剛長成了。

可憐此地無車馬，顛倒青苔落絳英～～可憐：可愛。顛倒：紛亂的樣子。絳英：大紅的花瓣。絳，赤色；英，花。以上是說，可愛的是，這個地方沒有車馬經過，可以看到青苔上紛亂的紅色花瓣，讓人欣賞遍地落花。

【評析】

這是一首優美如畫的寫景小詩，詞句簡練，形象鮮明，「意調俱新」。首句「五月榴花照眼明」，是千古傳誦的佳句。石榴花是鮮紅鮮紅的，舉頭望去，像朵朵火焰，照得眼前分外明

亮，「照眼明」是實感，又是寫真，三個字把石榴花的形神寫得鮮活了。次句由花寫到果實，説明開始結果露籽，而且是從枝葉叢中露出石榴來。三、四句推進一步，這裡沒有車馬喧鬧，可以悠閒欣賞；沒有車輪碾壓、馬蹄踐踏，不但可以看花賞果，還可以欣賞遍地紅豔的落花。這裡不但花美、果美，而環境幽靜，適宜遊玩休閒，多麼可愛！

❀ 十二 遊青龍寺贈崔大補闕

【題解】

◆元和元年（西元 806 年），韓愈調回京城，任國子博士。農曆九月，與好友崔群游京城南門外青龍寺，因作詩贈崔群。崔群，字敦詩，貝州武城（今山東省武城縣）人，與韓愈同年進士，任補闕，為諫官。排行老大，唐代朋友之間好稱排行，表示親切，因稱崔大。詩中描寫了柿林秋色的壯美豔麗，又表現了乘著公餘出遊的閒情逸致。青龍寺，在長安南門之東，曲江左側。

➲ 【原文】

秋灰初吹季月管，日出卯南暉景短。
友生召我佛寺行，正值萬株紅葉滿。
光華閃壁見神鬼，赫赫炎官張火傘。
然雲燒樹火實駢，金烏下啄赬虯卵。
魂翻眼倒忘處所，赤氣沖融無間斷。

有如流傳上古時，九輪照燭乾坤旱。

二三道士席其間，靈液屢進玻黎碗。

忽驚顏色變韶稚，卻信靈仙非怪誕。

桃源迷路竟茫茫，棗下悲歌徒纂纂。

前年嶺隅鄉思發，躑躅成山開不算。

去歲羈帆湘水明，霜楓千里隨歸伴。

猿呼鼯嘯鷗鴇啼，惻耳酸腸難濯浣。

思君攜手安能得？今者相從敢辭懶？

由來鈍騃寡參尋，況是儒官飽閒散？

唯君與我同懷抱，鋤去陵穀置平坦。

年少得途未要忙，時清諫疏尤宜罕。

何人有酒身無事？誰家多竹門可款？

須知節候即風寒，幸及亭午猶妍暖。

南山逼冬轉清瘦，刻畫圭角出崖窾。

當憂復被冰雪埋，汲汲來窺戒遲緩！

【新解】

秋灰初吹季月管，日出卯南暉景短～～灰：葭莩（蘆葦薄膜）燒成的灰。季月：一季的第三個月。管：律管。古代預測氣候的辦法，把葭莩灰置於十二律管底部，放在密室裡，某種節氣來了，某一律管中的葭莩灰就飛出來。十二律管的名稱：黃鐘、大簇、姑洗、蕤賓、夷則、亡射（以上陽律）；大呂、夾鐘、中呂、林鐘、南呂、應鐘（以上陰律）。參看《後漢書·律曆志上》。卯南：東南，古代用卯代表東方。暉景：日光，這裡指日照時間。景，同「影」。以上是說，晚秋時候，葭莩

灰剛被從秋季的第三個律管中吹出來（即農曆九月初），太陽從東南方出來，日照的時間縮短了。友生召我佛寺行，正值萬株紅葉滿～～友生：朋友。《詩經·小雅·常棣》：「雖有兄弟，不如友生。」值：當，遇。以上是說，朋友崔群叫我去遊佛寺，時間正當萬株柿子樹掛滿了紅葉。

光華閃壁見神鬼，赫赫炎官張火傘～～炎官：火神。赫赫：炎熱的樣子。《詩經·大雅·雲漢》：「赫赫炎炎，雲我無所。」以上是說，柿子樹林一片紅豔，光芒照耀牆壁，彷彿看見神鬼形象，熱氣騰騰，火神張開熾熱的火傘。這裡形容柿林紅葉似火，光華燦爛。

然雲燒樹火實駢，金烏下啄赬虯卵～～然雲燒樹：雲、樹都被燒著了。然，古體「燃」字。駢（ㄆㄧㄢˊ）：並列，成雙。金烏：太陽，傳說太陽中有三足烏。赬虯卵：指紅柿子。赬（ㄔㄥ），紅色；虯，傳說中的無角龍。以上是說，天上地上一片紅光，彷彿雲、樹都被烈火燒著了，火中的柿子兩兩成雙。金色烏鴉（太陽）飛下來叼走像紅紅龍卵一樣的柿子。這裡形容柿林果實鮮紅，日光輝映。

魂翻眼倒忘處所，赤氣沖融無間斷～～魂翻：神魂顛倒。形容自己置身這種境界，感受特別強烈。眼倒：感覺天旋地轉。沖融：渾然一體。以上是說，置身柿子林中，神魂顛倒，頭暈目眩，忘了自己是在什麼地方。四周紅光佈滿，不斷噴發出來。

有如流傳上古時，九輪照燭乾坤旱～～九輪：九日，九個太陽。古代傳說，天上有十日，九日在大樹的下枝，一日在上

枝，堯帝使後羿射下九日。參看《淮南子·本經》。照燭：照耀。燭，照亮。以上是說，如同古代傳說那樣，上古時候九日照耀，天下大旱。

二三道士席其間，靈液屢進玻黎碗～～道士：古代和尚也稱道士。席：坐。靈液：露水，這裡可能是指柿子酒。玻黎碗：玻璃碗。以上是說，兩三個和尚坐在柿子林中，連連用玻璃碗喝柿子酒。

忽驚顏色變韶稚，卻信靈仙非怪誕～～韶：美好。稚：稚嫩。卻：副詞，倒。靈仙：神仙。怪誕：荒唐。以上是說，忽然吃驚，這些和尚面色都變得好看稚嫩了，倒是相信成神成仙不是荒唐的了。

桃源迷路竟茫茫，棗下悲歌徒纂纂～～桃源迷路：晉代陶潛《桃花源記》中說，武陵漁人無意中發現深山中有世外桃源，他出來時沿路做了記號。但是再去尋找，卻迷路了。棗下悲歌：晉代潘嶽《笙賦》：「詠園桃之夭夭，歌棗下之纂纂。歌曰：棗下纂纂，朱實離離。宛其落矣，化為枯枝。人生不能行樂，死何以虛諡為？」從棗樹由榮而枯，引發人生無常、不如及時行樂的感慨。纂纂：通假為「攢攢」，眾多聚集的樣子（棗子變紅，樹下聚攏了很多人）。以上是說，去桃花源的路迷失了，終於不見蹤影了；在棗樹下唱起悲傷的歌曲，先前眾人聚集，如今空無所有了。意思是說，桃源不能尋覓，棗下引發傷感，這些哪裡比得上游青龍寺得到真正的樂趣？

前年嶺隅鄉思發，躑躅成山開不算～～前年：貞元二十年

（西元 804 年），韓愈被貶，任陽山（今廣東省陽山縣）縣令。
躑躅：即黃杜鵑，春季開花，是著名的觀賞花木。不算：無數。
以上是說，前年我在山嶺旁邊，動了懷念故鄉的感情，出去遊
玩，黃杜鵑滿山盛開，多得簡直無法計算。

去歲羈帆湘水明，霜楓千里隨歸伴～～去歲：貞元二十一
年（西元 805 年），唐順宗即位，韓愈遇赦調往江陵，於是北
上到達郴州（今湖南省郴州市）停留，因為不久得到順宗退位、
憲宗即位的消息，希望獲得新的任命。羈帆：留在船上。以上
是說，去年留在船上，在明澈的湘水中航行千里路程，霜著楓
林，一片紅色，一直伴隨著行船。

猿呼鼺嘯鷓鴣啼，惻耳酸腸難濯浣～～鼺（ㄨˊ）：鼺鼠，
俗名飛鼠。惻耳酸腸：（聽到這些聲音）耳朵受不了，心裡酸痛。
濯浣：清洗，除掉。浣（ㄏㄨㄢˇ），洗。以上是說，山猿哀鳴，
飛鼠尖叫，鷓鴣發出啼聲，聽了刺耳傷心，難以清除。意思是
說，身在異鄉，心情傷感，兩次旅行都不快樂。

思君攜手安能得？今者相從敢辭懶～～攜手：結伴旅遊。
敢：豈敢。以上是說，那時想念崔君，願意跟他攜手同遊，怎
麼能辦得到？今天約我一同出遊，哪裡敢推辭懶得出去呢？

由來鈍寡參尋，況是儒官飽閒散～～鈍：愚笨。寡：極少。
參尋：參驗探索。儒官：儒學職務。飽：充滿，足夠。以上是說，
自己向來愚笨，很少用功參驗探索，何況身為儒學教官有足夠
的空閒？

唯君與我同懷抱，鋤去陵谷置平坦～～懷抱：志向，抱負。

陵谷：山陵和深谷。以上是說，只有崔君跟自己志向相同，決心剷除山陵和深谷，建設平坦的道路。這裡似乎隱喻希望在治國安邦上共同有所作為。

年少得途未要忙，時清諫疏尤宜罕～～得途：取得仕進的途徑，得到官職。時清：時世清平。諫疏：進諫的奏疏。以上是說，年輕輕的得到官職，不要忙著做事，時世清平，進諫的奏疏尤其應當少些。

何人有酒身無事？誰家多竹門可款～～款：叩，敲。《世說新語・簡傲》：「王子猷（徽之）嘗行過吳中，見一士大夫家極有好竹。主已知子猷當往，乃灑掃施設，在聽事坐相待。王肩輿徑造竹下，諷嘯良久。」以上是說，什麼人有酒自己沒有事情？誰家竹子很多可以敲門進去？意思是說，有酒就飲，有竹就看，及時行樂。

須知節候即風寒，幸及亭午猶妍暖～～節候：節令氣候。即：即使，縱然。及：到。亭午：正午。妍暖：陽光明媚，天氣暖和。以上是說，要知道即使節令到了深秋，刮起冷風，天氣涼了，幸而到正午時陽光明媚，還暖和些。

南山逼冬轉清瘦，刻畫圭角出崖窾～～南山：終南山，又名太一山，在長安城南。清瘦：因為草木凋落，山石顯露出來。圭角：圭玉的棱角，指棱角。崖窾：山崖和窟穴。窾（ㄎㄨㄢˇ），空。以上是說，接近冬季，南山越來越清瘦，棱角分明，顯出高崖和窟穴。

當憂復被冰雪埋，汲汲來窺戒遲緩～～汲汲：急促的樣子。

窺：探尋（景物）。戒：小心，謹防。以上是說，應當擔憂南山很快又被冰雪埋沒，趕快來探尋景物，不要行動遲緩，錯過遊玩的好時機！

【評析】

　　全詩分三部分。開頭十八句，是第一部分，運用濃重的色彩、神奇的想像描寫遊青龍寺所看到的柿林如火的景觀，並用桃源渺茫、棗下傷感做陪襯，點出這次遊歷是一次真正的享受。此下十句，是第二部分，回憶前年賞杜鵑、去年觀楓林，領悟只有景物好、心情好、遊伴好才能感受旅遊的樂趣，把遊青龍寺的美好印象挖掘得更深入了。最後十二句，是第三部分，勸告朋友不要只顧忙於俗務，拋棄了人生的樂趣，應當抓住時機，再入南山一遊。「何人有酒身無事？誰家多竹門可款？」寫出閒情逸致，寫出瀟灑人生。評者大都認為，詩的前半風格濃重奇險，後半字句輕圓，意境閑遠，「從柿葉生出波瀾」，是韓愈七古中的上乘之作。

✤ 十三　短燈檠歌

【題解】

　　◆唐代詩人李商隱《詠史》詩說：「歷覽前賢國與家，成由勤儉敗由奢。」從古到今，一代又一代的人們重複這一歷史的教

訓，真是太多太多啦！詩人韓愈有感於此，寫了《短燈檠歌》警戒人們。燈檠（ㄑ一ㄥˊ）：燈架，即油燈的立柱，頂部置燈盤，又稱燈碗，盤中盛燈油加燈撚。一般燈架高二尺，富貴之家用長燈架，高八尺，相應地燈盤也大，燈撚也粗，照得很亮。詩中借人們富貴後扔掉短燈架，改用長燈架，諷刺講究排場、生活奢侈的世相。本詩大約作於元和元年（西元806年）。

○【原文】

長檠八尺空自長，短檠二尺便且光。
黃簾綠幕朱戶閉，風露氣入秋堂涼。
裁衣寄遠淚眼暗，搔頭頻挑移近床。
太學儒生東魯客，二十辭家來射策。
夜書細字綴語言，兩目眵昏頭雪白。
此時提攜當案前，看書到曉那能眠？
一朝富貴還自恣，長檠高張照珠翠。
吁嗟世事無不然，牆角君看短檠棄！

【新解】

長檠八尺空自長，短檠二尺便且光～～空自：白白地。自，助詞，無義。且：連詞，表示並列，又。光：明亮。以上是說，長燈架八尺白白地長，短燈架二尺使用方便又亮堂。

黃簾綠幕朱戶閉，風露氣入秋堂涼～～朱戶：朱門，紅色大門。指富貴人家。可見詩中主人公家道曾經興盛。秋堂：秋天的廳堂。以上是說，掛著黃色簾子、綠色帷帳，夜間颳風滴

露，寒氣吹進廳堂，已經感到秋涼了。

裁衣寄遠淚眼暗，搔頭頻挑移近床～～寄遠：寄給遠方的丈夫（即東魯儒生）。搔頭：簪子，古代婦女的首飾。頻：一再。挑：撥。這裡是說用簪子撥燈撚，使其明亮。唐代李白《閨情》詩：「織錦心草草，挑燈淚斑斑。」以上是說，這個婦女正在裁剪縫製衣服，好把它寄給遠方的丈夫，思念丈夫，淚眼模糊，用簪子頻頻撥動燈撚，把燈移近床邊。

太學儒生東魯客，二十辭家來射策～～太學：唐代最高學府之一。東魯：山東。射策：漢代考試方法之一，考試題目寫在竹簡（即策）上，應試的人抽選回答，評定優劣。這裡借指參加科舉考試。以上是說，太學學生來自山東，二十歲時離家到京城來參加科舉考試。

夜書細字綴語言，兩目眵昏頭雪白～～細字：小字。綴：撰寫（文章）。眵（ㄔ）：眼屎。以上是說，夜裡寫小字做文章，兩眼長著眼眵，視覺昏花，頭上叢生白髮。

此時提攜當案前，看書到曉那能眠～～案：幾案。那：後來作「哪」。以上是說，這時候提起燈架放在正對幾案前，看書直到清晨哪能睡眠？

一朝富貴還自恣，長檠高張照珠翠～～還：卻。自恣：自我放縱享樂。張：設立。珠翠：婦女的佩飾，借指盛妝的美女。唐代王維《寓言》詩：「曲陌車騎盛，高堂珠翠繁。」以上是說，過去日子儉樸，一旦富貴卻放縱享樂，高高的燈架立著，明亮的燈光照著珠圍翠繞的美人。

籲嗟世事無不然，牆角君看短檠棄～～籲嗟：嘆詞，唉咳。以上是說，唉咳！世間的事沒有不這樣的，您看看那牆角拋棄的短架燈就知道了。

【評析】

有人認為這首詩的中心思想是嘲諷世態炎涼，富貴以後就對過去的貧賤之交冷淡了。我們覺得這恐怕有距離，詩的主旨顯然是諷刺得到富貴便追求享樂，生活奢侈，完全丟棄了過去勤儉樸素、自強自勵的優良作風。而其結果，無不是身敗名裂，國破家亡，演出一場又一場悲劇。宋代蘇軾的詩句「免使韓公悲世事，白頭還對短燈檠」，正是借鑒詩意，汲取慘痛教訓，戒驕戒奢，以免重蹈前人的覆轍。從結構上看，全詩可分兩部分。前一部分寫夫妻二人勤儉度日，妻子裁衣，丈夫讀書，都用短架燈火。後邊四句寫一旦富貴便奢華排場，高燈照耀，珠翠閃爍，令人感慨無限！敘事簡潔，風格樸素，「筆力高絕」，「諷喻深切」，從普遍存在的生活現象中引出深刻的喻意，具有警示作用。查慎行評價這首詩「詞淺而喻深」，是中肯的。

❀ 十四 薦士

【題解】

◆唐代詩人孟郊（西元751～814年），字東野，湖州武康（今

浙江德清縣）人。一生窮困潦倒。貞元十二年（西元796年）考中進士，已46歲了。後任溧陽縣尉，已50歲了。他的詩中大多訴說愁苦，深摯感人，措辭求奇，有時不免晦澀。韓愈《醉留東野》詩說：「吾願身為雲，東野變為龍。四方上下逐東野，雖有離別無由逢。」可見他對孟郊詩歌成就欽佩之至，二人友誼之深。元和元年（西元806年）九月，韓愈寫這首詩向國子祭酒鄭餘慶推薦孟郊。十一月，鄭餘慶調河南尹，次年任孟郊為水陸轉運從事。

◆ 關於本詩的寫作時間，王元啟曾有考證：「（孟）郊登第在貞元十二年，間四年選為溧陽尉，當在十七年。去尉二年，河南尹鄭餘慶奏為水陸轉運從事。餘慶以元和元年十一月尹河南，二年辟郊為從事，則郊之去尉當在貞元二十一年。唐制，居官以四考為滿，二十一年正郊滿官罷任之時。舊注貞元十一年，郊為溧陽尉，鄭餘慶尹河南，公作詩薦之。紀年皆舛。」（《讀韓記疑》）

⊃【原文】

周詩三百篇，麗雅理訓誥。曾經聖人手，議論安敢到？
五言出漢時，蘇李首更號。東都漸瀰漫，派別百川導。
建安能者七，卓犖變風操。逶迤抵晉宋，氣象日凋耗。
中間數鮑謝，比近最清奧。齊梁及陳隋，眾作等蟬噪。
搜春摘花卉，沿襲傷剽盜。國朝盛文章，子昂始高蹈。
勃興得李杜，萬類困凌暴。後來相繼生，亦各臻閫奧。
有窮者孟郊，受材實雄驁。冥觀洞古今，象外逐幽好。
橫空盤硬語，妥帖力排奡。敷柔肆紆餘，奮猛卷海潦。
榮華肖天秀，捷急逾響報。行身踐規矩，甘辱恥媚灶。

孟軻分邪正，眸子看瞭眊。杳然粹而精，可以鎮浮躁。
酸寒溧陽尉，五十幾何耄？孜孜營甘旨，辛苦久所冒。
俗流知者誰？指注競嘲傲。聖皇索遺逸，髦士日登造。
廟堂有賢相，愛遇均覆燾。況承歸與張，二公迭嗟悼。
青冥送吹噓，強箭射魯縞。胡為久無成，使以歸期告？
霜風破佳菊，嘉節迫吹帽。念將決焉去，感物增戀嫪。
彼微水中荇，尚煩左右芼。魯侯國至小，廟鼎猶納郜。
幸當擇珉玉，寧有棄珪瑁？悠悠我之思，擾擾風中纛。
上言愧無路，日夜惟心禱。鶴翎不天生，變化在啄菢。
通波非難圖，尺地易可漕。善善不汲汲，後時徒悔懊。
救死具八珍，不如一簞犒。微詩公勿誚，愷悌神所勞。

【新解】

　　周詩三百篇，麗雅理訓誥～～三百篇：《詩經》的別稱，彙集西周初期至春秋中葉詩歌，共305篇，分風、小雅、大雅、頌四部分。漢代傳詩的有齊、魯、韓（以上今文）、毛（古文）四家，今存《詩經》就是《毛詩》。麗雅：文詞優美、內容純正。《文心雕龍·征聖》：「聖文之雅麗。」理：用為動詞，以……為法則。訓誥：《尚書》中的《伊訓》、《湯誥》之類，封建時代奉為最高典範的文章。以上是說，周代詩歌三百篇，文詞優美，內容純正，都是遵照訓誥的典範創作出來的。

　　曾經聖人手，議論安敢到～～聖人：指孔子。古代早就有關於孔子刪定《詩經》的說法。安：疑問代詞，哪裡。以上是說，《詩經》曾經過聖人親手刪定，哪裡敢議論它呢？

　　五言出漢時，蘇李首更號～～蘇李：漢代蘇武、李陵，他

們是最早寫文人五言詩的。《文選》收蘇武詩四首、李陵詩三首，但後代學者多疑為偽託之作。首：用為動詞，首創。號：號召，提倡。以上是說，五言詩出現在漢代，蘇武、李陵首創並且宣導寫五言詩。

東都漸漫，派別百川導～～東都：東漢建都洛陽，這裡指東漢。漫：水勢盛大，比喻五言詩興盛、發展。派別：（詩歌）流派。以上是說，東漢時五言詩逐漸興盛、發展，流派很多，就像百川開通一般。晉代左思《吳都賦》：「百川派別，歸海而會。」

建安能者七，卓犖變風操～～建安：漢獻帝年號（西元196～220年）。七：即建安七子，建安時期七位著名作家孔融、陳琳、王粲、徐幹、阮瑀、應瑒、劉楨。卓犖（ㄓㄨㄛˊㄌㄨㄛˋ）：卓絕，高出一般。風操：風格。以上是說，建安七子是善於文學創作的，他們造詣卓絕，改變了詩的風格。

逶迤抵晉宋，氣象日凋耗～～逶迤：曲折延伸。凋耗：衰落。耗，損耗，減少。以上是說，曲折發展到了晉代和南朝宋代，詩歌的形勢日趨衰落了。

中間數鮑謝，比近最清奧～～數：算，以……為著名。鮑謝：南朝宋代鮑照、謝靈運。鮑照以七言歌行見長，謝靈運以山水詩為多。比近：成就並列相近。清奧：語言清雅、意境深遠。以上是說，中間要算鮑照、謝靈運二人著名，他倆成就相近，語言最清雅，意境最深遠。

齊梁及陳隋，眾作等蟬噪～～等：跟……沒有兩樣。蟬噪：

比喻單調乏味。以上是說，齊代、梁代和陳代、隋代，眾人的詩作跟雄蟬叫喚沒有兩樣，單調無味。

搜春摘花卉，沿襲傷剽盜～～搜春：比喻在詩歌中盡力描寫花草。剽（ㄆㄧㄠˋ）盜：剽竊，抄襲前人作品。以上是說，這個時期作者寫詩，如同春遊的人探尋景物，在作品中描寫花草，互相模仿，他們的缺陷就是近似剽竊。

國朝盛文章，子昂始高蹈～～國朝：古人稱本朝。子昂：陳子昂（西元 661～702 年），字伯玉，唐代梓州射洪（今四川省射洪縣）人，開耀二年（西元 682 年）進士，曾任右拾遺，被人陷害，死於獄中。唐初詩文繼承六朝浮麗靡弱風氣，至陳子昂首倡革新，詩風清新剛健，向來受到推崇。高蹈：開創更高的境界。以上是說，我們唐朝大力繁榮文學創作，陳子昂在詩歌中追求更高的境界，開一代風氣。

勃興得李杜，萬類困凌暴～～萬類：萬物。凌暴：欺壓。這裡表示任意驅使調動，就是怎樣表現萬物都能得心應手。以上是說，有了李白、杜甫，詩歌勃然興起，萬物在他倆筆下都被征服了，任意驅使調動，怎樣表現都能得心應手。

後來相繼生，亦各臻閫隩～～臻：達到。閫隩：深入的地步。閫，婦女居住的內室；隩，室內西南角。《漢書·敘傳》：「究先聖之壺奧。」「壺」通「閫」，「奧」通「隩」。以上是說，後來的相繼出現的作者，也各自達到了登堂入室的成就。

有窮者孟郊，受材實雄驁～～窮：陷入困境，不能施展抱負。受材：天賦、素質。雄驁（ㄠˊ）：傑出，不同尋常。驁，

駿馬。以上是說，有個身陷困境的詩人孟郊，天生才質實在傑出，是當今的千里馬。

冥觀洞古今，象外逐幽好～～冥觀：深入考察。洞：用為動詞，洞察。象外：物象之外。指詩文的意境。唐代司空圖《與極浦書》：「戴容州（叔倫，曾任容管經略使）云：「詩家之景，如藍田日暖，良玉生煙，可望而不可置於眉睫之前也。象外之象，景外之景，豈容易可譚哉？」幽好：幽深美好。以上是說，他深入考察，洞察古今，追求幽深美好的詩歌意境。

橫空盤硬語，妥帖力排奡～～橫空：橫穿天空。唐代虞世南《侍宴應詔》詩：「橫空一鳥度，照水百花燃。」硬語：豪邁的話。妥帖：合適，穩當。晉代陸機《文賦》：「或妥帖而易施，或岨峿而不安。」排奡（ㄠˋ）：（詩文風格）剛勁。奡，有力。以上是說，他的詩歌，語言豪邁，同高峰橫穿天空；佈局安排穩妥，矯健有力。

敷柔肆紆餘，奮猛卷海潦～～敷柔：柔和。紆餘：委婉。奮猛：猛烈。海潦：海水。潦（ㄌㄠˇ），雨後的大水。以上是說，他的詩中，有的風格柔和，儘量委婉；有的風格遒勁，猶如海水翻卷。

榮華肖天秀，捷急逾響報～～榮華：草木的花，比喻華美的辭藻。肖：似。天秀：天然美麗的花朵。秀，草木的花。捷急：文思敏捷。逾：超過。響報：回聲相應。以上是說，辭藻華美，好似天然美麗的花朵；文思敏捷，超過回聲相應。

行身踐規矩，甘辱恥媚灶～～行身：行己，要求自己。《論

語·子路》:「行己有恥。」甘辱:甘心處於卑賤的地位。媚灶:
向執政者獻媚。《論語·八佾》:「與其媚於奧,寧媚於灶。」
奧,室內,比喻近臣;灶,灶神,掌管一家善惡,比喻執政者。
以上是說,要求自己照規矩行動,安心貧賤,不肯向當權人物
獻媚討好。

　　孟軻分邪正,眸子看瞭眊～～眸子:瞳孔,泛指眼睛。瞭:
看得清楚,眼珠明亮。眊(ㄇㄠˋ):看不清楚,眼珠昏暗。《孟
子·離婁上》:「胸中正,則眸子瞭焉;胸中不正,則眸子眊焉。」
以上是說,孟子分辨人的心術,觀察眼珠明亮或昏暗,判斷心
術正或邪。

　　杳然粹而精,可以鎮浮躁～～杳(ㄧㄠˇ)然:幽深的樣
子。浮躁:輕浮急躁。以上是說,孟郊目光深沉精粹,可以鎮
服眾多輕浮急躁之輩。

　　酸寒溧陽尉,五十幾何耄～～酸寒:寒酸,貧士貧窮困窘
的樣子。唐代韓愈《祭郴州李使君文》:「雖掾俸之酸寒,要
拔貧而致富。」唐代杜荀鶴《秋日懷九華舊居》詩:「燭共寒
酸影,蛩添苦楚吟。」溧陽:今江蘇省溧陽縣。尉:縣令的佐僚,
執掌治安。唐代上縣縣尉,從九品下。耄(ㄇㄠˋ):年老,
八九十歲。以上是說,他當寒酸的溧陽縣尉,年紀五十多歲,
怎麼就衰老了?

　　孜孜營甘旨,辛苦久所冒～～孜孜:勤勉不息。營:謀求。
甘旨:香甜的食物,指供養父母的食物。《禮記·內則》:「昧
爽而朝,慈以旨甘;日入而夕,慈以旨甘。」孟郊任溧陽縣尉,

把母親接到溧陽侍奉。冒：承受，經受。以上是說，為了侍養母親，孟郊勤奮做事，以便得到供養老人的食物，長期經受辛苦，也不顧及。

俗流知者誰？指注競嘲～～俗流：庸俗的人們。指注：手指目注。：同「傲」，輕侮，輕慢。以上是說，普通的人中有誰瞭解他？他們用手指點，用眼斜視，爭相嘲笑輕侮他。

聖皇索遺逸，髦士日登造～～聖皇：指唐憲宗。遺逸：在野的賢士和隱居山林的人。髦士：優秀人才。《詩經·小雅·甫田》：「攸介攸止，烝我髦士。」《爾雅·釋言》：「髦，俊也。」注：「士中之俊，如毛中之髦。」髦，古代幼兒下垂至眉的頭髮。登造：錄用，提拔。以上是說，當今聖上尋求在野的賢人和山林的隱士，優秀人才天天錄用提拔。

廟堂有賢相，愛遇均覆燾～～廟堂：朝廷。古代國家有大事，稟告於宗廟，議論於明堂，因稱廟堂。後來指朝廷。賢相：指鄭餘慶，元和元年五月罷相。覆燾（ㄉㄠ丶）：覆蓋，庇護。「燾」，通假為「幬」，覆蓋。《禮記·中庸》：「譬如天地之無不持載，無不覆幬。」以上是說，廟堂之中有賢明的宰相，愛惜禮遇人才，一視同仁，保護他們。

況承歸與張，二公迭嗟悼～～歸：歸登的父親歸崇敬，蘇州吳郡（今江蘇省蘇州市）人，德宗時任特進、兵部尚書。張：張建封，德宗時任右僕射。嗟悼：感歎惋惜。以上是說，何況處在歸崇敬、張建封之後，他們二位大人多次為孟郊感歎惋惜。

青冥送吹噓，強箭射魯縞～～青冥：天空，比喻高處。吹

噓:為人宣揚才德,說好話。《後漢書‧鄭太傳》:「公業曰:孔公緒清談高論,噓枯吹生。」南朝梁代劉峻《與諸弟書》:「任(昉)既假以吹噓,各登清貫。」(《文選》劉峻《廣絕交論》注引)魯縞(《ㄍㄠˇ》):魯國所產一種輕薄的白絹。《漢書‧韓安國傳》:「強弩之末,力不能穿魯縞。」這裡反用典故,比喻輕而易舉。以上是說,兩位大人為孟郊宣揚才德,可以把他推到很高的位置,如同勁射的箭穿透魯國的薄絹一般。

胡為久無成,使以歸期告～～歸期:回鄉的日期。以上是說,為什麼當權人物極力推薦孟郊,時間很長,沒有成功,使得他失掉信心,決定回鄉,把動身的日期告訴我?

霜風破佳菊,嘉節迫吹帽～～嘉節:農曆九月九日重陽節。吹帽:《晉書‧孟嘉傳》:「(孟)嘉後為征西桓溫參軍,溫甚重之。九月九日,溫燕龍山,參僚畢集。……有風至,吹嘉帽墮落,嘉不之覺。」後來「吹帽」、「落帽」成為重陽登高的典故。以上是說,秋風吹開了美麗的菊花,迫近重陽佳節登高的時候了。

念將決焉去,感物增戀嫪～～決焉:決然。感物:看到秋天的景物引起感觸。物,物候。戀嫪(ㄌㄠˋ):同義並列,戀戀不捨。以上是說,想到老友孟郊將要決然離去,看到節候變化引起感觸,更增加了戀戀不捨的感情。

彼微水中荇,尚煩左右芼～～荇(ㄒㄧㄥˋ):荇菜,又名水葵,水生植物,根莖可以食用。煩:煩勞。芼(ㄇㄠˋ):拔,擇,采。《詩經‧周南‧關雎》:「參差荇菜,左右芼之。」

以上是說，那水中生長的小小荇菜，還需要左邊右邊用手來采。

魯侯國至小，廟鼎猶納郜～～魯侯：春秋時魯桓公。納郜
（《ㄍㄠ、）：抬郜鼎送入魯國太廟。《春秋》桓公二年：「取
郜大鼎於宋；戊申，納於太廟。」郜：西周時諸侯小國，在今
山東省成武縣。以上是說，魯侯的國家最小，還把巨大的郜鼎
送入太廟。

幸當擇玉，寧有棄珪瑁～～擇：分辨。：似玉的石頭。寧：
副詞，表示反詰，怎麼，難道。珪瑁（ㄇㄠ、）：古代玉制的
禮器，下方上銳的叫珪，長方形的叫瑁，朝會時執在手上敬禮。
這裡借指美玉。以上是說，幸而需要區分石頭和寶玉，哪裡會
有拋棄美玉的？《禮記‧聘義》：「子貢問於孔子曰：『敢問
君子貴玉而賤者，何也？』」

悠悠我之思，擾擾風中纛～～悠悠：憂思，愁緒。《詩經‧
邶風‧終風》：「莫往莫來，悠悠我思。」擾擾：紛亂的樣子。
風中纛（ㄉㄠ、）：風中飄搖的旌旗。《戰國策‧楚策一》：「寡
人心搖搖如懸旌而無所終薄。」纛，古代儀仗中飾有羽毛的旗
幟。以上是說，我的心緒充滿憂愁，紛亂得像風中飄搖的旌旗。

上言愧無路，日夜惟心禱～～上言：向皇帝上奏章陳述意
見。無路：沒有途徑。韓愈元和元年任國子監博士，不在朝廷
任職。心禱：心中默默祈禱。以上是說，想向皇帝陳述意見，
可又沒有機會，為此感到愧疚，只有日日夜夜心裡默默祈禱。

鶴翎不天生，變化在啄菢～～啄菢：母鳥孵卵，身體伏在
卵上，時常用嘴翻動鳥卵。以上是說，鶴有美麗的羽毛，不是

天生的,由卵變成幼雛在於母鶴孵化。

通波非難圖,尺地易可漕～～通波:引水。漢代班固《西都賦》:「與海通波。」漕:轉運米穀的水道。用作動詞,鑿開水道。以上是說,引水進入田地並非難想辦法,開鑿一尺土地是很容易的。如同說舉手之勞。也就是說,推薦孟郊並不費難,現在已經是水到渠成的時候了。

善善不汲汲,後時徒悔懊～～善善:愛惜優秀人才。第一個「善」用為動詞,愛惜。《公羊傳》昭公二十年:「君子善善也長,惡惡也短。」汲汲:急切的樣子。《漢書‧揚雄傳》:「少嗜欲,不汲汲於富貴,不戚戚於貧賤。」後時:錯過時機。以上是說,愛惜優秀人才不趕快行動,錯過時機白白懊悔。

救死具八珍,不如一簞犒～～具:準備。八珍:八種珍貴的食品。唐代白居易《秦中吟》之七《輕肥》:「罇溢九醞,水陸羅八珍。」一簞(ㄉㄢ)犒:用一竹盒飯慰勞。犒,用酒飯慰勞。《左傳》宣公二年記載,晉國正卿趙盾在首陽山打獵,見到一個餓得快死的人,送給他一竹盒飯。以上是說,救濟餓得快死的人卻要用很長的時間準備八種美味,比不上馬上送他一竹盒飯。也就是說,準備用很長時間,才能給孟郊一個像樣的職位,比不上馬上給他一個普通的差使。

微詩公勿誚,愷悌神所勞～～微詩:小詩。誚(ㄑㄧㄠˋ):譏笑。愷悌(ㄎㄞˇ ㄊㄧˋ):和樂平易的樣子。古書上也作「豈弟」。勞:保佑。《詩經‧大雅‧旱麓》:「豈弟君子,神所勞矣。」以上是說,呈上這首小詩,大人不要見笑,像您

這樣和樂平易的君子，是神明所保佑的。

【評析】

元和元年（西元806年）九月，鄭余慶由太子賓客改國子祭酒（最高學府長官），韓愈時任國子監博士，寫詩向他推薦老友孟郊。全詩分三部分。開頭二十四句為第一部分，簡括敘述我國詩歌發展的源流，突出孟郊對詩歌發展的創造性功績。中間二十二句是第二部分，高度評價孟郊的詩歌成就和思想道德，希望加以重用。最後三十四句是第三部分，說明當今皇帝注意搜尋在野的賢人，宰相也很愛惜人才，孟郊曾經先後受到大臣推薦，加以任用是輕而易舉的；而且本人要求不高，非常容易滿足。其中穿插重陽臨近，孟郊準備動身返鄉，韓愈對他戀戀不捨，為他離去惆悵，既是出於私交友情，也是出於人才寶貴，人才難得，國家急需人才，流失人才可惜這番考慮。這樣從理智上、感情上都體現了留住孟郊的迫切性。這首詩語言精煉，音調鏗鏘，感情充沛，道理實在，猶如萬里波濤，奔騰入海，氣勢雄壯，剛勁有力，是韓愈詩中的著名篇章。尤其詩的開端論述詩史，是這位唐代文學大師對古代詩歌發展變化的真知灼見，至今仍有彌足珍貴的學術價值。古人以詩論詩，不乏其例；但是以詩概述詩史，自古至今，實不多見。在修辭手段上，詩中大量使用比喻，例如「派別百川導」、「眾作等蟬噪」、「搜春摘花卉」、「奮猛卷海潦」、「強箭射魯縞」等等。「魯侯國至小，廟鼎猶納郜」，「鶴翎不天生，變化在啄菢」，「救死具八珍，不如一簞犒」

之類，看去似在引述古史，發表議論，其實隱含比喻，只是表現形式有所變化。因此何義門説：「此詩多用譬喻，極縱橫歷落之致。」

韓愈身為古文運動的領袖，也是唐代詩壇獨樹一幟的大家，在他周圍聚集了一批年輕有為的文人學士。韓愈熱心吹噓，大力舉薦，幫助他們施展遠大抱負，為國家為民族建功立業。這是他的偉大人格的具體表現之一。這種優良傳統應當繼承發揚。如果只為一己或一派私利著想，嫉賢 能，壓抑人才，民族振興的希望不是要落空嗎？至少一個地區的振興、一個單位的發展也要觸礁了。

❀ 十五 孟東野失子

【題解】

◆唐代詩人孟郊（西元 751 ～ 814 年），字東野，湖州武康（今浙江德清縣）人。一生窮困潦倒。貞元十二年（西元 796 年）考中進士，已 46 歲了。後任溧陽縣尉，已 50 歲了。他的詩中大多訴説愁苦，深摯感人，措辭求奇，有時不免晦澀。韓愈跟他友誼極厚。《醉留東野》詩説：「吾願身為雲，東野變為龍。四方上下逐東野，雖有離別無由逢。」元和三年（西元 808 年）春天，孟郊連喪三子，無比悲痛。《杏亙詩》説：「哀哀孤老人，戚戚無子家。」《悼幼子》説：「負我十年恩，欠爾千行淚。」韓愈

寫這首詩勸慰老友。詩前小序，說明作詩緣起。

◆ 東野連產三子，不數日輒失之。幾老，念無後以悲。其友人昌黎韓愈，懼其傷也，推天假其命以喻之。

● 【原文】

失子將何尤？吾將尤上天。汝實主下人，與奪一何偏！
彼於汝何有，乃令蕃且延？此獨何罪辜，生死旬日間？
上呼無時聞，滴地淚到泉。地祇為之悲，瑟縮久不安。
乃呼大靈龜，騎雲款天門。問天主下人，薄厚胡不均？
天曰天地人，由來不相關。吾懸日與月，吾系星與辰。
日月相噬齧，星辰踣而顛。吾不汝之罪，知非汝由緣。
且物各有分，孰能使之然？有子與無子，禍福未可原。
魚子滿母腹，一一欲誰憐？細腰不自乳，舉族長孤鰥。
鴟梟啄母腦，母死子始翻。蝮蛇生子時，坼裂腸與肝。
好子雖云好，未還恩與勤。惡子不可說，鴟梟蝮蛇然。
有子且勿喜，無子固勿歎。上聖不待教，賢聞語而遷。
下愚聞語惑，雖教無由悛。大靈頓頭受，即日以命還。
地祇謂大靈，汝往告其人。東野夜得夢，有夫玄衣巾。
闖然入其戶，三稱天之言。再拜謝玄夫，收悲以歡忻。

【新解】

「小序」～～幾老：接近老年。幾，接近。當時孟郊已57歲。以：連詞，而。推天：推給上天（把喪子的原因推給上天）。假：借。喻：開導。以上是說，孟東野連生三個兒子，過了不幾天就沒有了。將近老年，想到沒有後代因而悲痛。他的友人昌黎

怕他傷心，推說這是天意，必須認命，藉以勸解他。

失子將何尤？吾將尤上天～～尤：責怪。以上是說，失去兒子要責怪什麼人？我要責怪上天。

汝實主下人，與奪一何偏～～汝：人稱代詞，你。主：主宰。與奪：給予與剝奪。一何：多麼。偏：不公道，偏頗。以上是說，你這老天是主宰下方人民的，有的給予有的剝奪，多麼不公平啊！

彼於汝何有，乃令蕃且延～～蕃：繁育。延：長壽。以上是說，那些人對你老天有什麼好處，卻讓他們繁殖子孫而且長壽？

此獨何罪辜，生死旬日間～～罪辜：罪過。辜，與「罪」同義。旬日：十天。借指很短時間。以上是說，這個孟郊有什麼罪過，他的三個兒子不幾天都死了？

上呼無時聞，滴地淚到泉～～泉：黃泉，地下深處。以上是說，向著蒼天呼喊，沒有時候聽到，悲傷的淚水滴到地上，流入黃泉。

地祇為之悲，瑟縮久不安～～地祇（ㄑㄧˊ）：地神。瑟縮：打顫。以上是說，地神也為他（孟郊）悲傷，全身打顫，久久不能平靜。

乃呼大靈龜，騎雲款天門～～靈龜：古代認為龜為四大靈獸（麟、鳳、龜、龍）之一，故稱靈龜。款：叩，敲。孟郊《杏互詩》：「靈鳳不銜訴，誰為扣天關？」以上是說，地神便叫大靈龜來，讓它駕著雲霧去敲天門。

問天主下人，薄厚胡不均～～胡：疑問代詞，何，為什麼。以上是說，質問老天：你主宰下方人民，厚此薄彼，為什麼不平等對待？

天曰天地人，由來不相關～～由來，從來。以上是說，老天說道：天、地和人從來互不相關。

吾懸日與月，吾系星與辰～～系：拴，掛。星：五星（金、木、水、火、土）。辰：二十八宿。以上是說，我懸掛太陽和月亮，我拴住五星和二十八宿。

日月相噬齧，星辰踣而顛～～噬（ㄕ丶）齧（ㄋㄧㄝ丶）：吞和咬。這裡指日食、月食。踣（ㄅㄛˊ）：跌倒。顛：倒下。踣而顛，這裡說星辰隕落。以上是說，日月相互吞咬，造成日食、月食，星辰跌落下來，形成流星、隕石。

吾不汝之罪，知非汝由緣～～汝之罪：動賓倒裝句式，即罪汝（歸罪於你們）。由緣：緣由，原因。以上是說，我不怪罪你們，知道不是因為你們。

且物各有分，孰能使之然～～分：職責，範圍。然：代詞，如此。以上是說，而且事物各有名分，誰能使他如此？意思是說，每個事物的性狀、變化，是它自身的規律，不是外在的力量使它這樣。

有子與無子，禍福未可原～～原：用為動詞，推論，探求。以上是說，有兒子和沒有兒子是禍是福不能推求清楚。

魚子滿母腹，一一欲誰憐～～魚子：魚卵。以上是說，魚卵裝滿了雌魚的肚子，一個一個數不勝數，要愛哪一個？

細腰不自乳，舉族長孤鰥～～細腰：細腰蜂。它把別的昆蟲抓住，弄進巢裡，然後產卵，孵化的幼蜂就以這個昆蟲屍體作食物。古人誤以為細腰蜂不分雌雄，不能繁殖後代，而把別的昆蟲捉回巢中當作自己的後代，因此認為它的「家族」中沒有親緣關係，都是無父的孤兒和無妻的鰥夫。乳：生子。以上是說，細腰蜂不能自己生育，整個蜂群永遠是孤兒和鰥夫。

鴟梟啄母腦，母死子始翻～～鴟梟（ㄔ ㄒㄧㄠ）：貓頭鷹類的鳥。一作鴟鴞。古人傳說鴟梟幼時吃母鳥長大。翻：飛翔。以上是說，鴟梟幼時啄食母鳥的腦袋，母鳥死後它才獨自飛翔。

蝮蛇生子時，坼裂腸與肝～～蝮蛇：一種生活在山野中的毒蛇，古代傳說蝮蛇胎生，幼蛇從母蛇肚子裡爬出來。坼（ㄔㄜˋ）：裂開。以上是說，蝮蛇生幼蛇時，肝腸都裂開了。

好子雖雲好，未還恩與勤～～雲：說。恩與勤：指父母養育子女的恩情和勞苦。《詩經·豳風·鴟鴞》：「恩斯勤斯，鬻子之閔斯。」以上是說，好兒子雖然好，他也報答不了父母的恩德和勤勞。

惡子不可說，鴟梟蝮蛇然～～惡：壞。以上是說，壞兒子不能提了，鴟梟、蝮蛇都是這類實例。

有子且勿喜，無子固勿歎～～且：副詞，暫且。固：一定。以上是說，有兒子暫且不要歡喜，沒有兒子一定不要悲傷歎氣。

上聖不待教，賢聞語而遷～～上聖：德才最高超的人。漢代儒師董仲舒認為是人性的上品。賢：德才優秀的人。舊說人性的中品。遷：轉變。以上是說，最高的聖人不需教育，賢人

聽我說話就轉變了。

下愚聞語惑，雖教無由悛～～下愚：素質最低的愚民。舊說人性的下品。由：途徑，辦法。悛（ㄑㄩㄢ）：改變。以上是說，最低的愚民聽我說話也不明白，即使教育也沒辦法改造。

大靈頓頭受，即日以命還～～頓頭：叩頭。即日：當天。以：帶，拿。以上是說，大靈龜叩頭接受指令，當天便帶著老天的旨意回來了。

地祇謂大靈，汝往告其人～～其人：那喪子的人（指孟郊）。以上是說，地神對大靈龜說，你去把一番話告訴那喪子的人。

東野夜得夢，有夫玄衣巾～～夫：成年男子。玄衣巾：黑色的衣服和頭巾。指龜。龜的別名叫玄衣督郵。晉代崔豹《古今注·魚蟲》：「龜名玄衣督郵。」以上是說，孟郊夜裡做夢，看見一個男子穿著黑衣服戴著黑頭巾。

闖然入其戶，三稱天之言～～闖（ㄔㄣˋ）然：伸頭的樣子。三稱：反覆陳述。以上是說，一個男子伸著腦袋進入他的門戶，反覆陳述老天的話。

再拜謝玄夫，收悲以歡忻～～再拜：連續揖拜兩次。玄夫：黑衣男子。歡忻：歡喜。忻，喜悅。以上是說，孟郊揖拜兩次感謝黑衣男子，收起悲傷的表情轉為歡喜了。

【評析】

韓愈為了幫助老友孟郊從老年喪子的巨大悲痛中解脫出來，恢復正常的心態，用樸實自然的文字寫了這樣一個起訴老天

不公的故事。全詩分三部分。開頭十六句，是第一部分，靈龜上天起訴，質問老天：為什麼這樣不公，讓孟郊連喪三子？中間三十句，是第二部分，老天答辯，說明天地從不過問人事，有無兒子跟人生禍福沒有聯繫。最後十句，是第三部分，孟郊做夢領受老天旨意，心中豁然開朗，以平常心看待生死壽夭，轉悲為喜了。

幾千年來，封建統治階級一直宣揚唯心論的天命論，老天主宰人事，人們只能服從天命，放棄反抗和鬥爭。韓愈借助老天之口說出天地跟人事「從來不相關」，揭破了天命主宰一切的謊言，這是他一貫反對封建迷信的樸素唯物主義精神的昇華。「多子多福」也是根深蒂固的傳統觀念，韓愈大膽地懷疑了這種說法，提出「有子與無子，禍福未可原」，勇敢地向傳統思想挑戰，表現了一種正確觀察、深入思考的睿智和理性。而他堅持儒家思想關於人性三品的觀點，把廣大人民群眾視為下愚，不可理喻，是極其錯誤的，顯然受到了歷史的局限。

在詩歌創作上開拓進取，不落窠臼，「以文入詩」，在這首詩中有突出的表現。這個虛擬的起訴老天的故事按照起訴、答辯、醒悟的順序步步寫來，沒有曲折，不加修飾，顯得樸拙、簡單。但因故事情節的奇特詭異，又有朋友之間的幽默風趣，使人讀時感到別有興味，這在韓愈著意追求「樸淡」、「奇古」、「怪怪奇奇」的詩作中是很出色的。

◎ 詩

✿ 十六 石鼓歌

【題解】

◆ 唐初在天興（今陝西省鳳翔縣）三時原發現十塊鼓形石刻，每塊刻有十首一組四言詩，字體為籀文（大篆），內容記述貴族田獵遊樂生活。當時石鼓文字已有殘缺，宋代歐陽修所見僅485字；後來幾經戰亂搬遷，所剩文字更少了。它是現存時代最早的石刻，堪稱珍貴文物。關於石鼓文的年代，唐人都認為是周宣王時所刻，由太史籀所寫。近人認為是春秋時代秦國石刻。杜甫、韋應物等都有題詠。這首詩不僅記述石鼓文的來歷，說明它的文物價值，而且提出應當慎重保存、認真研究的建議；又因當時朝廷未能採納作者的正確建議，任其廢棄埋沒，深為感歎。全詩敘述、議論、描寫交替，生動有趣，含義深沉，蒼涼感慨，具有很強的感染力量。此詩作於元和六年（西元811年）。

⊃【原文】

張生手持石鼓文，勸我試作石鼓歌。
少陵無人謫仙死，才薄將奈石鼓何？
周綱淩遲四海沸，宣王憤起揮天戈。
大開明堂受朝賀，諸侯劍珮鳴相磨。
蒐於岐陽騁雄俊，萬里禽獸皆遮羅。
鐫功勒成告萬世，鑿石作鼓隳嵯峨。
從臣才藝鹹第一，揀選撰刻留山阿。
雨淋日炙野火燎，鬼物守護煩撝訶。

公從何處得紙本，毫髮盡備無差訛。

辭嚴義密讀難曉，字體不類隸與科。

年深豈免有缺畫，快劍斫斷生蛟鼉。

鸞翔鳳翥眾仙下，珊瑚碧樹交枝柯。

金繩鐵索鎖紐壯，古鼎躍水龍騰梭。

陋儒編詩不得入，二雅褊迫無委蛇。

孔子西行不到秦，掎摭星宿遺羲娥。

嗟余好古生苦晚，對此涕淚雙滂沱。

憶昔初蒙博士征，其年始改稱元和。

故人從軍在右輔，為我量度掘臼科。

濯冠沐浴告祭酒：如此至寶存豈多！

氈苞席裹可立致，十鼓只載數駱駝。

薦諸太廟比郜鼎，光價豈止百倍過？

聖恩若許留太學，諸生講解得切磋。

觀經鴻都尚填咽，坐見舉國來奔波。

剜苔剔蘚露節角，安置妥帖平不頗。

大廈深簷與蓋覆，經歷久遠期無佗。

中朝大官老於事，詎肯感激徒媕婀！

牧童敲火牛礪角，誰複著手為摩挲？

日銷月鑠就埋沒，六年西顧空吟哦。

羲之俗書趁姿媚，數紙尚可博白鵝。

繼周八代爭戰罷，無人收拾理則那。

方今太平日無事，柄用儒術崇丘軻。

安能以此上論列？願借辯口如懸河。

石鼓之歌止於此，嗚呼吾意其蹉跎！

◎ 詩

【新解】

張生手持石鼓文，勸我試作石鼓歌～～張生：張籍，吳郡（今江蘇省蘇州市）人，字文昌，貞元十五年（西元 799 年）進士，曾任國子司業等職。他是唐代著名詩人，尤長於樂府，有詩集傳世。以上是說，青年書生張籍拿著一篇拓印的石鼓文，勸作者試作一首記述石鼓文的詩。

少陵無人謫仙死，才薄將奈石鼓何～～少陵：今陝西省西安市長安區南有少陵原，杜甫曾住在這裡，自號少陵野老，後人因稱杜甫為少陵。謫仙：謫居世間的仙人，古代常用來稱才氣品格非凡的人。賀知章稱李白為謫仙人。以上是說，杜甫、李白都不在世間了，自己才學淺薄，怎麼為石鼓文做詩呢？

周綱淩遲四海沸，宣王憤起揮天戈～～周綱：周朝的統治秩序。淩遲：衰落。沸：開水翻騰，比喻局勢動亂。宣王：周宣王姬靜，率兵抵抗外族侵略，保衛疆土，安定天下，史稱「中興之主」。天戈：比喻王師。以上是說，周朝綱紀敗壞，王室衰微，四方動亂不安，宣王激憤起來，指揮王師擊退入侵的敵寇。

大開明堂受朝賀，諸侯劍珮鳴相磨～～明堂：古代天子宣佈政教、舉行典禮的廳堂。劍珮：寶劍和腰帶上掛的玉飾。古代公卿大臣上朝佩帶寶劍和玉飾。以上是說，周宣王大開明堂，接受朝拜祝賀，諸侯紛紛參加朝會，身上的寶劍和玉飾互相摩擦，發出聲音。

蒐於岐陽騁雄俊，萬里禽獸皆遮羅～～蒐：春天打獵。岐陽：

岐山（今陝西省岐山縣東北）之南。騁：施展。雄俊：武力強大精良。遮羅：攔截捕獲。羅，用網捕捉。以上是說，周宣王率領軍隊在岐山之南打獵，借此顯示他的武力強大精良，萬里之內的禽獸都被攔截捕獲了。

鐫功勒成告萬世，鑿石作鼓隳嵯峨～～鐫（ㄐㄩㄢ）：雕刻。勒（ㄌㄜˋ）：刻石。隳（ㄏㄨㄟ）：毀壞。嵯峨（ㄘㄨㄛˊ ㄜˊ）：山勢高大險峻。以上是說，於是刻石記功，告訴千秋萬代；因為開鑿石料做成石鼓，高峻的山嶺也削掉了。

從臣才藝鹹第一，揀選撰刻留山阿～～鹹：副詞，全，皆。第一：一流。撰：寫文章。山阿（ㄜ）：山的角落。阿，凹曲的地方。以上是說，隨從朝臣才藝都在一流，選出作者寫成頌詩刻在石鼓上，留在山的角落。

雨淋日炙野火燎，鬼物守護煩訶～～炙：烤，曬。煇：同「揮」，驅趕。訶：同「呵」，斥退。以上是說，石鼓放在山下，雨淋日曬，野火焚燒，全靠神鬼守護，不許水火接近侵害。

公從何處得紙本？毫髮盡備無差訛～～紙本：從石鼓上拓（ㄊㄚˋ）下來的印本。毫髮：一絲一毫。發，頭髮。差訛：差錯。以上是說，您從哪裡得到的這個拓本？拓得十分清晰完整，沒有一點差錯。

辭嚴義密讀難曉，字體不類隸與科～～辭嚴義密：措辭嚴整，含義隱秘。隸：隸書，是秦統一天下後出現的字體，筆劃簡單，書寫方便，漢代通行起來。科：科鬥文，又稱科鬥書，是比籀文更古的一種字體，筆劃頭粗尾細。科鬥即蝌蚪。以上

是說，石鼓文措辭嚴整，含義隱秘，難以讀懂，字體跟隸書、科鬥文都不相似。

年深豈免有缺畫，快劍斫斷生蛟鼉～～斫（ㄓㄨㄛˊ）：砍。生：活的。鼉（ㄊㄨㄛˊ）：鱷魚的一種，俗稱豬婆龍。以上是說，年深日久，石鼓上的文字難免會有筆劃殘缺之處，就像快劍砍斷活的蛟龍鱷魚一樣。

鸞翔鳳翥眾仙下，珊瑚碧樹交枝柯～～翥（ㄓㄨˋ）：鳥向上飛。碧樹：古代傳說昆侖山頂住著神仙，長著青色玉樹。柯：草木的枝或莖。以上是說，字形飄逸，猶如鸞鳳飛翔，眾多仙人落下雲端；結構美妙，猶如珊瑚玉樹枝幹交插。

金繩鐵索鎖紐壯，古鼎躍水龍騰梭～～鎖紐：鎖子和繩結。古鼎躍水：《水經注‧泗水》記載，周顯王四十二年（西元前327年），九鼎沒入泗水。以上是說，字體遒勁，猶如金繩鐵索曲折連接，鎖紐結實得很；筆劃忽隱忽現，猶如古鼎入水，蛟龍騰飛，一閃而過，如同飛梭。

陋儒編詩不得入，二雅褊迫無委蛇～～陋儒：見識淺陋的儒生，指《詩經》編者。二雅：《詩經》中的《大雅》、《小雅》。褊迫：狹隘。褊（ㄅㄧㄢˇ），狹小。委蛇：從容自得的樣子。以上是說，淺陋的儒生編輯《詩經》沒有選石鼓上的作品，《大雅》、《小雅》內容狹隘比不上它從容自得。

孔子西行不到秦，掎摭星宿遺羲娥～～掎摭（ㄐㄧˇ ㄓˊ）：拉住，摘取。羲：指太陽，古代神話傳說中為日神趕車的人。娥：月亮，古代神話傳說月中有嫦娥。以上是說，孔子

周遊列國，向西沒有到達秦國，沒有看到石鼓，在《詩經》中留下了星辰卻遺失了日月。所謂星辰，比喻數量很多的普通詩歌；所謂日月，比喻為數極少的優秀詩歌。

嗟余好古生苦晚，對此涕淚雙滂沱～～苦晚：苦於太遲，因為遠離古代感到遺憾。涕淚：鼻涕眼淚。滂沱：雨下得很大，這裡形容淚水奔流的樣子。以上是說，可歎自己愛好古代文化卻生得時代太晚，面對石鼓拓本不由兩眼淚汪汪。

憶昔初蒙博士征，其年始改稱元和～～博士：國子博士，即太學（國立最高學府）教授。元和：唐憲宗（李純）年號（西元806～820年）。以上是說，回憶從前剛剛接受徵聘擔任博士，年號開始改為元和。

故人從軍在右輔，為我量度掘臼科～～右輔：漢代把京城長安周圍劃分為三個地區，合稱「三輔」，即右扶風、京兆尹、左馮翊。右輔即右扶風，在唐代為鳳翔府。韓愈有故人任鳳翔節度府從事。量度：測量。臼科：坑，穴。科，坎地。以上是說，韓愈建議朝廷保護石鼓，他的故人從軍駐在京城西郊，替他測量石鼓大小，挖了安置石鼓的土坑。

濯冠沐浴告祭酒：如此至寶存豈多～～祭酒：國子祭酒，古代最高學府行政長官，當時鄭余慶任國子祭酒。以上是說韓愈又洗禮帽又洗身體，弄整潔了去見國子祭酒，說：這樣的至寶現在保存下來的還多嗎？（建議趕快把石鼓保護起來。）

氈苞席裹可立致，十鼓只載數駱駝～～苞：同「包」。立：立刻。致：使……到達。以上是說，用子包住，用席子裹住，

可以很快把石鼓運來，十個石鼓只用幾頭駱駝就運走了。

　　薦諸太廟比郜鼎，光價豈止百倍過～～太廟：皇帝的祖廟。郜鼎：春秋時代郜國所造大鼎。《春秋》桓公二年：「取郜大鼎於宋；戊申，納於大（太）廟。」光價：榮耀、聲價。以上是說，如果能把石鼓獻到太廟供奉，可以比得上郜鼎，榮耀、聲價豈止超過一百倍！

　　聖恩若許留太學，諸生講解得切磋～～聖恩：皇帝的恩德。諸生：諸位弟子。以上是說，皇帝如果開恩，允許把石鼓留在太學中，弟子們講解石鼓文字，可以共同切磋。

　　觀經鴻都尚填咽，坐見舉國來奔波～～鴻都：洛陽宮門之一，東漢靈帝光和元年（西元 178 年）設鴻都門學士，為講學之處。東漢靈帝熹平四年（西元 175 年）刻石經立在太學門外，前來觀看抄寫的學者很多。《後漢書·蔡邕傳》：「及碑（石經）始立，其觀視及摹寫者，車乘日千餘兩（輛），填塞街陌。」這裡可能是誤把太學門當作鴻都門了。以上是說，東漢時在太學門外觀看石經的人很多，車馬堵塞了街路，現在運來石鼓，即將看到全國學者都跑來了。

　　剜苔剔蘚露節角，安置妥帖平不頗～～剜苔剔蘚：除掉石鼓上所長的苔蘚（好讓字跡清晰）。節角：筆劃相交之處和筆劃轉折之處。頗：偏側。以上是說，等到石鼓運來後，清除乾淨上面的苔蘚，筆劃相交和轉折之處就顯露出來，安置妥當平正，不偏不斜。

　　大廈深簷與蓋覆，經歷久遠期無佗～～與：介詞，為，替。

期:希望。佗:同「他」,這裡指意外,損壞。以上是說,石
鼓放在太學,有高大的房子、很深的廊簷為它遮蓋,即使經歷
時間久遠,希望也不會有什麼意外。

中朝大官老於事,詎肯感激徒婩娗~~中朝:朝中。大官:
指國子祭酒鄭余慶。詎(ㄐㄩˋ):豈。感激:感動,激奮。
婩娗(ㄢ ㄜ):依違隨人,沒有主見。以上是說,朝中大官處
事老謀深算,豈肯受我鼓動,只是不拿主意,應付過去。

牧童敲火牛礪角,誰複著手為摩挲~~敲火:敲擊石鼓,
迸出火星。礪:磨。著:同「著」(ㄓㄨㄛˊ),使接觸到。
摩挲(ㄇㄛˊ ㄙㄨㄛ):用手撫摩,愛惜玩賞。以上是說,石
鼓丟棄在山野裡,牧童敲擊迸出火星,牛在上面用犄角蹭來蹭
去,又有誰用手撫摩玩賞它呢?這是因保護石鼓的建議不被採
納而發感歎。

日銷月鑠就埋沒,六年西顧空吟哦~~日銷月鑠:一天又
一天,一月又一月,消損毀壞。就:即將。六年:作者元和元
年(西元806年)初見石鼓,建議保存,作詩時已元和六年(西
元811年)。吟哦:作詩時斟酌字句。以上是說,一天天地,
一月月地,石鼓廢棄山野,消損破壞,即將埋沒,六年來向西
眺望,只是作詩抒發感慨,無所作為。

羲之俗書趁姿媚,數紙尚可博白鵝~~羲之:王羲之(西
元303~361年),東晉琅邪臨沂(今山東省臨沂市)人,住
在會稽山陰(今浙江省紹興市),字逸少。他是偉大的書法家,
號稱書聖。曾任右軍將軍,世稱王右軍。唐代王書最受推崇。

俗書：今體。王羲之書寫行書、草書、真書，屬今體，即通行字體；篆書、籀文屬古體，作者認為，更為珍貴。趁：追求。媚：優美動人。博：取得，換取。白鵝：《晉書‧王羲之傳》：「山陰有一道士，養好鵝，羲之往觀焉，意甚悅，固求市之。道士云：『為寫《道德經》，當舉群相贈耳。』羲之欣然，寫畢，籠鵝而歸。」以上是說，王羲之寫通行字體，追求姿態優美動人，寫幾張紙還能換一群白鵝；石鼓文字是大篆，更加珍貴。

繼周八代爭戰罷，無人收拾理則那～～繼周八代：周代以後，經過秦、漢、魏、晉、北魏、北齊、北周、隋八代（樊汝霖說）。理：道理。那：奈何。以上是說，周代以後，經歷八代，戰亂才停止了。如今天下太平，無人收拾保護石鼓，哪有這個道理？

方今太平日無事，柄用儒術崇丘軻～～儒術：儒家的學術。丘軻：孔子（名丘）、孟子（名軻）。以上是說，當今天下太平，沒有事情，執掌政權憑藉儒家學術，崇拜孔子、孟子。

安能以此上論列？願借辯口如懸河～～論列：評論。辯口：雄辯的口才。懸河：滔滔不絕。以上是說，怎能按這個意思在朝廷上發表議論，希望借助雄辯的口才表達出來，口若懸河，滔滔不絕。

石鼓之歌止於此，嗚呼吾意其蹉跎～～蹉跎：時間白白過去。以上是說，石鼓歌就寫到這裡。唉呀！我的心願恐怕又將落空，說這些話，白費時間罷了！

韓愈新解

【評析】

全詩共有六個部分。開頭四句，是第一部分，詩的小序，說明作詩的緣起。此下十二句，是第二部分，追述石鼓的來歷，顯示它的文物價值。此下十句，是詩的第三部分，描寫石鼓文字意義古奧、字體高妙。此下六句，是第四部分，感歎《詩經》沒有收入石鼓文，珍寶被遺棄了。此下二十句，是第五部分，敘述自己提出保護石鼓建議，可惜不被採納。此下直到末尾，是第六部分，石鼓遺棄山野，遭到損壞，深感可惜，呼籲保護文物，恐怕又是白費心思！詩的主旨就是深為石鼓廢棄感慨，希望朝廷認識它的價值，認真加以保存。

韓愈酷愛、崇尚古代文化，數十年如一日地研究、探索古代文化，為此付出了巨大的精力與辛勤。他四十歲左右，已經頭髮蒼白，牙齒動搖，就是事實的證明。他任太學教職，指導青年學生，苦心孤詣，著文傳道，都是為了繼承發揚古代文化。他對石鼓文的歷史價值、文化內涵給予很高評價也是由於這樣。詩中對古時人們不能認識石鼓文的價值，沒有加以收選，當代又不懂得愛惜文物，採取積極措施加以保護，使它廢棄山野，遭受日曬雨淋，抒發無限感慨。他為石鼓的命運而感傷歎息，其中也寄寓著對自己屢遭貶謫的身世的憂傷憤慨，細讀此詩，會從字句間時時體認出來。金石考古向來被人視為枯燥的學問，韓愈以金石入詩歌，開了這一題材的先河。詩中時而追述歷史，時而讚美古文，時而發表議論，時而抒寫感觸，頓挫轉折，妙趣無窮。前人評述：「句奇語重，能字字頓挫出筋節，最是此篇勝處。」《筆

104

◎ 詩

墨閑錄》說：「此歌全仰止杜子美《李潮八分小篆歌》。才薄將
奈石鼓何，即子美雲潮乎潮乎奈爾何；快劍斫斷生蛟鼉，即子美
雲快劍長戟森相向。」（《韓集五百家注》引）看來韓愈對杜詩
是有所繼承的。

❀ 十七 寄崔二十六立之

【題解】

◆ 元和七年（西元 812 年）春天，韓愈由尚書職方員外郎降
為國子監博士，仕途再次失意。在這首寄給老友崔立之的詩中，
既對他才華卓越、命運坎坷深表同情，對他在奔波流離中保持真
誠友誼深為感激，也抒發了自己處境艱難、衰老多病、準備隱退
的牢騷和感慨，字裡行間充滿人生蒼涼之感。崔立之，名斯立，
字立之，唐代博陵（今河北安平縣）人，在兄弟中排行二十六，
貞元四年（西元 788 年）中進士第，貞元七年（西元 791 年）中
博學宏詞科，任秘書省校書郎，轉大理評事，言事罷官。時任金
州西城縣丞。

➲ 【原文】

西城員外丞，心跡兩屈奇。往歲戰詞賦，不將勢力隨。
下驢入省門，左右驚紛披。傲兀坐試席，深叢見孤羆。
文如翻水成，初不用意為。四座各低面，不敢捩眼窺。

升階揖侍郎，歸舍日未敧。佳句喧眾口，考官敢瑕疵？
連年收科第，若摘頷底髭。回首卿相位，通途無他歧。
豈論校書郎？袍笏光參差。童稚見稱說，祝身得如斯。
儕輩妒且熱，喘如竹筒吹。老婦願嫁女，約不論財貲。
老翁不量分，累月笞其兒。攪攪爭附托，無人角雄雌。
由來人間事，翻覆不可知。安有巢中鷇，插翅飛天陲？
駒麛著爪牙，猛虎借與皮？汝頭有韁繫，汝腳有索縻。
陷身泥溝間，誰復稟指揮？不脫吏部選，可見偶與奇。
又作朝士貶，得非命所施？客居京城中，十日營一炊。
逼迫走巴蠻，恩愛座上離。昨來漢水頭，始得完孤羈。
桁掛新衣裳，盎棄食殘麷。苟無饑寒苦，那用分高卑？
憐我還好古，官途同險巇。每旬遺我書，竟歲無差池。
新篇奚其思？風幡肆逶迤。又論諸毛功，劈水看蛟螭。
雷電生晼睍，角鬣相撐披。屬我感窮景，抱華不能摛。
倡來和相報，愧歎俾我疵。又寄百尺綺，緋紅相盛衰。
巧能喻其誠，深淺抽肝脾。開展放我側，方餐涕垂匙。
朋交日凋謝，存者逐利移。子寧獨迷誤，綴綴意益彌？
舉頭庭樹豁，狂飆卷寒曦。迢遞山水隔，何由應塤篪？
別來就十年，君馬記騧驪。長女當及事，誰助出帨繻？
諸男皆秀朗，幾能守家規？文字銳氣在，輝輝見旌麾。
摧腸與感容，能復持酒卮？我雖未耋老，髮禿骨力羸。
所餘十九齒，飄搖盡浮危。玄花著兩眼，視物隔褵褷。
燕席謝不詣，游鞍懸莫騎。敦敦憑書案，譬彼鳥黏黐。
且吾聞之師，不以物自隳。孤豚眠糞壤，不慕太廟犧。
君看一時人，幾輩先騰馳？過半黑頭死，陰蟲食枯骴。
歡華不滿眼，咎責塞兩儀。觀名計之利，詎足相陪裨？

仁者恥貪冒，受祿量所宜。無能食國惠，豈異哀癃罷？
久欲辭謝去，休令眾睢睢。況又嬰疹疾，寧保軀不貲？
不能前死罷，內實慚神祇。舊籍在東都，茅屋枳棘籬。
還歸非無指，灞渭揚春澌。生分耕吾疆，死也埋吾陂。
文書自傳道，不仗史筆垂。夫子固吾黨，新恩釋銜羈。
去來伊洛上，相待安眾箕。我有雙飲盞，其銀得朱提。
黃金塗物象，雕鐫妙工倕。乃令千里鯨，那麼微螽斯。
猶能爭明月，擺掉出渺瀰。野草花葉細，不辨資菜蔬。
綿綿相糾結，狀似環城陴。四隅芙蓉樹，擢豔皆猗猗。
鯨以興君身，失所逢百罹。月以喻夫道，儠儠勵莫虧。
草木明覆載，妍醜齊榮蔿。願君恒禦之，行止雜燧觿。
異日期對舉，當如合分支。

【新解】

西城員外丞，心跡兩屈奇～～西城：唐代金州西城縣（今陝西省安康市）。員外丞：全稱為縣丞員外置。縣丞，縣令佐僚，次於縣令，協理公務。心跡：思想和行事。屈奇：通假為「崛奇」，奇異，奇特。以上是說，西城縣丞崔立之，思想和行為都很奇異。

往歲戰詞賦，不將勢力隨～～往歲：指唐德宗貞元四年（西元788年），崔立之參加禮部考試。戰詞賦：較量詩賦才藝。韓愈《藍田縣丞廳壁記》：「貞元初，（崔立之）挾其能戰藝京師，再進再屈千人。」古代科舉考試稱文戰，因稱「戰詞賦」。勢力：達官貴人。唐代應科舉者得到顯貴推薦，容易錄取。以上是說，往年參加會試校量詩賦才藝，他不追隨達官貴人。

下驢入省門，左右驚紛披～～下驢：唐代進士騎驢。省門：尚書省門。禮部為尚書省六部之一。紛披：慌亂的樣子。以上是說，崔立之下驢後徑入尚書省門，旁若無人，左右驚得慌亂起來。

傲兀坐試席，深叢見孤羆～～傲兀（ㄨˋ）：高傲的樣子。羆（ㄆㄧˊ）：熊的一種，也叫馬熊。以上是說，他高傲地坐在席位上，猶如深密的草叢中露出孤獨的大熊。

文如翻水成，初不用意為～～翻水：從杯中倒出水，比喻學問豐富，落筆成章，十分容易。初不：本來不曾。以上是說，作文章如同從杯中倒出水那樣容易，本來不曾著意去寫。

四座各低面，不敢捩眼窺～～捩（ㄌㄧㄝˋ）：轉動。以上是說，四面座位上的人各自低下面孔，不敢轉眼看他。

升階揖侍郎，歸舍日未敧～～侍郎：當時主持考試的禮部侍郎劉太真。敧（ㄑㄧ）：傾斜。以上是說，他登上臺階揖拜侍郎，回到住房裡太陽還未西斜。

佳句喧眾口，考官敢瑕疵～～喧：文士們爭相傳誦，聲音很高。瑕疵：用為動詞，指責。以上是說，當時人們爭相傳誦他的詩文佳句，聲音很高，一片喧騰，考官哪裡還敢指責？

連年收科第，若摘頷底髭～～科第：進士登榜稱為中第，博學宏詞科中選稱為登科。髭（ㄗ）：口上稱髭，頷下稱須，這裡用為泛稱。以上是說，他貞元四年中進士第，貞元七年中博學宏詞科，如同摘取下巴底下的鬍鬚一般不費力。

回首卿相位，通途無他歧～～回首：比喻時間短暫。歧：

岔路。以上是說，不久就能取得卿相的職位，道路暢通沒有岔路。

豈論校書郎？袍笏光參差～～校書郎：官名，掌管校勘典籍。崔立之登科後任秘書省校書郎。袍笏（ㄏㄨˋ）：官袍和手板。參差：不齊的樣子。以上是說，哪裡還用說任校書郎？他穿上官袍，手執笏板，光彩閃爍。

童稚見稱說，祝身得如斯～～童稚：兒童。祝：祝願，祈望。身：自己。以上是說，兒童聽到人們稱道他，祝願自己將來也能如此。

儕輩且熱，喘如竹筒吹～～儕（ㄔㄞˊ）輩：同輩。儕，同類的人。熱：急躁。竹筒：古代用竹筒吹火，促進燃燒。以上是說，同輩又嫉又著急，氣喘吁吁，像用竹筒吹火一般。

老婦願嫁女，約不論財貲～～約：答應，承諾。貲：同「資」。以上是說，老年婦人願意把女兒嫁給他，應承不論財禮多少。

老翁不量分，累月笞其兒～～分：天分，天資。笞（ㄔ）：用鞭子、棍子打。以上是說，老翁不估量一下兒子的天賦高低，連月鞭打他，讓他學崔立之的榜樣。

攪攪爭附托，無人角雄雌～～攪攪：亂哄哄的。角：爭鬥，比試。雄雌：比喻勝負，高低。以上是說，人們亂哄哄的，爭著依附他，沒有人跟他比量高低。

由來人間事，翻覆不可知～～由來：向來。翻覆：變化。以上是說，向來人間的事情變化無常，不可預料。

安有巢中，插翅飛天陲～～：需要母鳥哺育的幼雛。陲：

邊陲。以上是說,哪裡有窩裡的幼雛,插上翅膀飛到天邊的?

駒䴠著爪牙,猛虎借與皮～～駒:小馬。䴠(ㄇㄧˊ):同「麑」,幼鹿。著(ㄓㄨㄛˊ):安上。以上是說,哪裡有給小馬、幼鹿安上爪牙的?哪裡有猛虎把皮借給其他獸類的?

汝頭有轡繫,汝腳有索縻～～轡:轡繩。縻(ㄇㄧˊ):縛,拴。以上是說,你的頭上有轡繩套著,你的腳上有繩索拴著。

陷身泥溝間,誰復稟指～～稟:接受。:指揮。以上是說,身體陷進泥溝中間,誰還聽你的指揮?元和初年,崔立之任大理評事上書議政,罷官,多年不能複出。

不脫吏部選,可見偶與奇～～脫吏部選:又稱出選門,由吏部選調新職。偶:遇合,得到賞識任用。奇(ㄐㄧ):不遇合,不被賞識任用。以上是說,長期賦閑,不能得到吏部選調,可見他的命運順與不順了。

又作朝士貶,得非命所施～～得非:難道不是。以上是說,他又在朝廷中遭到貶黜,難道不是命運擺佈?

客居京城中,十日營一炊～～營:求得。炊:做飯。以上是說,在京城中做客,十天才能做一頓飯。可見處境困窘、生活貧困到極點了。

逼迫走巴蠻,恩愛座上離～～巴蠻:古代巴郡(今重慶市一帶),地處西南蠻夷地區。崔立之可能起初貶往巴郡一帶,後改西城縣丞。以上是說,被迫前往巴郡蠻夷地區,站起身就離開親眷出發了。

昨來漢水頭,始得完孤羈～～昨:過去,不久之前。漢水

頭：漢水源頭，指西城縣。完：結束，終止。孤羈：獨自在外。以上是說，不久之前來到漢水源頭的西城，才結束了獨自在外漂泊的生活。

桁掛新衣裳，盎棄食殘糜～～桁（ㄏㄤˋ）：衣架。盎：瓦盆，肚大口小。糜：粥。以上是說，衣架上掛著新衣裳，盆子裡吃剩的粥也扔掉了。

苟無饑寒苦，那用分高卑～～苟：連詞，表示假設，如果。那：奈何，怎麼。以上是說，如果沒有饑寒的困苦，怎麼用來區分人品的高尚卑下？

憐我還好古，宦途同險巇～～憐：愛。險巇（ㄒㄧ）：道路艱難。以上是說，他愛我仍然愛好古代文化，而且彼此仕途同樣困頓，互相同情。

每旬遺我書，竟歲無差池～～遺（ㄨㄟˋ）：給予。書：書信。竟歲：整年。差池：差錯。以上是說，他每十天給我寫一次信，整年沒有差錯。

新篇奚其思？風幡肆逶迤～～篇：篇什，指詩作。風幡：比喻構思曲折如同風吹旗幡。以上是說，他的新詩構思怎樣？如同風中的旗幡曲折變化。

又論諸毛功，劈水看蛟螭～～諸毛：指毛筆。韓愈《毛穎傳》論筆的功用。蛟螭：蛟龍。螭，傳說中無角的龍。以上是說，又論述毛筆的功用，深入分析，如同劈開海水觀看蛟龍。

雷電生睒，角鬣相撐披～～睒睗（ㄕㄢˇㄕˋ）：怒視的樣子。角鬣（ㄌㄧㄝˋ）：指蛟龍的角和頸上的長毛。撐披：

抵拒分開。撐，撐持；披，劈開。以上是說，蛟龍怒視，發出雷聲電閃，它的犄角和長鬚分開，互相抵拒。

屬我感窮景，抱華不能摛～～屬：正當，適遇。窮景：困難的境況。抱華：懷抱才華。摛（彳）：展開。以上是說，正當我為自己處境困難而感傷的時候，懷抱才華卻不能展現出來。說明心情壓抑，沒有寫作激情。

倡來和相報，愧歎俾我疪～～倡：同「唱」，指贈詩。和：按別人的詩韻作詩相應酬。這裡指答詩。疪：毛病，小病，這裡比喻痛苦。以上是說，寄來贈詩應當寫和詩來回答，感歎自己的詩不好心中愧疚。

又寄百尺綺，緋紅相盛衰～～綺：彩綢。緋：赤色，大紅。盛衰：深淺，濃淡。以上是說，又寄來一百尺彩綢，有的深紅有的淺紅各不相同。

巧能喻其誠，深淺抽肝脾～～抽：拉。以上是說，彩綢織造巧妙能代表老友的誠意，顏色深淺變化表示內心激動，感到肝腸都在抽動似的。

開展放我側，方餐涕垂匙～～方：將。涕：眼淚。匙：古代舀湯的長柄器物，類似現在的湯匙。以上是說，把彩綢展開放在身旁，將要吃飯的時候，眼淚滴到了湯匙上。說明老友情深誼重，自己很受感動。

朋交日凋謝，存者逐利移～～凋謝：草木衰敗，比喻人死亡。存者：在世的朋友。以上是說，朋友死去的越來越多，在世的追逐權勢名利也改變了。

◎ 詩

子寧獨迷誤，綴綴意益彌～～綴綴：追隨身後，不肯離去。
彌：滿。以上是說，你難道唯獨不懂得趨炎附勢？一直追隨我，
情誼更加深厚了。

舉頭庭樹豁，狂飆卷寒曦～～豁：開朗，即葉子掉光，沒
有遮蔽。飆：暴風。曦：日色，陽光。以上是說，抬頭看去，
庭院中樹枝光禿，狂風卷起，冬日發著寒光。

迢遞山水隔，何由應塤篪～～迢遞（ㄊㄧㄠˊ ㄉㄧˋ）：
遙遠的樣子。塤（ㄒㄩㄣ）篪（ㄔˊ）：塤，古代一種陶制的
卵形吹奏樂器；篪，古代一種管制的吹奏樂器。兩種樂器聲音
相應和。《詩經·小雅·何人斯》：「伯氏吹塤，仲氏吹篪。」
後用塤篪比喻兄弟親近和睦。以上是說，相距遙遠，山水相隔，
怎麼能像吹奏塤篪一樣互相應和？

別來就十年，君馬記驪～～就：接近。騧（ㄍㄨㄚ）：黃
身黑嘴的馬。驪（ㄌㄧˊ）：黑馬。以上是說，分別以來將近
十年，記得你騎的是黃馬和黑馬。

長女當及事，誰助出帨縭～～事：指女兒出嫁。帨（ㄕㄨ
ㄟˋ）：古代的佩巾。縭：古代婦女的佩巾。古代女子出嫁，
母親為她系上佩巾，稱「結縭」、「結帨」。《詩經·豳風·東山》：
「親結其縭，九十其儀。」《儀禮·士昏禮》：「母施衿結帨。」
以上是說，長女應當到了出嫁的年齡，誰幫助她系上佩巾？

諸男皆秀朗，幾能守家規～～秀朗：優秀聰慧。以上是說，
幾個兒子都優秀聰慧，幾個人能遵守家規？

文字銳氣在，輝輝見旌麾～～文字：指詩歌作品。銳氣：

不可阻擋的氣勢。以上是說，你的詩歌中，當年那種銳氣仍在，好像看見旗幟鮮明，亮閃閃的。

摧腸與慼容，能複持酒卮～～慼（ㄑㄧ）：悲哀。卮（ㄓ）：古代酒器。以上是說，想念老友，肝腸斷碎，面容悲淒，怎麼還能拿酒壺呢？

我雖未耄老，發禿骨力羸～～耄（ㄇㄠˋ）：年老，七十歲。羸（ㄌㄟˊ）：瘦弱。以上是說，我雖然還未年老，頭髮光禿，身體瘦弱。

所餘十九齒，飄搖盡浮危～～飄搖：搖動。韓愈《祭十二郎文》說：「吾年未四十，而視茫茫，而髮蒼蒼，而齒牙動搖。」可見他的身體過早衰老。以上是說，所剩十九顆牙，都活動了，恐怕難以保持下去。

玄花著兩眼，視物隔褷褵～～玄花：黑花，黑點，即今天所說飛蚊症，眼前有黑點晃來晃去。褷褵：一作離褷，幼雛毛羽初生的樣子。以上是說，眼前老有黑點晃來晃去，看東西像隔著一層羽毛一般。

燕席謝不詣，游鞍懸莫騎～～燕：通假為「宴」。詣：到。以上是說，謝絕宴會不去參加，馬鞍懸掛起來不用。年老力衰，不能出外交際和遊玩了。

敦敦憑書案，譬彼鳥黏黐～～敦敦：一作孜孜，勤勉不息的樣子。黐（ㄔ）：細葉冬青樹皮製成的木膠，可以黏鳥。以上是說，孜孜不倦地靠著書案讀書寫作，像那鳥兒被膠粘住一樣。

且吾聞之師，不以物自隳～～物：物質條件，財物。隳（ㄏ
ㄨㄟ）：毀壞。以上是說，而且我聽老師說過，不要為了滿足
物質欲望毀了自己。

　　孤豚眠糞壤，不慕太廟犧～～孤豚：出生不久、離開母豬
的豬崽兒。太廟犧：在太廟中做祭品的大牛。《莊子·列禦寇》：
「或聘於莊子，莊子應其使曰：『子見夫犧牛乎？衣以文繡，
食以芻牧，及其牽而入於太廟，欲為孤犢，其可得乎？』」以
上是說，豬崽兒睡在糞土裡，不羨慕太廟裡做祭品的大牛。

　　君看一時人，幾輩先騰馳～～一時：同時。幾輩：幾個人。
騰馳：飛黃騰達，登上高位。以上是說，您看同時的人，有幾
個人先登上高官的位置？

　　過半黑頭死，陰蟲食枯骴～～黑頭：中青年時。陰蟲：這
裡指螞蟻、螻蛄之類。骴（ち）：殘骨。以上是說，一半以上
的人頭髮未白就死了，螞蟻、螻蛄吃他們的枯骨。

　　歡華不滿眼，咎責塞兩儀～～歡華：歡樂和榮華。不滿眼：
沒有看夠，沒有多少。咎責：罪過和譴責。兩儀：天地之間。
《周易·繫辭上》：「是故易有太極，是生兩儀。」以上是說，
歡樂和榮華並沒有多少，罪過和譴責卻充滿了天地間。

　　觀名計之利，詎足相陪裨～～詎（ㄐㄩˋ）：副詞，表示
反詰，豈，怎麼。陪裨：增補。陪，增益；裨，補充。以上是說，
看看取得的名聲，算算得到的財利，跟所承受的罪過和譴責相
比較，怎麼能補償呢？也就是說，投身官場，追逐名利，得不
償失。

仁者恥貪冒，受祿量所宜～～貪冒：貪圖財利。冒，貪求。《左傳》成公十二年：「諸侯貪冒，侵欲不忌。」以上是說，注重道德的人，恥於貪圖財利，接受俸祿一定是所應得到的。

無能食國惠，豈異哀癃罷～～國惠：國恩，國家的優待。異：與……不同。哀：憐惜。癃罷（ㄌㄨㄥˊ ㄅㄚˋ）：年老衰弱多病的人。癃，年老衰弱多病；罷，今字作「疲」，又老又瘦。一作「罷癃」。《史記‧平原君列傳》：「臣不幸有罷癃之病。」以上是說，自己無能卻享受國家的優待，跟國家撫恤老弱病殘有什麼不同？

久欲辭謝去，休令眾睢睢～～睢睢（ㄙㄨㄟ ㄙㄨㄟ）：仰目觀看的樣子，驚奇的神態。《漢書‧五行志》中之下：「（雉）飛集於庭，曆階登堂，萬眾睢睢，驚怪連日。」以上是說，我早就想辭去官職回鄉，不要讓眾人瞪著眼睛感到奇怪。

況又嬰疹疾，寧保軀不貲～～嬰：患，染（疾病）。疹：熱病，泛指疾病。不貲（ㄗ）：不可計算，無數，形容長壽。貲，計量。以上是說，何況又患上疾病，哪裡能保住自己長壽？

不能前死罷，內實慚神祇～～死罷：死去或罷官。神祇：天神和地神。以上是說，自己不能此前死去或罷免，內心實在愧對神明。

舊籍在東都，茅屋枳棘籬～～東都：指洛陽。韓愈原籍孟州河陽（今河南省孟州市）。枳（ㄓˇ）棘：兩種多刺的灌木。枳，通稱枸橘；棘，通稱酸棗樹。以上是說，原籍在東都洛陽一帶，那裡有茅屋和用帶刺的枸橘和酸棗樹編的籬笆。

◎ 詩

還歸非無指，灞渭揚春澌～～指：規劃，這裡指準備動身的時間。灞渭：二水名，位於唐代長安萬年縣附近。《元和郡縣誌》：「關內道京兆府萬年縣：渭水在縣北五十裡，灞水在縣東二十裡。」澌（ㄙ）：隨水流動的冰塊。以上是說，回鄉不是沒有計劃，等到明年開春，灞水、渭水漂起浮冰的時候。

生兮耕吾疆，死也埋吾陂～～兮：語氣助詞，啊。疆：田邊。泛指田地。陂：山坡。以上是說，活著啊耕種我的田地，死後啊埋在我的山坡上。

文書自傳道，不仗史筆垂～～文書：文章和書籍。史筆：史官的筆墨，史官的記述。三國魏曹丕《典論‧論文》：「古之作者寄身於翰墨，見意於篇籍，不假良史之辭，不托飛馳之勢，而聲名自傳於後。」以上是說，自己的文章著作本來是傳播聖賢之道的，自然會留傳下去，不用依仗史官的記述。

夫子固吾黨，新恩釋銜羈～～夫子：古代男子的尊稱，先生。吾黨：同類，同道。新恩：新的恩典。從下句看，是說准於辭官。銜羈：馬口的嚼子和馬籠頭。比喻束縛。以上是說，先生本是我的同道，辭職剛剛獲得批准，這是皇帝的恩典，從此可以解除束縛了。

去來伊洛上，相待安罛箄～～伊：伊水，又名伊河，源出河南省盧氏縣東南，東北流經嵩縣、伊川、洛陽，至偃師，入洛水。洛：洛水，又名洛河，源出陝西省洛南縣西北，東入河南，流經盧氏、洛寧、宜陽、洛陽，至偃師納伊水後，至洛口入黃河。罛（ㄍㄨ）：大漁網。箄（ㄅㄟ）：捕魚的小竹籠。以上是說，

我們兩人在伊水、洛水邊來來去去，互相等候安放漁網和竹籠捕魚。

我有雙飲，其銀得朱提～～飲：酒杯。，同「盞」。朱提（ㄕ
ㄟ）：山名，出產名銀，位於曲州朱提縣（今雲南省昭通市）。以上是說，我有一對酒杯，那銀子是朱提山所出產的。

黃金塗物象，雕鐫妙工倕～～雕鐫（ㄐㄩㄢ）：雕刻。工倕：堯舜時的共工（執掌工程建設），名倕，借指能工巧匠。以上是說，酒杯用黃金塗飾各種物象，雕刻得比工倕還巧妙。

乃令千里鯨，么麼蠡斯～～千里鯨：大鯨魚。晉代崔豹《古今注》：「鯨魚者，海魚也，大者長千里，小者數十丈。」鯨魚生活在海洋中，是現在世界上最大的動物，體長可達30多米，古人傳說誇大其詞。么麼（ㄧㄠ ㄇㄛˊ）：微小。蠡斯（ㄓㄨ
ㄥ ㄥ）：一種綠色或褐色的蝗蟲，危害作物。以上是說，竟然讓刻成的大鯨魚，小得比蝗蟲還渺小。

猶能爭明月，擺掉出渺瀰～～擺掉：搖擺。掉，搖。渺瀰：水勢曠遠的樣子。以上是說，鯨魚雖然刻得微小，還能去爭明月，身體搖擺著躍出浩渺的大海。

野草花葉細，不辨萊蓈～～萊（ㄌㄨˊ）：一種惡草，又名王芻。蓈（ㄕ）：卷蓈，草名，即枲耳（ㄒㄧˇ ㄦˇ）、蒼耳。以上是說，酒杯上刻的各種野草花、葉細小，分辨不出蒺藜、王芻、蒼耳。

綿綿相糾結，狀似環城陴～～陴（ㄆㄧˊ）：城垛子，又稱女牆。以上是說，野草連綿，互相纏結，就像環繞城牆的女

◎ 詩

牆，在四周圍成花邊。

四隅芙蓉樹，擢豔皆猗猗～～芙蓉樹：即木芙蓉，也叫木
蓮，落葉灌木或小喬木，開白色、紅色花，結蒴果。擢豔：枝
上的鮮花。擢，聳起。猗猗（一　一）：美盛的樣子。以上是說，
四角有木芙蓉，枝幹挺立，鮮花美麗。

鯨以興君身，失所逢百罹～～興：比喻。身：自己。百罹：
許多苦難。罹，憂患。《詩經・王風・兔爰》：「我生之後，
逢此百罹。」毛傳：「罹，憂也。」以上是說，鯨魚用來比喻
您自己，失去立身的地方，遭遇許多苦難。

月以喻夫道，俛勵莫廐～～夫：彼，那個。俛（ㄇ一ㄢˇ）：
同「黽勉」，努力。以上是說，明月用來比喻聖賢之道，努力
追求不要鬆勁。

草木明覆載，妍醜齊榮萎～～覆載：天覆地載，養育包容。
《禮記・中庸》：「天之所覆，地之所載。」以上是說，草木
表示天地包容萬物，美的醜的都有茂盛和枯萎的時候。

願君恒禦之，行止雜燧觿～～恒：經常。禦：佩帶。雜：
放在……中間。燧觿（ㄒ一）：取火的火鏡、火石和解繩結的
骨錐，古人經常隨身攜帶。《禮記・內則》：「左佩……小觿
金燧，右佩……大觿木燧。」以上是說，希望你經常把它（酒杯）
帶在身邊，不論行走休息都跟火石、骨錐放在一起。

異日期對舉，當如合分支～～合分支：把分開兩半的東西
合起來。《魏書・盧同傳》記述，北魏尚書左丞盧同為了防止
有人假冒軍功，決定由行台向有功者發證券，券分成兩半，一

119

支給本人，一支送京城保存。必要時兩支相合驗證。以上是說，希望將有一天，對面舉杯，會像兩支分券合驗一樣。

【評析】

全詩分四部分。開頭五十六句，敘述崔立之仕途經歷。崔君才藝非凡，連中科第，轟動一時；後因進言得罪當道被罷官，窮困潦倒。飛黃騰達時，眾人依附；貶黜失勢後，交遊稀少，乃至衣食無著。可見封建時代人情冷暖，世態炎涼。此下三十八句，回憶二人交誼。以贈詩答詩為主線，讚美崔君的詩藝，感謝崔君的贈禮，感歎自己身處困境，心中抑鬱，不但不能寫出精彩的答詩，連飲酒也提不起精神來。他們二人友誼的基礎，則是志趣相投，遭遇相同。此下四十六句，表明自己的人生態度，以便取得共識。韓愈認為，人生短促，轉眼衰老，富貴不足羨慕，名位不足留戀，應當著文章傳後世，約崔君一同歸隱。最後二十四句，要用一對銀盃之一贈給崔君，一則作為答禮，一則預期二人歸隱後舉杯對飲，暢敘友情。

這首長詩共一百六十四句，可以稱為長篇巨制。全詩氣勢雄深，流轉自然，猶如千里波濤，浩浩蕩蕩。前人評論此詩：「長篇氣勢渾灝流轉，而時有螭龍光怪出沒其間，最是韓公勝境。」在表現方法上，首先是敘述中夾雜抒情、議論，表達人生感觸，挖掘生活意蘊。如「由來人間事，翻覆不可知」、「陷身泥溝間，誰複稟指」、「無能食國惠，豈異哀癃罷」等等生髮議論，如「倡來和相報，愧歎俾我疵」、「摧腸與感容，能複持酒

厄」、「不能前死罷，內實慚神祇」等等抒發感情。其次，詩中善於使用比喻，有的比喻奇特，想像奇妙，有的比喻取自日常生活，一入詩境，妙趣無窮。前者如「傲兀坐試席，深叢見孤羆」、「又論諸毛功，劈水看蛟螭」；後者如「文如翻水成，初不用意為」、「連年收科第，若摘頷底須」。

最後一點，詩中學習民間歌謠，從中汲取藝術營養。「童稚見稱說，祝身得如斯。儕輩且熱，喘如竹筒吹。老婦願嫁女，約不論財貨。老翁不量分，累月笞其兒。」「刻畫精妙，波瀾頓挫」，借助眾人的反應凸現崔君的才藝超群，這種寫法近似樂府民歌《陌上桑》對秦羅敷的美豔動人的描寫：「行者見羅敷，下擔捋髭鬚。少年見羅敷，脫帽著帩頭。耕者忘其犁，鋤者忘其鋤。來歸相怨怒，但坐觀羅敷。」可見韓愈也很重視學習民歌民謠的表現手法。韓愈元和元年（西元806年）作《贈崔立之評事》詩，開頭就說：「崔侯文章若捷敏，高浪駕天輸不盡。曾從關外來上都，隨身卷軸車連軫。朝為百賦猶鬱怒，暮作千詩轉遒緊。搖毫擲簡自不供，頃刻青紅浮海蜃。」這是正面描寫崔立之的詩歌才華。本詩則用側面寫法。正反對照，異曲同工。

❀ 十八 盧郎中雲夫寄示送盤穀子詩二章歌以和之

【題解】

◆ 元和七年（西元812年）冬天，韓愈接到盧雲夫所寄《送

盤谷子詩》二首，於是寫了這首唱和的詩。盧雲夫，名汀，貞元元年（西元785年）進士，時任虞部司門庫部郎曹。韓愈多次跟他作詩唱和。盤穀子，李願隱居盤穀（在今河南省濟源市內），因稱盤穀子。李願是韓愈的朋友，貞元十七年（西元801年）韓愈曾作《送李願歸盤序》送他歸隱太行山穀。盧雲夫送李願回山，並作詩二首。韓愈看到詩後，回憶上次進山尋訪李願，喚起他對山林生活的美好印象，聯繫自己仕途坎坷、無所作為的處境，決心回農村去過自然閒適的生活。

⊃【原文】

昔尋李願向盤穀，正見高崖巨壁爭。
是時新晴天井溢，誰把長劍倚太行？
沖風吹破落天外，飛雨白日灑洛陽。
東蹈燕川食曠野，有饋木蕨芽滿筐。
馬頭溪深不可厲，借車載過水入箱。
平沙綠浪榜方口，雁鳴飛起穿垂楊。
窮探極覽頗恣橫，物外日月本不忙。
歸來辛苦欲誰為？坐令再往之計墮！
閉門長安三日雪，堆書撲筆歌慨慷。
旁無壯士遣屬和，遙憶盧老詩顛狂。
開緘忽睹送歸作，字向紙上皆軒昂。
又知李侯竟不顧，方冬獨入崔嵬藏。
我今進退幾時決？十年蠢蠢隨朝行。
家請官供不報答，無異雀鼠偷太倉。
行抽手版付丞相，不待彈劾還耕桑。

【新解】

　　昔尋李願向盤谷，正見高崖巨壁爭開張～～爭：競爭，對峙。高崖、巨壁都是靜物，寫成動態，生動活潑。開張：展開，擴張。形容山勢高聳突出的樣子。以上是說，從前尋訪李願到盤穀去，恰好看見高聳的山崖、巨大的石壁互相對峙，展示各自雄偉的姿態。

　　是時新晴天井溢，誰把長劍倚太行～～天井：太行山上有天井關，關下有天井溪，俗稱北流泉，在今山西省澤州縣。長劍：孫汝昕說：「水自天井傾瀉而下，如長劍之倚山。」（《韓集五百家注》引）泉水從山崖流下來，如同長劍。以上是說，這時候天剛開晴，天井溪流水漫溢，流下山坡，誰把長長的寶劍斜靠在太行山上？

　　沖風吹破落天外，飛雨白日灑洛陽～～沖風：猛烈的風。洛陽：今河南省洛陽市。以上是說，猛烈的風吹破瀑布，落到天際之外，化作飛雨，白天灑落洛陽。聯想新奇，境界開闊。

　　東蹹燕川食曠野，有饋木蕨芽滿筐～～燕川：盤穀附近地名。木蕨：一種野菜，嫩葉可吃。以上是說，向東走到燕川，在野地裡吃飯，有人送給我們滿筐的木蕨芽。

　　馬頭溪深不可厲，借車載過水入箱～～馬頭溪：河名。厲：古體作「濿」，渡水。箱：通假為「廂」，車廂。以上是說，馬頭溪水深，不能蹚過去，借車坐著過去，水漫進車廂裡來。

　　平沙綠浪榜方口，雁鴨飛起穿垂楊～～榜：船槳，用作動詞，划船。方口：又作枋口、坊口，地名，在河南省濟源縣。鴨：

野鴨。以上是說，到方口去，平坦的沙灘，碧綠的水波，划船前進，雁和野鴨驚得飛起來，穿過垂楊飛走了。

窮探極覽頗恣橫，物外日月本不忙～～窮探極覽：儘量探尋遊覽。恣橫：放縱，隨心所欲。物外：世俗之外，世事之外。以上是說，儘量探尋遊覽，十分縱情，已經脫開世務，時間本來從容消閒。

歸來辛苦欲誰為？坐令再往之計墮渺茫～～誰為：為誰。坐令：白讓，空使。渺茫：一作「眇芒」，空虛。以上是說，回到官衙公事辛苦，想為什麼人幹事呢？白白地讓再次尋訪的計畫落空！

閉門長安三日雪，堆書撲筆歌慨慷～～撲：擲，投。以上是說，長安三天連續降雪，自己閉門不出，堆起書本，扔下毛筆，慷慨激昂地吟唱詩歌，藉以排遣無聊。

旁無壯士遣屬和，遠憶盧老詩顛狂～～遣：使，讓。屬：跟隨。和：應和著唱。宋玉《對楚王問》：「其為《陽春白雪》，國中屬而和者數十人。」以上是說，身旁沒有壯士讓他應和著唱，想起遠方的盧老先生，他的詩風狂放不羈，跟我格調相近。

開緘忽睹送歸作，字向紙上皆軒昂～～開緘：打開信封。緘（ㄐㄧㄢ），古代束縛信函上下夾板的細繩，借指信函。送歸作：即盧雲夫所作《送盤穀子詩》軒昂：氣概不凡。以上是說，展開信封，忽然看見盧雲夫送盤穀子回山的詩作，寫在紙上的文字都是那樣氣概不凡。

又知李侯竟不顧，方冬獨入崔嵬藏～～李侯：李願。侯，

◎ 詩

唐代士大夫間的尊稱。崔嵬：指高山，即盤穀。以上是說，又知道人們送別李君，李君一直不肯回頭，正當冬天獨自進入高山深處隱匿起來。

我今進退幾時決？十年蠢蠢隨朝行～～進退：進取、退隱。十年：韓愈貞元十九年（西元 803 年）入朝任監察禦史，至元和七年（西元 812 年），前後十年。蠢蠢：眾多雜亂的樣子。以上是說，我今天究竟進取退隱，幾時能作決定？擔任朝官十年了，亂哄哄的，隨著佇列出入朝廷。

家請官供不報答，無異雀鼠偷太倉～～家請官供：家裡請求給以錢糧，官府供應俸祿。太倉：國家的糧倉。以上是說，家裡請求給錢糧，官府供應俸祿，自己不作報答，跟老鼠麻雀偷吃國庫的米穀沒有區別。

行抽手版付丞相，不待彈劾還耕桑～～行：副詞，即將。手版：一作手板，竹制或象牙製作的長板，古代屬臣上朝拿著，用來記載要事或上奏的要點。待：等。彈劾：檢舉官吏的過失、罪行。以上是說，自己即將抽出腰間的手版交給丞相，不等有人彈劾就回鄉下種地去了。

【評析】

全詩分三部分。開頭十六句，是第一部分，回憶從前尋訪盤穀子的經過。面前山河壯麗，田野幽靜，搖船過溪，借車趕路，吃野菜，看雁飛，充滿樂趣。因為忙於公事未能再次尋訪，感到遺憾，更突現了上次遊歷的令人神往。此下八句，是第二部

分,抒寫接到盧雲夫詩作後的感觸。大雪封門,無心看書寫字,吟詩自樂,於是想起經常唱和的盧雲夫。恰好這時接到他的詩作,興奮異常;得知盤穀子不顧冬季天寒,獨自進山隱居,衷心感佩。最後六句,是第三部分,表達退隱回鄉的決心。入朝十年,追隨朝班,碌碌無為,自省有愧,哪裡跟上像盤穀子那樣超脫世務,清靜自由?詩中用山野風味的清新、幽美與官場生活的空虛無聊作對比,顯得決心退隱非常自然,順理成章。

寫山河的壯麗,寫田野的清幽,思念老友而接到詩作,敬慕隱士而得到資訊,所有這些,在作者筆下都很輕鬆自然,既來源於真實的生活經歷,又來源於深湛的藝術底蘊。蘇東坡説:「退之尋常詩自謂不逮老杜,此詩獨不減子美雲。」(《五百家注》)對這首詩極為推崇。高步瀛説:「奇思壯采,而以閒逸出之,或雲似杜,或雲似李,仍非杜非李,而為韓公之詩也。」(《唐宋詩舉要》卷二)所謂「奇思壯采,而以閒逸出之」,正體現了韓詩爐火純青的藝術境界。

❀ 十九 春雪

【題解】

◆ 這是一首抒發急切盼望春色的小詩。正月不見花開,二月才見草芽,又遇春寒料峭,春雪紛飛;但因詩人對未來對生命懷有信念、充滿熱望,絲毫沒有失望和歎息,反而使人體驗到一種

昂奮、熱烈、奔放的生命力。這首詩作於元和十年（西元815年）。

● 【原文】

新年都未有芳華，二月初驚見草芽。

白雪卻嫌春色晚，故穿庭樹作飛花。

【新解】

新年都未有芳華，二月初驚見草芽～～新年：農曆正月初一。都：加強否定。芳華：芬芳的鮮花。以上是說，新年是新春的開始，竟都沒有芬芳的花朵，二月看見草芽露頭，使盼望春色的人初次感到驚喜和興奮。

白雪卻嫌春色晚，故穿庭樹作飛花～～嫌：不滿意。故：故意，特地。以上是說，白雪卻不滿春色來得太晚，等不及了，故意穿過庭中樹木間化作片片飛花。

【評析】

這首盼望春歸大地的詩構思奇巧，從平常的現象中翻出新意。本來春寒降臨，春雪飛舞，但在詩人筆下卻顯得生意蓬勃，饒有情趣。第一句中用「都未」，第二句中用「初見」，寫出了盼望春色的焦急心態，因為剛剛經過漫長寒冬，這種期待、盼望必然十分急切。在這當兒，下起雪來，會讓盼春的心情感到掃興；詩人不這樣看，卻說白雪等得急了，便自己穿樹飛花，裝扮大地。這樣一寫，彷彿白雪懂得人的心情，跟人一樣急切盼春歸來，把盼春的願望在想像中實現了。如此寫來，掃興卻成了助

興，降溫卻成了加熱，取得了奇妙的效果。

❀ 二十　晚春

【題解】

◆ 這是組詩《游城南十六首》之一，大約作於元和十年（西元 815 年）。把草木擬人化，描寫暮春群芳鬥妍的景象。

⊃【原文】
草樹知春不久歸，百般紅紫鬥芳菲。
楊花榆莢無才思，惟解漫天作雪飛。

【新解】
草樹知春不久歸，百般紅紫鬥芳菲～～百般：多種多樣。芳菲：花草的芳香。南朝梁代顧野王《陽春歌》：「春草正芳菲，重樓啟曙扉。」以上是說，花草樹木像人一樣，知道春天不久就回去了，抓緊時間，爭芳鬥妍，紫紅萬千。

楊花榆莢無才思，惟解漫天作雪飛～～楊花：柳絮，成熟的柳樹種子，上有白色絨毛，隨風飄飛。榆莢：榆樹的果實，連綴成串，又稱榆錢。才思：（文學創作方面）才氣和文思。以上是說，柳絮榆錢都是平庸之輩，沒有文才，只會化作漫天白雪飄飛。

【評析】

百花盛開，柳絮紛飛，榆錢亂舞，這些都是暮春時節常見的景象。詩人用擬人手法，把自然景物寫得富有生氣。第一句中用「知」，第二句中用「鬥」，第三句中用「才思」，第四句中用「惟解」，這樣就把草木人格化了。這種寫法，不僅境界新奇，形象生動，而且意蘊深厚，耐人尋味。百花爭奇鬥妍，各展才華，抓緊時間，扮美春光。在這時候，沒有文才的柳絮榆錢漫天飄飛，來湊熱鬧。詩人要向人們傳達一種什麼資訊呢？是珍惜暮春時光，感歎時不我待？是譏諷平庸的文人附庸風雅、自我炫耀？還是別的什麼……實在值得探索，耐人尋味。所謂「詩筆盤旋回繞，一如其文」（《詩式》），點出詩的構思奇妙之處。

❀ 二十一 桃源圖

【題解】

◆ 晉代詩人陶淵明對當時社會的剝削壓迫、戰亂爭奪極為不滿，在《桃花源記》中描繪了一處與世隔絕、和平寧靜、人人耕作、家家豐足的人間樂土。從此，桃花源成了令人嚮往的地方，文人墨客也把它當作寫作的題材。陶老先生說桃花源是秦代百姓逃避戰亂的深山野谷，後人卻說那是出世的仙境。劉禹錫的《遊桃源詩》更說有人在桃花源中得道成仙，不見蹤影，神乎其神。道教信徒更用桃花源大做文章。韓愈在《送王秀才序》中說：「（陶

淵明）未能平其心，或為事物是非而相感發，於是有托而逃焉。」桃花源只是一種逃避現實的理想的寄託，是虛構出來的，這樣認識無疑是正確的。他寫這首題畫詩，就是為了還其本來面目，攻破把桃花源附會為神仙洞府的荒唐論調。這詩大約作於元和十年（西元 815 年）。竇常在元和七年至十年任郎州刺史。

⊃ 【原文】

神仙有無何渺茫，桃源之說誠荒唐。
流水盤回山百轉，生綃數幅垂中堂。
武陵太守好事者，題封遠寄南宮下。
南宮先生忻得之，波濤入筆驅文辭。
文工畫妙各臻極，異境恍惚移於斯。
架岩鑿谷開宮室，接屋連牆千萬日。
嬴顛劉蹶了不聞，地坼天分非所恤。
種桃處處惟開花，川原近遠蒸紅霞。
初來猶自念鄉邑，歲久此地還成家。
漁舟之子來何所？物色相猜更問語。
大蛇中斷喪前王，群馬南渡開新主。
聽終辭絕共淒然，自說經今六百年。
當時萬事皆眼見，不知幾許猶流傳。
爭持酒食來相饋，禮數不同樽俎異。
月明伴宿玉堂空，骨冷魂清無夢寐。
夜半金雞咽咿鳴，火輪飛出客心驚。
人間有累不可住，依然離別難為情。
船開棹進一回顧，萬里蒼茫煙水暮。

世俗寧知偽與真，至今傳者武陵人。

【新解】

神仙有無何渺茫，桃源之說誠荒唐～～荒唐：無根無據，使人奇怪。以上是說，神仙有無這類事情多麼難以捉摸，關於桃源的傳說實在荒唐可笑。「荒唐」二字，充分表明了作者對神仙之說斷然否定的態度。

流水盤回山百轉，生綃數幅垂中堂～～盤回：環繞。生綃（ㄒㄧㄠ）：沒有煮過的薄絹，古代作畫的材料，這裡指絹畫。中堂：廳堂正中的位置。以上是說，流水環繞，山嶺百轉千回，幾幅絹畫掛在廳堂中間。

武陵太守好事者，題封遠寄南宮下～～武陵太守：指郎州刺史竇常，郎州即古武陵郡（今湖南省常德市）。題封：題字並加封套。南宮：古代稱尚書省。以上是說，武陵太守是個好事的人，把桃源圖題字加封寄到南宮這裡。

南宮先生忻得之，波濤入筆驅文辭～～南宮先生：指在尚書省虞部做官的盧汀。忻：高興。波濤：比喻文思洶湧。驅：驅遣，駕馭。以上是說，南宮先生高興地接到贈畫，文思滔滔寫下題詞。

文工畫妙各臻極，異境恍惚移於斯～～工：巧妙。臻：達到。極：頂峰。斯：代詞，這裡（畫中）。以上是說，題詞繪畫各自達到最精妙的境界，神奇的仙境忽隱忽現，似真似假，轉移到畫幅裡。

架岩鑿谷開宮室，接屋連牆千萬日～～架岩：在山壁上架

起樑柱。以上是說，靠著山壁鑿開山谷建造房子，屋連著屋，牆挨著牆，造了上千萬夭。

　　嬴顛劉蹶了不聞，地坼天分非所恤～～嬴顛：秦朝覆滅。嬴，秦帝姓；顛，跌倒。劉蹶：漢朝衰亡。劉，漢帝姓；蹶，倒下。了：副詞，完全，用在「不」前加強否定。地坼天分：天地分裂，指三國鼎立。坼（ㄔㄜˋ），裂開。恤：顧惜。以上是說，秦漢滅亡全都沒有聽說，三國對峙也不關心。

　　種桃處處惟開花，川原近遠蒸紅霞～～川原：平原。蒸：升騰。紅霞：比喻桃花滿天。以上是說，處處栽種桃樹只為能夠開花，平原望去，遠近紅霞升騰。

　　初來猶自念鄉邑，歲久此地還成家～～猶自：仍然。自，助詞，無義。鄉邑：家鄉。還：副詞，卻，反。以上是說，剛來這裡還懷念家鄉，年份長了這裡反而成了家鄉。

　　漁舟之子來何所？物色相猜更問語～～漁舟之子：東晉陶淵明《桃花源記》所寫進入桃源的武陵漁夫。子，人。物色：尋訪。猜：驚疑。更：副詞，又。以上是說，駕著漁船的漁夫不知來自哪裡，沿著溪水尋訪感到驚疑，又問桃源人許多話。

　　大蛇中斷喪前王，群馬南渡開新主～～大蛇中斷：秦末劉邦斬白蛇起義，終於建立漢朝。群馬南渡：晉朝王室渡江，晉元帝司馬睿在建康（今江蘇省南京市）即位，東晉開始。《晉書·元帝紀》：「太安之際童謠雲：『五馬浮渡江，一馬化為龍。』帝（司馬睿）與西陽（西陽王司馬羕）、汝南（汝南王司馬祐）、南頓（南頓王司馬宗）、彭城（彭城王司馬繹）五王獲濟，帝

竟登大位焉。」後來「五馬渡江」成為東晉建國的典故。以上
是說，漁夫說大蛇斬斷，劉邦起義，秦帝完蛋了；五馬渡過長江，
已建立了東晉王朝。

聽終辭絕共淒然，自說經今六百年～～淒然：傷感的樣子。
六百年：自秦末至晉太元年間共約六百年。以上是說，桃源的
人們聽完了話一起傷感歎息，他們說進入桃源到今天已六百年
了。

當時萬事皆眼見，不知幾許猶流傳～～眼見：親眼看到。
是說桃源中人從秦末活到現在，成了神仙，顯然出於後人編造。
幾許：多少。以上是說，當時千萬事件我們都親眼看到過，不
知有多少還在世間流傳。

爭持酒食來相饋，禮數不同樽俎異～～饋：送給。禮數：
禮節。樽：酒杯。俎：擺放祭品的幾案。以上是說，桃源人爭
著拿來酒飯招待漁夫，他們待客的禮節、器物都跟當時不同。

月明伴宿玉堂空，骨冷魂清無夢寐～～玉堂：傳說仙人住
室，用白玉做裝飾。東漢曹操《氣出倡》詩：「乃到王母台，
金階玉為堂，芝草生殿旁。」晉代庾闡《遊仙詩》：「神嶽竦
丹霄，玉堂臨雪嶺。」骨冷魂清：寒氣入骨，精神清爽（這是
形容世間的人在仙境中的感覺）。以上是說，明月陪著漁夫睡
在空闊的玉堂中，感到寒氣入骨，精神清爽，不能入睡。

夜半金雞喌唶鳴，火輪飛出客心驚～～金雞：傳說中的神
雞。《神異經・東方經》：「扶桑山有玉雞，玉雞鳴則金雞鳴，
金雞鳴則石雞鳴，石雞鳴則天下之雞悉鳴。」喌唶（ㄓㄡ ㄓㄚ

ㄥˊ）：雜亂細碎的聲音。火輪：太陽。《列子·湯問》：「日初出，大如車輪。」以上是說，半夜金雞吱吱喳喳啼叫，火紅的太陽飛出東方，客人心思觸動，想念家鄉。

人間有累不可住，依然離別難為情～～累：拖累，牽掛。這裡指家中老小。依然：戀戀不捨的樣子。以上是說，人間還有拖累，不能住在桃源，戀戀不捨地離開覺得難受。

船開棹進一回顧，萬里蒼茫煙水暮～～棹（ㄓㄠˋ）：槳類的工具。以上是說，搖槳開船回頭一看，桃源遠在萬里之外，煙波蒼茫，已是黃昏。

世俗寧知偽與真，至今傳者武陵人～～寧：副詞，表示反詰，哪裡，難道。以上是說，世俗的人們怎麼知道桃源仙境是真是假，至今還有武陵人傳說這件事情。

【評析】

這首詩分兩部分。開頭十句是第一部分，敘述寄畫題詞。把桃源傳說當成神仙事蹟，荒唐可笑，但世間有些人如武陵太守、南宮先生卻相信它，韓愈諷刺他們是好事之徒。中間二十六句是第二部分，結合畫的內容，敘寫桃源故事，故意寫得似實跡似仙境，亦真亦幻，撲朔迷離，實際上是在表現人們怎樣把虛構的說成實有的。最後兩句發表議論，警示人們分辨真偽，不可輕信妖言仙術之類。全詩脈絡清晰，層次井然，鋪陳描繪，風格壯美。「種桃處處惟開花，川原近遠蒸紅霞」，「船開棹進一回顧，萬里蒼茫煙水暮」等等，敘事穿插寫景，文字精煉，落墨生

彩,的確是大家手筆。敘寫桃源故事儘量照應文本,如「自說經今六百年」,照應陶記「晉太元中」;「爭持酒食來相饋」,照應陶記「餘人各複延至其家,皆出酒食」等等。從這裡可以看出構思的周密巧妙。詩的開頭兩句和結尾兩句,以雄辯的力量,不容置疑的語調,揭破神仙迷信,振聾發聵,警醒世俗,有深遠的教育作用。

《峴傭詩話》說:「七古盛唐以後繼少陵而霸者,唯有韓公。韓公七古殊有雄強奇傑之氣,微嫌少變化耳。」又說:「少陵七古多用對偶,退之七古多用單行,退之筆力雄勁,單行亦不嫌弱。」《桃源圖》詩的風格基本上也是這樣。詩從作畫、題詞寫起,進而描寫畫的題材,展開桃源故事,最後說到秦人避亂被附會成得道成仙,世俗不辨真偽,由輕信而訛傳,實在可悲。依次寫出,條理井然,雖然沒有什麼頓挫變化,但是境界開闊,氣勢恢弘,確有一種非凡的氣象。

❀ 二十二 調張籍

【題解】

◆ 詩題所謂「調張籍」,就是戲贈張籍,調,就是調侃。唐代中期,文人學者對李白、杜甫的文學成就存在種種誤解,或者揚李抑杜,或者抑李揚杜。韓愈以文學大師的深邃見解,給予李、杜的詩歌藝術高度的評價,並運用奇險特異的表現手法表達了對

他們的仰慕和嚮往，勉勵張籍跟自己共同努力攀登高峰。《筆墨閑錄》說：「退之參李、杜透機關處，於《調張籍》詩見之。『我願生兩翅，捕逐出八荒』以下，至『乞君飛霞佩，與我高頡頏』，此領會語也。從退之言詩者多，而獨許籍者，以其有見處，可傳衣耳。」這首詩作於元和十年（西元815年）或十一年（西元816年）。

⊃【原文】

李杜文章在，光焰萬丈長。不知群兒愚，那用故謗傷？
蚍蜉撼大樹，可笑不自量。伊我生其後，舉頸遙相望。
夜夢多見之，晝思反微茫。徒觀斧鑿痕，不矚治水航。
想當施手時，巨刃磨天揚。垠崖劃崩豁，乾坤擺雷硠。
惟此兩夫子，家居率荒涼。帝欲長吟哦，故遣起且僵。
翦翎送籠中，使看百鳥翔。平生千萬篇，金薤垂琳琅。
仙宮敕六丁，雷電下取將。流落人間者，太山一豪芒。
我願生兩翅，捕逐出八荒。精誠忽交通，百怪入我腸。
刺手拔鯨牙，舉瓢酌天漿。騰身跨汗漫，不著織女襄。
顧語地上友，經營無太忙！乞君飛霞佩，與我高頡頏。

【新解】

李杜文章在，光焰萬丈長～～文章：指文學作品。杜甫《偶題》：「文章千古事，得失寸心知。」以上是說，李白、杜甫的作品仍然留在世間，光焰萬丈，永遠燦爛。

不知群兒愚，那用故謗傷～～不知：無知。群兒：那班小子，斥責貶低李、杜的淺陋文人。以上是說，那班小子愚昧無知，

哪裡用著故意詆毀損傷兩位偉大詩人？

蚍蜉撼大樹，可笑不自量～～蚍蜉（ㄆㄧˊ ㄈㄨˊ）：大個兒的螞蟻。這裡是說，這班貶損李、杜的人的所作所為，就像螞蟻企圖搖撼大樹，令人感到可笑，真是不自量力！

伊我生其後，舉頸遙相望～～伊：助詞，無義。遙：時代相距很遠。以上是說，感歎自己生在李、杜以後，只能伸長脖子遠遠望去。

夜夢多見之，晝思反微茫～～微茫：看不清晰。以上是說，夜裡做夢多次看見他們，白天回想起來反而模糊了。這表現了作者對李、杜的傾心仰慕。

徒觀斧鑿痕，不矚治水航～～徒：副詞，僅，只。斧鑿痕：禹王舉斧開山通水的遺跡，比喻李、杜留下的文字。矚（ㄓㄨˇ），注視。治水航：禹王治水的航線，比喻李、杜創作的過程。以上是說，我們生活在今天，只能看到禹王鑿山通水的遺跡，無法看到他治水的路線，比喻只能看到李、杜留下的文字，無法看到他們創作的過程。

想當施手時，巨刃磨天揚～～施手：著手，下手。刃：斧刃。磨：通假為「摩」，擦。以上是說，想像當禹王動手開山的時候，揮起巨斧，擦過天空。比喻李、杜以宏大的氣魄寫下驚天動地的偉大作品。

垠崖劃崩豁，乾坤擺雷硠～～垠崖：高大的山崖。劃：劃然，突然。崩豁：崩倒裂開。擺：搖動。雷硠（ㄌㄤˊ）：巨大的聲音。以上是說，高大的山崖突然崩倒開裂，天地被巨大的聲音震得

搖晃起來。比喻李、杜詩歌影響巨大。

惟此兩夫子，家居率荒涼～～家居：家境，家庭生活。率：都，全。荒涼：貧乏淒涼。以上是說，只是這兩位先生，家境都貧乏淒涼。

帝欲長吟哦，故遣起且僵～～帝：上帝。吟哦：作詩。遣：使。起：起來。僵：倒下。以上是說，上天想讓他們不停地創作詩歌，故意使他們屢受波折，站起來又倒下去。

翦翎送籠中，使看百鳥翔～～翦翎：剪掉羽毛。翦，同「剪」；翎，一本作「翮」。禰衡《鸚鵡賦》：「閉以雕籠，翦其翅羽。」以上是說，剪掉他們的羽毛，關進籠子裡，讓他們看百鳥在外邊飛翔。比喻上帝給李、杜安排了困頓的命運。

平生千萬篇，金薤垂琳琅～～金薤：金指金錯書，薤指薤葉書，都是古代書體。金錯，古代錢幣名稱，周漢錢幣，都用這種書體，又名剪子篆。薤葉書，又名倒薤書，小篆的一種，筆劃瘦硬，類似薤葉。薤（ㄒㄧㄝˋ），一種草本植物，葉子細長。琳琅：美玉珍珠之類的東西。以上是說，李、杜一生創作千萬篇詩，價值珍貴，如同金錯書、薤葉書，留下多少珍珠寶玉！

仙宮敕六丁，雷電下取將～～仙宮：神宮，天宮。敕（ㄔˋ）：指令。六丁：天上值勤的神將。將：助詞，用在動詞之後，表示動作達到目的，相當於「得」。以上是說，天宮指令六丁，乘著雷霆閃電到人間來拿走這些作品。

流落人間者，太山一豪芒～～太山：即泰山。豪芒：一作「毫

芒」，一絲一毫。以上是說，李、杜的詩篇多數失傳了，留在世間的僅是泰山上的一根細草。

我願生兩翅，捕逐出八荒～～八荒：八方。以上是說，自己想生出雙翅，飛向天外追逐捕捉被天神取走的李、杜名作。

精誠忽交通，百怪入我腸～～精誠：精神。交通：互相溝通。百怪：許許多多奇特的想像。以上是說，自己癡迷於李、杜的作品，精神忽然感悟，千奇百怪的想像和構思湧入心腸中來。

刺手拔鯨牙，舉瓢酌天漿～～刺手：反手，轉手。刺（ㄌㄚˋ），背，反。天漿：天上的酒。以上是說，在想像中轉過手來拔掉海鯨的牙齒，舉起瓢來舀天上的酒漿。

騰身跨汗漫，不著織女襄～～汗漫：沒有邊際，指太空。著：同「著」（ㄓㄨㄛˊ），穿。織女襄：織女所織的雲錦。襄，織造的花紋。《詩經‧小雅‧大東》：「跂彼織女，終日七襄。」以上是說，身子飛騰起來，升到太空之上，連織女所造的雲錦衣裳也不想穿了。

顧語地上友，經營無太忙～～顧：回頭。友：指張籍。經營：安排結構，推敲字句。以上是說，在天空中回頭勸說地上的朋友，不要過於忙著安排結構、推敲字句，應把重心放在開拓藝術創作的境界上。

乞君飛霞佩，與我高頡頏～～乞（ㄑㄧˋ）：給予。佩：佩飾。頡頏（ㄒㄧㄝˊ ㄏㄤˊ）：翱翔。頡，向上飛；頏，向下飛。以上是說給你飛霞的飾物，飛上天空，跟我一起高高翱翔吧！比喻共同努力登上藝術高峰。

【評析】

　　全詩分三部分。開頭六句，是第一部分，對李、杜的詩歌給予極為崇高的評價，並斥責了企圖貶低他們的無知狂妄之徒。此下二十二句，是第二部分，表達對李、杜的欽佩、敬仰之情，讚美他們的詩歌創作有大禹治水那樣的開天闢地的功績，是神品、仙品，應當收回天宮珍藏。最後十句，是第三部分，說明作者竭力追隨李、杜，得到啟迪，進入神奇的藝術天地之中，呼喚朋友張籍跟他共同努力，攀登詩歌藝術的高峰。這首詩中充滿奇特的想像，神異的境界，表現了一種剛健挺拔、頓挫有力的氣勢。

　　葉燮《原詩》說：「韓詩為唐詩之一大變，其力大，其思雄。」前人評這首詩「雄奇岸偉，亦有光焰萬丈之觀」。這首詩可以稱為韓愈雄奇、豪壯詩風的典型代表。但因用典偏僻，構思詭怪，也帶來了艱澀難懂的缺憾。這是一首論詩的詩作，但是韓愈不是抽象議論，空洞說教，而是把自己對李、杜詩歌的理解、評價通過極富感染力量的藝術形象展示出來，這是通常難以做到的。朱彝尊《批韓詩》說：「議論詩，是又別一調，以蒼老勝，他人無此膽。」評論十分準確。

❀ 二十三 聽穎師彈琴

【題解】

◆ 琴是我國古代最高雅的樂器，也是文人墨客最喜愛的樂器。穎師是一個和尚，又是當時聞名的琴演奏家。詩人李賀寫過《聽穎師彈琴歌》，對他稱賞有加：「別浦雲歸桂花渚，蜀國弦中雙鳳語。芙蓉葉落秋鸞離，越王夜起遊天姥。暗珮清臣敲水玉，渡海蛾眉牽（一作乘）白鹿。誰看挾劍赴長橋，誰看浸髮題春竹。竺僧前立當吾門，梵宮真相眉棱尊。古琴大軫長八尺，嶧陽老樹非桐孫。涼館聞弦驚病客，藥囊暫別龍鬚席。請歌直（一作當）請卿相歌，奉禮官卑複何益？」韓愈此詩作於元和十一年（西元 816 年）。詩中用生動的比喻，描寫了穎師優美的琴聲，藝術成就很高。

● 【原文】

昵昵兒女語，恩怨相爾汝。

劃然變軒昂，勇士赴敵場。

浮雲柳絮無根蒂，天地闊遠隨飛揚。

喧啾百鳥群，忽見孤鳳凰。

躋攀分寸不可上，失勢一落千丈強！

嗟余有兩耳，未省聽絲篁。

自聞穎師彈，起坐在一旁。

推手遽止之，濕衣淚滂滂。

穎乎爾誠能，無以冰炭置我腸！

【新解】

昵昵兒女語，恩怨相爾汝～～昵昵（ㄋㄧˋ　ㄋㄧˋ）：擬聲詞，模擬低聲交談的聲音。有人注作親密，恐怕不夠切合。一作「妮妮」、「呢呢」。借字擬聲，用字不定，這正是擬聲詞的特點。兒女：青年男女。爾汝：古代尊者對卑者稱呼爾汝，含有鄙視的意思。有時又可表示關係親密，不拘常禮。杜甫《醉時歌》：「忘形到爾汝，痛飲真吾師。」就是表示親密。以上是說，琴聲開頭，聲音輕柔細碎，就像青年男女小聲交談，一會兒表達恩愛，一會兒表示惱恨，互相稱呼你呀你呀。

劃然變軒昂，勇士赴敵場～～劃然：像物體被割破的聲音，形容激烈。軒昂：高昂。以上是說，突然聲音激烈起來，琴聲變得高昂有力，就像勇士開赴殺敵的戰場。

浮雲柳絮無根蒂，天地闊遠隨飛揚～～根蒂：比喻固定起來的東西。根，草木紮進土中的部分；蒂，瓜果連著枝莖的部分。以上是說，琴聲忽又轉為輕快、活潑，就像沒有根蒂的浮雲柳絮，在廣闊天地中隨風飛揚。

喧啾百鳥群，忽見孤鳳凰～～喧啾：喧鬧的聲音。鳳凰：據說鳳凰鳴聲和諧。《左傳》莊公二十二年：「是謂鳳凰於飛，和鳴鏘鏘。」以上是說，琴聲繁雜，猶如百鳥喧鬧；忽而轉為和諧，猶如一隻鳳凰鳴叫。

躋攀分寸不可上，失勢一落千丈強～～躋攀：（琴聲）升高。躋（ㄐㄧ），登高，上升。強：多，超過。以上是說，琴聲越來越高，高到極點，一點也上不去了；忽而急劇下降，比一落

千丈的落差還大。

　　嗟余有兩耳，未省聽絲篁～～嗟：嘆詞。省（ㄒㄧㄥˇ）：懂得。絲篁：管弦樂器，借指音樂。絲，指絃樂器；篁，竹林，泛指竹子。這裡用「篁」代「竹」，是為了協韻。以上是說，可歎我有兩隻耳朵，卻不懂得聽音樂。

　　自聞穎師彈，起坐在一旁～～以上是說，作者向來不懂音樂，自從聽到穎師的琴聲，深受感染，情緒激動，在一旁時而站起時而坐下。

　　推手遽止之，濕衣淚滂滂～～遽（ㄐㄩˋ）：很快，急迫。滂滂（ㄆㄤ ㄆㄤ）：大水湧流的樣子，這裡形容淚水很多。以上是說，急忙推穎師的手，讓他不要彈下去了，自己淚水湧流，打濕了衣裳，不忍往下聽了。

　　穎乎爾誠能，無以冰炭置我腸～～能：有才藝。無：同「毋」，副詞，表示勸阻，不要。冰炭：一寒一熱，古人常用來比喻兩種對立的事物。這裡比喻兩種對立的感情，忽而使人悲，忽而使人喜，忽而使人抑鬱，忽而使人昂奮。以上是說，穎師啊你的確有才藝，不要讓我心中忽悲忽喜，受不了啊！

【評析】

　　唐代詩人喜歡描寫音樂，李頎《聽安萬善吹觱栗歌》寫吹觱（ㄅㄧˋ－樂器）栗，白居易《琵琶行》寫彈琵琶，李賀《李憑箜篌引》寫彈箜篌。寫彈琴的詩歌尤其多，如李白《聽蜀僧濬彈琴》、李頎《琴歌》、劉長卿《聽彈琴》，而韓愈這首詩最受佳

評。方扶南認為，這首詩與嵇康《琴賦》異曲同工。他説：「按嵇康《琴賦》中已具此數聲，其曰或怨而躊躕，非昵昵兒女語乎？時劫掎以慷慨，非勇士赴敵場乎？忽飄飄以輕邁，若眾葩敷榮曜春風，非浮雲柳絮無根蒂乎？嚶若離鶤鳴清池，翼若游鴻翔曾崖，又若鸞鳳和鳴戲雲中，非喧啾百鳥群，忽見孤鳳凰乎？參禪繁促，複疊攢仄，拊嗟累贊，間不容息，非躋攀分寸不可上乎？或乘險投會，邀隙趨危，或摟挐，縹繚澌冽，非失勢一落千丈強乎？公非襲《琴賦》，而會心於琴理則有合也。」（《唐宋詩舉要》）韓愈是在繼承古代文學藝術的基礎上創造發展，才寫成了這首詩，這樣理解似乎較為合乎實際。

宋代魏仲舉《集注》説：「《西清詩話》云：『六一居士嘗問東坡：琴詩孰優？坡答以退之《聽穎師琴》。公曰：此只是琵琶耳。吳僧義海以琴名世，或以六一語問海，海曰：歐陽公一代英偉，然斯語誤矣。昵昵兒女語，恩怨相爾汝，言輕柔細屑，真情出見也；劃然變軒昂，勇士赴敵場，精神餘謹，聳觀聽也；浮雲柳絮無根蒂，天地闊遠隨飛揚，縱橫變態，浩乎不失自然也；喧啾百鳥群，忽見孤鳳凰，又見穎孤絕，不同流俗下裡聲也；躋攀分寸不可上，失勢一落千丈強，起伏抑揚，不主故常也。皆指下絲聲妙處，唯琴為然，琵琶格上聲，烏能爾耶？退之深得其趣，未易譏評也。』」這裡從專業的角度肯定了這首詩寫琴聲的高妙功夫。

❀ 二十四 病鴟

【題解】

◆ 韓愈看到一隻受傷的鴟鷹，跌在污泥裡，感到可憐，便救活了它。鴟鷹養好了傷，不久飛走了。評者大多以為這是一首諷刺作惡而背恩者的詩。韓仲韶說：「必有人焉，如鴟鳥之惡，忽墮水溝，公既救其死命，復作詩誡之云耳。」其實，倒也不妨看作這是詩人憐愛這小生命，不忍看它垂危悲慘的樣子，不肯乘鳥之危加害它，這才把它救起來。愛惜動物，不僅表現了博愛的心懷，也表達了人類希望與它們和諧共處的理想。人與自然融合，人與自然同在，對今天的人們不是也有啟發嗎？這首詩大約作於元和十一年（西元 816 年）或十二年（西元 817 年）。

⊃【原文】

屋東惡水溝，有鴟墮鳴悲。有泥掩兩翅，拍拍不得離。
群童叫相召，瓦礫爭先之。計校生平事，殺卻理亦宜！
奪攘不愧恥，飽滿盤天嬉。晴日占光景，高風送追隨。
遂凌紫鳳群，肯顧鴻鵠卑？今者運命窮，遭逢巧丸兒。
中汝要害處，汝能不得施。於吾乃何有？不忍乘其危。
丐汝將死命，浴以清水池。朝餐輟魚肉，暝宿防狐狸。
自知無以致，蒙德久猶疑。飽入深竹叢，饑來傍階基。
亮無責報心，固以聽所為。昨日有氣力，飛跳弄藩籬。
今晨忽徑去，曾不報我知。僥倖非汝福，天衢汝休窺。
京城事彈射，豎子豈易欺？勿諱泥坑辱，泥坑乃良規。

【新解】

屋東惡水溝，有鴝墮鳴悲～～惡：污穢。以上是說，韓愈的房子東邊一條髒水溝裡，有一隻鴝鷹跌下來發出聲聲悲鳴。

有泥掩兩翅，拍拍不得離～～掩：通假為「淹」。以上是說，污泥淹沒了鴝鷹的雙翅，撲打撲打翅膀，不能拔出來。

群童叫相召，瓦礫爭先之～～召：呼喚。先：儘快投中。以上是說，一群兒童發現了落在泥裡的鴝鷹，爭相用瓦塊碎石向它投擲。

計校生平事，殺卻理亦宜～～計校：同「計較」，計算。卻：用在動詞後，表示動作完成。以上是說，如果算一算它幹了多少傷害無辜的事，殺掉它也合乎道理。

奪攘不愧恥，飽滿盤天嬉～～攘：侵奪。盤：環繞。嬉：遊玩。以上是說，鴝鷹跟同類爭奪食物不感到愧疚可恥，吃飽了肚子就環繞天空遊玩嬉戲。

晴日占光景，高風送追隨～～光景：風光。以上是說，遇上晴朗的日子，它便獨佔風光；遇上天上起風，它便在後面隨風飛翔。

遂淩紫鳳群，肯顧鴻鵠卑～～淩：超出。鵠（ㄏㄨˊ）：天鵝。以上是說，鴝鷹乘風高飛，超出成群的紫鳳，更不肯低下頭看那下方的大雁、天鵝了。

今者運命窮，遭逢巧丸兒～～窮：到了盡頭，要完了。不能理解為貧窮。巧丸兒：善於射彈弓的少年。以上是說，今天鴝鷹的命運陷入絕境了，遇到了善於射彈弓的少年。

◎ 詩

中汝要害處，汝能不得施～～中：命中，射中。能：本領。施：施展，發揮。以上是說，彈丸打中了你的要害之處，你的本領不能施展了。

於吾乃何有？不忍乘其危～～乃：副詞，卻，表示轉折語氣。何有：有什麼（可計較的）？以上是說，鷂鷹雖然對同類兇惡，對我來說有什麼可計較的？不忍心乘它陷入困境加害它。

丐汝將死命，浴以清水池～～丐（ㄍㄞˋ）：給予，救活。以上是說，看它就要死了，趕快救活它，把它放進清水池裡清洗乾淨。

朝餐輟魚肉，暝宿防狐狸～～輟：停止，不吃。暝：天黑。以上是說，早上吃飯，自己不吃魚肉，拿去餵鷂鷹；晚上睡覺，提防狐狸把它叼走。

自知無以致，蒙德久猶疑～～無以：沒有辦法。致：取得。德：恩惠。猶：副詞，尚且，還。疑：疑慮，不放心（其實是鷂鷹跟主人不熟，不敢接近）。以上是說，鷂鷹自己知道本身沒有辦法得到這些，可是受到主人的恩惠許多天了，見到主人還是疑慮重重。

飽入深竹叢，饑來傍階基～～傍：挨近。以上是說，鷂鷹仍然怕人，吃飽後鑽進竹叢深處，肚子餓了挨近臺階底下等著餵它。

亮無責報心，固以聽所為～～亮：通假為「諒」，的確，誠然。責報：要求回報。聽：任憑。以上是說，主人的確沒有要求回報的心思，當然也就任其所為，不加干涉了。

昨日有氣力，飛跳弄藩籬～～藩籬：住宅周圍樹立的籬笆。以上是說，昨天鷂鷹有氣力了，又飛又跳，在籬笆上戲耍起來。

今晨忽徑去，曾不報我知～～徑：徑直，一直。曾：副詞，用在「不」前，加強否定語氣。以上是說，今天早上鷂鷹忽然一下就飛走了，竟然不告訴我。

僥倖非汝福，天衢汝休窺～～天衢：天街，高空。衢（ㄑㄩˊ），大道。以上是說，一時僥倖便得意忘形，這不是你的福分，你不要窺探高空。

京城事彈射，豎子豈易欺～～豎子：少年。以上是說，京城的人們會射彈弓，那班小子哪裡是好欺負的！

勿諱泥坑辱，泥坑乃良規～～諱：避諱，害怕。規：策略，計畫。以上是說，不要認為泥坑污穢就躲避它，在泥坑裡才是保全性命的良策妙法。

【評析】

在這首詩中，運用白描的手法，使用樸素的語言，記述了詩人救活受傷的鷂鷹、任它回歸自然的經過，寫得真摯樸實。詩人救了傷鳥，不求回報，鳥兒徑直飛走也不怪怨，還希望它不要僥倖和冒險，展示了作者的仁慈和寬厚，乃「君子待小人之道」（《詩比興箋》）。不守本分，窺視高位，一時僥倖便得意忘形，這是自取滅亡。看來韓愈這首詩中確有諷喻的意義。但如不去深究這些，把它看作一則愛護野鳥的故事，讀來也很有趣。

❀ 二十五 華山女

【題解】

◆ 韓愈抨擊封建迷信，反對佛教、道教，不遺餘力。元和十四年（西元 819 年）春天上《論佛骨表》，雖然遭到貶斥，但他毫不退縮。這首詩作於元和十三年末或十四年初，表面上諷刺揭露女道士故弄玄虛，迷惑群眾，其實筆鋒所指，對準宮廷，正是皇帝及其後妃癡迷宗教，才弄到了從上到下暈頭轉向的地步。韓仲韶說：「詩雖記當時所見，然意蓋指一時佛老之盛，排斥之意寓於詩雲。」

⊃【原文】

街東街西講佛經，撞鐘吹螺鬧宮庭。
廣張罪福資誘脅，聽眾狎恰排浮萍。
黃衣道士亦講說，座下寥落如明星。
華山女兒家奉道，欲驅異教歸仙靈。
洗妝拭面著冠帔，白咽紅頰長眉青。
遂來升座演真訣，觀門不許人開扃。
不知誰人暗相報，訇然振動如雷霆。
掃除眾寺人跡絕，驊驑塞路連輜軿。
觀中人滿坐觀外，後至無地無由聽。
抽釵脫釧解環佩，堆金疊玉光晶熒。
天門貴人傳詔召，六宮願識師顏形。
玉皇頷首許歸去，乘龍駕鶴來青冥。
豪家少年豈知道？來繞百匝腳不停。

雲窗霧閣事慌惚，重重翠幔深金屏。

仙梯難攀俗緣重，浪憑青鳥通丁寧。

【新解】

街東街西講佛經，撞鐘吹螺鬧宮庭～～撞鐘吹螺：佛教講經說法，擊鼓撞鐘，大吹法螺。螺，即法螺，海中一種軟體動物，殼螺旋狀，頂上穿孔吹奏，聲音傳得很遠。古代用於軍中，也用作佛道作法事的樂器。宮庭：宮廷。唐憲宗晚年好道信佛，宮中也有講經說法的活動。以上是說，京城街道東邊西邊都在講經說法，撞鐘擊鼓，大吹法螺，宮廷也鬧翻了天。

廣張罪福資誘脅，聽眾狎恰排浮萍～～廣張：大肆張揚。資：藉以。狎恰：重疊，密集。排：推擠。以上是說，佛家大肆宣揚不信佛死後遭罪、信佛死後享福，藉以誘迫群眾。人們受到蠱惑，前來聽講，密密麻麻，互相推擠，好像水面浮萍擁來擁去。

黃衣道士亦講說，座下寥落如明星～～黃衣：唐代道士的服色。寥落：稀稀拉拉。明星：早晨的星辰。以上是說，穿著黃袍的道士也設壇講經，可是座下聽眾稀稀拉拉，寥若晨星。

華山女兒家奉道，欲驅異教歸仙靈～～異教：指佛教。仙靈：神仙，道教信仰神仙。以上是說，家在華山的女子家裡信奉道教，想要驅動佛教信徒改信神仙。

洗妝拭面著冠帔，白咽紅頰長眉青～～帔（ㄆㄟˋ）：披肩，這裡指道袍。咽：咽喉，這裡指脖頸。青：古代婦女打扮，

用青黛畫眉毛，長而彎曲。以上是說，華山女子洗掉舊妝，打扮一番，擦乾淨了臉，戴上道冠，穿上道袍，脖子塗得粉白，兩頰搽著胭脂，長眉毛畫成青黛色。

遂來升座演真訣，觀門不許人開扃～～訣：道家服食丹藥成仙的祕訣。觀：道院。扃（ㄐㄩㄥ）：門扇。以上是說，於是來到道院登上座位，宣講道家成仙升天的真正的祕訣，並且關閉院門，不許打開。其實這是故弄玄虛，引發人們的好奇心理。

不知誰人暗相報，訇然振動如雷霆～～誰人：什麼人。訇然：聲音巨大的樣子。訇（ㄏㄨㄥ），大聲。以上是說，不知道什麼人悄悄傳出華山女子講道的消息，嘩的一聲，就像雷霆震動八方。

掃除眾寺人跡絕，驊騮塞路連緤～～驊騮（ㄏㄨㄚˊ ㄌㄧㄡˊ）：赤色駿馬，這裡指馬。緤：車的幃幔，指車輛。緤（ㄗ），車前的帷子；以上是說，像被掃蕩一般，各寺的人跡都斷絕了；道院這裡車馬相連，道路堵塞。

觀中人滿坐觀外，後至無地無由聽～～無地：沒有空隙，沒有可以坐人的地方。以上是說，道院裡坐滿了人，其餘的人只好坐在外邊；後來的人沒有地方可坐，沒有辦法聽講。

抽釵脫釧解環佩，堆金疊玉光晶熒～～釵：別在頭上的首飾。釧（ㄔㄨㄢˋ）：用珍珠或玉石串成的手鐲。環佩：婦女所佩戴的玉飾。晶熒：金玉光彩閃爍。以上是說，貴婦人們聽了講道，捐獻財物，抽出金釵，脫下玉鐲，解下身上的玉飾；

講壇前邊堆積金玉，光彩閃爍。

天門貴人傳詔召，六宮願識師顏形～～天門：借指宮門。貴人：指宮廷內監。六宮：後妃居住的地方，借指後妃。以上是說，宮廷內監傳達詔令召見，宮中後妃想看看法師的面容。

玉皇頷首許歸去，乘龍駕鶴來青冥～～玉皇：影射皇帝。頷首：點頭答應。歸去：暗指進宮。乘龍駕鶴：乘坐宮廷車馬。神仙乘龍駕鶴，這裡暗喻華山女子。青冥：天上，暗喻宮廷。以上是說，玉皇點頭允許華山女子回去，於是乘龍駕鶴來到天上。暗喻華山女子進入宮廷。

豪家少年豈知道？來繞百匝腳不停～～豪家：豪門，有權勢的家庭。道：道教的教義。匝（ㄗㄚ）：周，圈。這裡是說，豪門大家的少年哪裡懂得道教的教義？他們來到華山女子住處周圍繞來繞去，走一百圈也不停腳。

雲窗霧閣事慌惚，重重翠幔深金屏～～雲窗霧閣：形容住處神秘。慌惚：同「恍惚」，看不清楚，暗喻行跡曖昧。這裡是說，華山女子住的樓閣，雲霧繚繞，行跡恍恍惚惚，屋內掛著層層翠羽裝飾的幔帳，立著遮蔽很深的金色屏風，外人無從知道她的所作所為。暗示華山女子在宮中行蹤詭異，令人懷疑。

仙梯難攀俗緣重，浪憑青鳥通丁寧～～仙梯：比喻結識華山女子的途徑。俗緣：華山女子進入宮中，地位特殊，豪門少年是夠不上的，他們僅是世俗人物，身份低下。浪憑：任憑。青鳥：《漢武故事》中說，西王母會見漢武帝，派青鳥來送資訊。丁寧：一般寫作「叮嚀」，囑咐，這裡指音訊。這裡是說，

華山女子進了宮廷，不同常人，仙梯難登上去，豪門少年是世俗人物，無法接近，只能任憑中間人暗通音訊了。

【評析】

　　全詩分為四個部分。開頭六句，是第一部分，敘述京城宗教盛行，佛教講經吸引了大多數人，道教說法聽眾稀少。此下十四句，是第二部分，記述華山女子憑藉美貌化妝和故作神秘奪走了廣大聽眾，人們紛紛捐獻財物。此下四句，是第三部分，寫皇帝、後妃也被聳動，華山女子奉召入宮。最後六句，是第四部分，寫豪門少年想要交往華山女子，但因對方行跡隱秘、深藏不露，無法接近。通過華山女子的活動，揭露了道教的欺騙伎倆，並對宮廷的迷信神佛給予嘲諷。

　　本詩的表現手法：一是暗喻，用「天門」、「玉皇」、「青冥」影射皇帝、宮廷，貶斥封建統治階級的愚蠢、荒唐；二是閃爍其詞，「雲窗霧閣」、「翠幔」、「金屏」、「仙梯難攀」，暗示華山女子入宮後行蹤曖昧，令人生疑，進一步戳穿了封建統治階級的醜惡嘴臉和宗教迷信的虛妄可笑。隱語微諷，反跌極妙！

✿ 二十六 左遷至藍關示姪孫湘

【題解】

◆ 韓愈堅決維護儒家正統思想，極力排斥宗教迷信。元和十四年（西元819年）正月，唐憲宗派人到鳳翔府法門寺迎接佛骨，不但迎入京城，而且準備迎入宮內供奉。韓愈上《論佛骨表》，痛斥「枯朽之骨，凶穢之餘，豈宜令入宮禁！」並且提出建議：「乞以此骨付之有司，投諸水火，永絕根本，斷天下之疑，絕後代之惑。」表章送上，觸怒了迷信佛道的皇帝，險些定成死罪，幸有大臣裴度等解救，由刑部侍郎貶為潮州刺史，把他趕到遠離京城幾千里外的邊荒地方。韓愈懷著無限傷痛上路，在藍田縣藍關，姪孫韓湘（姪兒老成之子）趕上來伴他同往潮州（今廣東省東部），韓愈作這首詩給韓湘，寄託自己的感慨。韓湘，字北渚，落魄不羈。唐人把韓湘渲染成有法術、能未卜先知的人，後又演義為「八仙」中的韓湘子，成為小說、戲曲、繪畫中的重要題材。這首詩因此也廣為傳誦。左遷，貶官，古代以右為尊，以左為卑。

➲【原文】

一封朝奏九重天，夕貶潮州路八千。
欲為聖明除弊事，肯將衰朽惜殘年？
雲橫秦嶺家何在？雪擁藍關馬不前。
知汝遠來應有意，好收吾骨瘴江邊。

【新解】

一封朝奏九重天，夕貶潮州路八千～～一封：一件封事。封事，古代奏章，封在套中，以免洩密。九重天：天的高處，借指宮廷。潮州：一本作「潮陽」。路八千：估計而言，並非確指。以上是說，因一件反對迎接佛骨的封事送進宮廷，很快就被貶往潮州，路途有八千里遠。所謂「朝」、「夕」相對，只是形容時間短促。

欲為聖明除弊事，肯將衰朽惜殘年～～聖明：聖哲聰明，借指皇帝。即使皇帝愚蠢透頂，做臣下的也要稱頌他為「聖明」。衰朽：年老體弱的人。當時韓愈已五十二歲，古時認為已入老年。殘年：餘生，老命。以上是說，想為皇帝盡忠心，剷除危害國家的迷信活動，豈肯拿自己這樣一個衰老無用的人而愛惜餘生？說明自己因為勸阻迎接佛骨遭到災禍是有思想準備的，決不後悔。

雲橫秦嶺家何在？雪擁藍關馬不前～～秦嶺：古代指終南山，又稱太一山、南山，在長安附近。家：指家中妻子兒女。次年韓愈奉命回到京城，途中曾作一詩，題為《去歲自刑部侍郎以罪貶潮州刺史，乘驛赴任。其後家亦譴逐。小女道死，殯之層峰驛旁山下。蒙恩還朝，過其墓，留題驛梁》。可見韓愈出京，家屬也被驅逐出來。韓愈事先有所預感。擁：堆積。以上是說，回頭看，只見烏雲環繞秦嶺，家小在哪裡呢？向前望，大雪堆積在藍關周圍，馬也不肯往前走了。可見作者心情多麼悲涼沉重。

知汝遠來應有意，好收吾骨瘴江邊～～汝：人稱代詞，你，指侄孫韓湘。韓愈侄兒早死，侄孫韓湘是他撫養成人的，恩情深厚，現在特來陪伴他到貶所去。好：以便。瘴江：指潮州韓江，古代認為那裡充滿瘴氣，到了那裡，九死一生。以上是說，作者知道，侄孫遠道而來，應當有他的意圖，是要跟自己到貶所去，以便自己死後，從江邊收拾屍骨送回家鄉。

【評析】

這是韓愈七律中的名篇，流傳極廣，影響極大，寫得縱橫開闔，沉鬱頓挫。一、二句說出自己因為忠君直諫遭到貶斥，自己是堂堂正正，無所顧忌的。三、四句進一步申訴自己進諫是正當的，一身正氣，無所畏懼，只要為了君主，為了國家，獻出殘生，在所不惜；遭到打擊，決不退避。《論佛骨表》說：「佛如有靈，能作禍祟，凡有殃咎，宜加臣身，上天鑒臨，臣不怨悔。」他願為此付出一切代價，無怨無悔，可見其膽氣豪壯、剛直不阿。五、六句寫景抒情，悲涼酸痛。

回頭看，牽繫家眷，不知他們命運如何；向前望，茫茫大雪，堵塞道路，心情沉重，馬也不肯走了。七、八句轉入慷慨激昂，再次表達了寧死不屈的決心，並向侄孫交代後事，從容堅定之中含著無盡的憤慨。

❀ 二十七 晚次宣溪辱韶州張端公使君惠，使君惠書敘別酬以絕句二章（其一）

【題解】

◆ 元和十四年（西元 819 前）二月，韓愈被貶潮州，途經韶州（今廣東省韶關市），刺史張公致函問候，他贈此詩作答。張公以侍御史任韶州刺史，唐代侍御史稱端公。使君是漢代對刺史的稱呼，後代也稱州郡長官。詩中抒發了遠離京城被貶邊荒途中悲傷憂悶的感情。原詩二首，這裡選一首。

➲ 【原文】

韶州南去接宣溪，雲水蒼茫日向西。
客淚數行先自落，鷓鴣休傍耳邊啼！

【新解】

韶州南去接宣溪，雲水蒼茫日向西～～韶州：州治曲江縣（在今廣東省韶關市南），縣南有宣溪水。以上是說，從韶州再往南走就是宣溪水，抬頭遠望，雲水蒼茫，太陽西斜。

客淚數行先自落，鷓鴣休傍耳邊啼～～客：指遷客，古代稱貶謫遠方的人。先：一本作「元」，同「原」。鷓鴣：它的叫聲類似「不如歸去」或「行不得也哥哥」，讓作客他鄉的人聽了傷感。以上是說，我這被貶往邊荒的人早已傷心得落下幾行淚水，鷓鴣別在耳邊啼叫，讓傷心的人更加難過了。

【評析】

全詩雖只四句,但平淡悲愴,步步推進,深入揭示了韓愈身為遷客在被貶途中的心理變化。首句敘述旅途經歷,由韶州向南進入宣溪,越來越向南去,越來越遠離京城,詩人心情也越來越酸楚愁悶。次句描寫途中情景,雲水蒼茫,太陽西斜,都給自己心上塗抹了一層陰暗淒涼的色調。面對此情此景,心中悲感難以抑制,在第三句寫到了淚水落下。當這時候,忽聽鷓鴣悲啼,更加傷心,詩人不由惱恨鳥聲,加以呵斥:別亂叫了!本已傷心落淚,又聞鳥聲,心都碎了!第四句把悲痛的感情推到頂峰,淒啼攪人,愁思無盡!

❀ 宿曾江口示侄孫湘二首(其二)

【題解】

◆ 元和十四年(西元 819 年),韓愈奔赴貶所潮州,經過曾江口(在今廣東省東江上游)投宿村中,目睹洪水成災,住房被淹,人民遭難,抒發無限感慨。曾江,今名增江,珠江支流東江源頭之一,曾江與納溪、九曲河匯流入東江,入東江處稱三江口。原詩二首,這裡選一首。

➲【原文】

雲昏水奔流,天水漭相圍。三江滅無口,其誰識涯圻?

◎ 詩

暮宿投民村，高處水半扉。犬雞俱上屋，不復走與飛。
篙舟入其家，暝聞屋中唏。問知歲常然，哀此為生微。
海風吹寒晴，波揚眾星輝。仰視北斗高，不知路所歸！

【新解】

雲昏水奔流，天水漭相圍～～漭（ㄇㄤ∨）：大水廣闊無邊。以上是說，烏雲沉沉，洪水奔流，舉頭遠望，只看四面天水相連，無邊無際。

三江滅無口，其誰識涯圻～～其：副詞，表示反詰。涯圻（ㄑㄧ∕）：河岸。圻，疆界。以上是說，到處大水漫流，三江口已經看不到了，誰還認得哪裡是河岸？

暮宿投民村，高處水半扉～～扉（ㄈㄟ）：門扇。以上是說，夜晚投宿在農村裡，看到地勢高的地方水都淹沒了一半門扇。蘇東坡詩：「我行都是退之詩，真有人家水半扉。」可為印證。

犬雞俱上屋，不復走與飛～～以上是說，狗雞都到了屋頂上，不再跑和飛了。

篙舟入其家，暝聞屋中唏～～篙：撐船的竹竿或長木杆，用作動詞，用篙撐船。暝：昏暗。唏：歎息。以上是說，撐船進入農民家裡，在暮色沉沉中聽到屋裡有人歎息。

問知歲常然，哀此為生微～～然：如此。哀：可憐。以上是說，詢問這裡的居民，知道年年常有水災，可憐這裡的人求生的希望太微小了。

海風吹寒晴，波揚眾星輝～～以上是說，夜裡雲散天晴，海風吹來寒氣，冷颼颼的，水波湧起，天空群星閃耀光輝。

仰視北斗高，不知路所歸～～北斗：古代觀看北斗分辨方向。《淮南子‧齊俗》：「乘舟而惑者，不知東西，見斗極則寤矣。」以上是說，抬頭看見北斗星在高空中，但在大水茫茫中不知道該往哪裡走。

【評析】

全詩可分三部分。「寫所歷境地，難狀之景如在目前。」首四句描寫曾江洪水氾濫的景象。前兩句寫景：雲暗水流，天水相連。後兩句借助議論，突出水災的嚴重：江口淹沒，誰能找到河岸？中八句敘述投宿村中的見聞和感觸。住房泡在水裡，人民連聲歎息，生路困難，深感痛心。結四句，借景抒情，天空晴朗，群星閃耀，望見北斗，但是水天茫茫，往哪裡走呢？這裡還有另外一層意義，自己忠君進言，反遭貶斥，人民陷入水深火熱，不能設法拯救，感到前途渺茫，今後路在哪裡？

❀ 蒙恩還朝過小女墓留題驛梁（其三）

【題解】

◆ 唐憲宗元和十四年（西元 819 年），韓愈時任刑部侍郎，上表諫迎佛骨，觸怒皇帝，被貶為潮州刺史。韓愈赴任不久，他的家屬被迫離開京城，途中小女女挐（ㄋㄚˊ）病死，葬於商縣（在陝西省）南郊層峰驛。次年韓愈返回京城，經過墓前，題了這首詩，

◎ 詩

原題為《去歲自刑部侍郎以罪貶潮州刺史，乘驛赴任。其後家亦譴逐。小女道死，殯之層峰驛旁山下。蒙恩還朝，過其墓，留題驛梁》。原題較長，這裡僅取十二字。詩中抒寫詩人對小女無辜受到牽連，驚病交加，十二歲夭亡，深感悲痛。也從一個側面反映了封建統治的殘酷無情。

➲ 【原文】
數條藤束木皮棺，草殯荒山白骨寒。
驚恐入心身已病，扶舁沿路眾知難。
繞墳不暇號三匝，設祭惟聞飯一盤。
致汝無辜由我罪，百年慚痛淚闌乾。

【新解】
　　數條藤束木皮棺，草殯荒山白骨寒～～木皮棺：棺木單薄，僅能裹住屍體。草殯：草率掩埋。殯，暫時停放靈柩或淺埋，等以後再葬。韓愈《祭女挐女文》：「草葬路隅，棺非其棺。」以上是說，小女死在途中，用幾根藤條捆著薄板棺材，草草掩埋在荒山下，讓女兒的白骨受著風寒。

　　驚恐入心身已病，扶舁沿路眾知難～～驚恐入心：小女本已染病，聽到韓愈觸怒皇帝、貶往南疆的消息，受到驚嚇，打擊很大，忍受不了。《祭女挐女文》：「昔汝病革，值吾南逐。蒼黃分散，使汝驚憂。我視汝顏，心知死隔。」扶舁（ㄩˊ）：扶著上車。舁，抬。《祭女挐女文》：「扶汝上輿，走朝至暮。大雪冰寒，傷女羸肌。撼頓險阻，不得少息。不能食飲，又使

渴饑。死於窮山，實非其命！」以上是說，驚嚇摧殘了女兒的
心靈，而且身體已經患病，扶著上車趕路，大家知道這很困難。

繞墳不暇號三匝，設祭惟聞飯一盤～～號：大哭。匝（ㄗ
ㄚ）：周，圈。設祭：擺放祭品。以上是說，女兒死在途中，
草草掩埋，自己正在赴任途中，不能繞行墳墓三周哭吊；聽說
當時在女兒墳前祭奠，只擺了一盤飯。《禮記·檀弓下》：「延
陵季子適齊，於其反也，其長子死，葬於嬴博之間……既封，
左袒，右還其封，且號者三。」「繞墳不暇號三匝」，反用季
子葬子典故。

致汝無辜由我罪，百年慚痛淚闌干～～百年：一生。闌干：
縱橫。漢代蔡琰《胡笳十八拍》之十七：「豈知重得兮入長安，
歎息欲絕兮淚闌干。」以上是說，使你無辜夭折是由於我的罪
過，為此一輩子慚愧痛心，淚水紛紛流下來。

【評析】

詩的一、二兩句，先寫小女死在南遷路上，葬在荒山腳
下，一具薄棺，草草掩埋，成為父母心中永遠的痛。三、四句寫
小女夭折的緣由。一是受到驚嚇，二是病體衰弱，路途折磨，活
活的一條小生命就這樣葬送了。四、五句寫自己愧對女兒。葬後
不能繞墳哭吊，祭品也只有一盤飯。七、八句深入推求女兒慘死
的根源。表面上說由於自己有罪牽累了她；實際上自己被貶謫是
冤枉的，堅持正道反而招來災禍，當然家人跟著遭受迫害也是無
辜的。封建朝廷中一個刑部侍郎，因為一次上表進言就落到了這

樣的悲慘下場，足以看出皇帝的昏庸兇暴、朝政的混亂黑暗了。
這首詩用質樸無華的文字記述女兒的悲慘夭折，抒發自己的沉痛
憤慨，事實實在，感慨深沉，具有強大的感染力和震撼性，後人
誦讀，也會為之痛心灑淚！

❀ 早春呈水部張十八員外二首（其四）

【題解】

◆張十八，張籍，兄弟排行十八，當時任工部水部員外郎。
這首詩作於唐穆宗長慶三年（西元 823 年）初春，原詩兩首，今
選一首。詩中描寫細雨紛飛、草色返青的初春景色，真切自然，
並且發現初春風光要比綠柳成陰的景致耐看。見解新奇，充滿哲
理。

⊃【原文】

天街小雨潤如酥，草色遙看近卻無。
最是一年春好處，絕勝煙柳滿皇都。

【新解】

天街小雨潤如酥，草色遙看近卻無～～天街：京城的街道。
古代把皇帝住的地方稱作「天」，宮闕稱「天闕」，京城稱「天
都」，等等。酥：乳酪，牛羊乳凝成的柔滑滋潤的食品。以上
是說，京城街上下起濛濛細雨，如同乳酪一樣滑潤；草芽剛露

163

出頭，遠看有淺淺的青色，近看卻沒有了。

最是一年春好處，絕勝煙柳滿皇都～～處：時刻。絕勝：完全勝過，絕對勝過。皇都：京城。以上是說，這是一年春光最好的時刻，絕對勝過京城到處煙霧籠罩、綠柳成陰的景象。

【評析】

這首早春小詩向來受人讚賞，曾被收入多種選本。一、二兩句描繪早春，觀察細緻，捕捉精微；三、四兩句生發議論，富有理趣。為什麼說「最是一年春好處，絕勝煙柳滿皇都」？一者，因為初春時節，大地蘇醒，草木發芽，充滿生機，而進入了一片濃綠、花木蔥蘢的全盛時期，春天也就過完了，會使詩人生出傷春、惜春的情緒；再者，大紅大綠，一覽無餘，似乎不如早春景象這種輕淡、朦朧之美更為意蘊深遠、耐人尋味。詩人這一發現，是從豐富的人生經驗中得來的，也是長期從事文化研究、藝術創造的積澱。既「流麗閑婉」，又「曲盡其妙」，「正如畫家設色，在有意無意之間」，十分傳神。

◎ 文

❀ 一　原毀

【題解】

◆ 本文以犀利的筆鋒痛斥了當時社會「事修而謗興，德高而毀來」的不良風氣，分析了這種風氣產生的根源，抒發了在這種風氣下士人難以進身的不滿情緒。原，就是推求本源；毀，指詆毀才德優秀的人。根源在於忌妒和怠惰。唐代統治階級內部矛盾日趨尖銳。大貴族大地主把持朝政，他們的子弟可以憑藉祖蔭、門第輕易登上仕途；中小地主出身的士人，需要通過逐級考試審核，才有可能取得一官半職，他們的地位也不鞏固，貶斥、罷官是常有的事。韓愈自己就有切身感受。因而他能深刻地揭露官僚權貴嫉賢妒能、壓抑人才的腐朽現象，並對那些出身低微、仕途坎坷的士人寄予深切同情。

⊃ 【原文】

古之君子，其責己也重以周[1]，其待人也輕以約[2]。重以周，故不怠；輕以約，故人樂為善。聞古之人有舜者[3]，其為人也，仁義人也，求其所以為舜者，責於己曰：「彼，人也，予，人也；彼能是，而我乃不能是[4]。」早夜以思，去其不如舜者，就其如舜者。聞古之人有周公者[5]，其為人也，多才與藝人也[6]，求其所以為周公者，責於己曰：「彼，人也，予，人也；彼能是，而我乃不能是。」早夜以思，去其不如周公者，就其如周公者。舜，大聖人也，後世無及焉；周

165

公,大聖人也,後世無及焉。是人也,乃曰:「不如舜,不如周公,吾之病也〔7〕。」是不亦責於己者重以周乎!其於人也,曰:「彼人也,能有是,是足為良人矣;能善是,是足為藝人矣。」取其一不責其二〔8〕,即其新不究其舊〔9〕,恐恐然惟懼其人之不得為善之利〔10〕。一善,易修也;一藝,易能也。其於人也,乃曰:「能有是,是亦足矣。」曰:「能善是,是亦足矣。」是不亦待於人者輕以約乎!

今之君子則不然,其責人也詳,其待己也廉〔11〕。詳,故人難於為善;廉,故自取也少。己未有善,曰:「我善是,是亦足矣。」己未有能,曰:「我能是,是亦足矣。」外以欺於人,內以欺於心,未少有得而止矣〔12〕。不亦待於己者已廉乎〔13〕!其於人也,曰:「彼雖能是,其人不足稱也;彼雖善是,其用不足稱也〔14〕。」舉其一不計其十,究其舊不圖其新,恐恐然惟懼其人之有聞也〔15〕。是不亦責於人者已詳乎!夫是之謂不以眾人待其身〔16〕,而以聖人望於人,吾未見其尊己也。

雖然,為是者,有本有原〔17〕,怠與忌之謂也〔18〕。怠者不能修〔19〕,而忌者畏人修。吾常試之矣,嘗試語於眾曰:「某良士,某良士。」其應者必其人之與也〔20〕;不然,則其所疏遠,不與同其利者也;不然,則其畏也。不若是,強者必怒於言,懦者必怒於色矣。又嘗語於眾曰:「某非良士,某非良士。」其不應者,必其人之與也;不然,則其所疏遠,不與同其利者也;不然,則其畏也。不若是,強者必說於言〔21〕,懦者必說於色矣。是故事修而謗興,德高而毀來。嗚呼!士之處此世,而望名譽之光,道德之行,難已〔22〕!

將有作於上者,得吾說而存之,其國家可幾而理歟〔23〕!

166

【注釋】

〔1〕重以周：重，嚴格；周，全面。以，連詞，表示並列關係。

〔2〕待：對待，要求。約：簡單，很少。

〔3〕舜：傳說我國氏族社會末期的部落聯盟領袖，儒家所謂聖人之一。

〔4〕乃：副詞，竟然，卻。

〔5〕周公：姓姬名旦，西周初期傑出的政治家，儒家所謂聖人之一。他是周文王之子，周武王之弟，周成王之叔，輔佐成王治理天下。

〔6〕藝：技藝。

〔7〕病：過失，缺點。

〔8〕取：採取，肯定。

〔9〕即：贊許。究：追究。

〔10〕恐恐然：害怕的樣子。

〔11〕廉：很少。

〔12〕少：稍微。

〔13〕已：副詞，表示程度，太，甚。

〔14〕用：作用，這裡指本領，才能。

〔15〕聞（ㄨㄣˋ）：名聲，聲譽。

〔16〕眾人：多數的人，一般的人。

〔17〕有本有原：即有本原，有根源。

〔18〕怠與忌之謂：代詞「之」字複指前置賓語「怠與忌」，如說「謂怠與忌」。

〔19〕修：學習，進取。

〔20〕與：黨與，朋友。

〔21〕説：「悅」的通假，高興。「懦者必説於色矣」，「説」字用法相同。

〔22〕已：語氣詞，同「矣」。

〔23〕幾（ㄐㄧ）：接近。理：治理，本應作「治」，唐人避高宗李治諱，多用「理」字代「治」。

【評析】

文中運用了對比手法。古之君子責己嚴，待人寬；今之君子待己寬，責人嚴，自己不肯進業修德，卻忌妒別人才德優秀，加以詆毀貶低。這就揭示了中下層知識份子遭受迫害壓抑的社會根源，提出了必須重視出身低微、長期被埋沒的優秀人才的建議。對比鮮明，論證有力。「古之君子，其責己也重以周，其待人也輕以約。重以周，故不怠；輕以約，故人樂為善。」「吾常試之矣，嘗試語於眾曰：『某良士，某良士。』其應者，必其人之與也；不然，則其所疏遠，不與同其利者也；必然，則其畏也。」以上這些對偶、排比句式的運用，增強了文章的氣勢。

❀ 二 雜說一（龍說）

【題解】

◆ 這篇短文是說龍能噴吐雲氣，而且龍只有憑藉雲氣才能顯示靈威，變化無窮。這是一個涵義深奧的比喻。文中是要說明君主必須依靠賢臣輔佐的道理。但是也有其他解釋，作者始終沒有

點明它的喻義，令人感到撲朔迷離。

➲【原文】

龍噓氣成雲[1]，雲固弗靈於龍也。然龍乘是氣，茫洋窮乎玄間[2]，薄日月[3]，伏光景[4]，感震電[5]，神變化，水下土[6]，汩陵穀[7]：雲亦靈怪矣哉！

雲，龍之所能使為靈也。若龍之靈，則非雲之所能使為靈也。然龍弗得雲，無以神其靈矣[8]。失其所憑依，信不可歟！異哉！其所憑依，乃其所自為也。《易》曰[9]，「雲從龍[10]」，既曰龍，雲從之矣！

【注釋】

〔1〕噓（ㄒㄩ）：吹氣，吐氣。

〔2〕玄間：玄，深遠。古代有「天玄而地黃」的話。玄間，指宇宙空間。

〔3〕薄：迫近，逼近。

〔4〕伏：隱藏，看不見了。這裡是使動用法。可以譯為遮蔽。光景：就是光影，光芒。景，「影」字的通假。

〔5〕感：「撼」字的通假，搖動。震電：雷電，暴雷叫震。

〔6〕水：名詞用作動詞，降下雨水，澆灌。

〔7〕汩（ㄍㄨˇ）：淹沒。

〔8〕神：用為使動，使（它的靈威）神奇玄妙。

〔9〕《易》：又叫《周易》、《易經》，我國古代一部講占卜的書，傳說為周文王所作。

〔10〕雲從龍：《易經·乾卦·文言》說：「雲從龍，風從虎。」

【評析】

文章開頭提出天龍嘘氣成雲，又説天龍乘著雲氣上下騰躍，然後轉到雲氣不能使龍靈異，可失去雲氣又不能顯示它的靈異。張廉卿説：「其神妙尤在中間奇宕處與轉捩變化無際可尋處。」關於本文主旨，曾國藩説：「龍以喻其身，雲以喻其文章，憑依其所自為，猶曰文書自傳道，不仗史筆垂。」可備一説。

❀ 三 雜說四（馬說）

【題解】

◆ 本文通篇以馬設喻，刻畫了當政者不能識別人才、粗暴地壓抑人才的情狀，為在封建制度下不受重用、窮愁潦倒的有才之士鳴不平。韓愈本人在二十八歲時曾經三次上書宰相，宰相置之不理，他也目睹很多同輩和青年懷才不遇的悲慘境況，因而激憤之情，溢於言表。

⊃【原文】

世有伯樂[1]，然後有千里馬。千里馬常有，而伯樂不常有。故雖有名馬，只辱於奴隸人之手[2]，駢死於槽櫪之間[3]，不以千里稱也。

馬之千里者，一食或盡粟一石[4]。食馬者不知其能千里而食也[5]，是馬也，雖有千里之能，食不飽，力不足，才美不外

見[6]，且欲與常馬等不可得[7]，安求其能千里也[8]！

策之不以其道[9]，食之不能盡其材，鳴之而不能通其意[10]，執策而臨之曰：「天下無馬！」嗚呼！其真無馬邪？其真不知馬也[11]？

【注釋】

〔1〕伯樂：春秋時期秦國善於識馬和馭馬的人，曾為穆公選千里馬，姓孫，名陽，字伯樂。他的事蹟見於《戰國策·楚策》和《莊子·馬蹄》。

〔2〕奴隸人：指奴僕和從役兩種人，亦即飼養者和駕馭者。

〔3〕駢（ㄆㄧㄢˊ）：並列。槽櫪：槽，馬槽，盛草料喂馬的器具；櫪，馬槽，也指馬房。

〔4〕或：代詞，有的，有時。

〔5〕食（ㄙˋ）：同飼，餵養。下文「不知其能千里而食也」，「食之不能盡其材」，「食」字讀音相同。

〔6〕見（ㄒㄧㄢˋ）：同「現」。

〔7〕等：相同。

〔8〕安：怎麼，表示反詰。

〔9〕策：本指馬鞭，這裡用為動詞，鞭打，駕馭。

〔10〕鳴之：鳴叫，「之」字無義。傳說伯樂在路上遇到一匹馬伏在鹽車之下，看見伯樂而長鳴，伯樂知其為千里馬，為之落淚。

〔11〕也：一本作邪，又作也邪。

【評析】

全文用馬和善於相馬的伯樂之間的關係做比喻。「世有伯

樂,然後有千里馬。千里馬常有,而伯樂不常有。」借此現象論證當時社會並不缺乏人才,而是當權人物沒有伯樂的眼光,不能發現「千里馬」。比喻生動,感慨深沉,堪稱短小精悍之作。張廉卿說:「昌黎諸短篇,遒古而波折自曲,簡峻而規模自巨集,最有法度,而轉換變化處更多,學韓者宜從此入。」

✿ 四 師說

【題解】

◆ 唐朝是以科舉選拔人才的,中小地主出身的知識份子只有通過讀書學文、參加科考才能進入仕途。然而那些世族子弟卻憑藉他們門第高貴、有人在朝就可以飛黃騰達,因此他們恥於從師,而且對於收徒傳道的人加之以「狂」名,一時成為風氣。韓愈寫作《師說》正是針對這種風氣,反覆闡述從師求學的必要,抨擊士大夫驕傲自大、背棄師道的狂妄態度。文中這些見解,在當時、在今天都有積極意義,應予肯定。

➲ 【原文】

古之學者必有師。師者,所以傳道受業解惑也[1]。人非生而知之者,孰能無惑?惑而不從師,其為惑也,終不解矣。生乎吾前,其聞道也,固先乎吾,吾從而師之[2];生乎吾後,其聞道也,亦先乎吾,吾從而師之。吾師道也[3],夫庸知其年之先後生於吾乎[4]?是故無貴無賤,無長無少,道之所存,師之

所存也。

嗟乎！師道之不傳也久矣[5]，欲人之無惑也難矣。古之聖人，其出人也遠矣[6]，猶且從師而問焉；今之眾人[7]，其下聖人也亦遠矣[8]，而恥學於師[9]。是故，聖益聖，愚益愚。聖人之所以為聖，愚人之所以為愚，其皆出於此乎[10]？愛其子，擇師而教之；於其身也，則恥師焉，惑矣。彼童子之師，授之書而習其句讀者[11]，非吾所謂傳其道解其惑者也。句讀之不知，惑之不解，或師焉，或不焉[12]，小學而大遺，吾未見其明也。巫醫、樂師、百工之人[13]，不恥相師[14]。士大夫之族[15]，曰師曰弟子雲者，則群聚而笑之。問之，則曰：「彼與彼年相若也，道相似也！」位卑則足羞，官盛則近諛。嗚呼！師道之不復，可知矣。巫醫、樂師、百工之人，君子不齒[16]。今其智乃反不能及，其怪也歟！

聖人無常師[17]。孔子師郯子、萇宏、師襄、老聃[18]。郯子之徒[19]，其賢不及孔子。孔子曰：「三人行，則必有我師[20]。」是故弟子不必不如師，師不必賢於弟子，聞道有先後，術業有專攻[21]，如是而已。

李氏子蟠[22]，年十七，好古文[23]，六藝經傳皆通習之[24]，不拘於時[25]，學於餘。余嘉其能行古道[26]，作《師說》以貽之[27]。

【注釋】

〔1〕受業：傳授學業。受，「授」字之通假。

〔2〕師之：拜他為師。師，名詞用為動詞，意動用法，以……為師。

〔3〕師道：師，名詞用為動詞，學習。

〔4〕庸：反詰副詞，作用與「豈」相同，哪裡，怎麼。

〔5〕師道：從師求學的風尚。

〔6〕出人：出，高於，超過。

〔7〕眾人：多數人，一般人。

〔8〕下聖人：下，低於，比不上。

〔9〕恥：意動用法，以……為恥。

〔10〕其：副詞，表示推測、商討語氣，大概，恐怕。

〔11〕句讀：讀（ㄉㄡˋ），也寫作「逗」。語意完整，叫作「句」，古時用圈號（。），記在字旁。語意未完，讀時需作停頓，叫作「讀」，古時用點號（·），記在字下。學習斷句分讀，是古時兒童讀書的初步知識。

〔12〕或不：不，「否」字之通假。

〔13〕巫醫：古代巫婆神漢降神醫病，所以稱為巫醫。百工：各種行業的手工匠人。

〔14〕相：這裡表示遞相，亦即代代相承。

〔15〕之族：如同「之類」，這一類人。

〔16〕君子：封建時代稱官僚、貴族等人為「君子」，稱勞動人民（比如百工）為「小人」。君子，即指上文所說士大夫之族。不齒：不屑與之同列，看不起他們。齒，用作動詞，與……同一行列。這裡表現作者的階級偏見和封建意識，鄙視勞動人民。

〔17〕常師：固定一位老師。常，一定，不變。

〔18〕郯子：春秋時期郯國（今山東郯城一帶）國君，孔子曾向他請教少皞氏的官職名稱。郯（ㄊㄢˊ）子，郯國為子爵，國君稱為郯子。萇宏：東周敬王時的大夫。《孔子家語·觀周篇》記載，孔子曾向萇巨集請教古代音樂。師襄：春秋時期魯國的樂師，名襄。

《史記·孔子世家》等書記載，孔子曾向師襄學習彈琴。老聃（ㄉㄢ）：春秋時期楚國人，即老子，道家學派創始人，著有《老子》上下篇。古書記載，孔子曾向老子請教禮儀。

〔19〕之徒：如同「之類」，這一類人，即指上文提到的郯子、萇宏、師襄、老聃四人。

〔20〕三人行，則必有我師：出自《論語·述而篇》，原文是：「三人行，必有我師焉。擇其善者而從之，其不善者而改之。」古人引書往往只是撮其概要，文字不一定完全相同。

〔21〕專攻：專門的研究。攻，研究，學習。

〔22〕李氏子蟠（ㄆㄢˊ）：李氏子，李家的孩子。姓李名蟠，為唐德宗貞元十九年（西元803年）進士。

〔23〕古文：唐代稱秦漢以前的散文為古文。和駢文相對立，以秦漢以前作品為典範，唐代興盛起來的奇句單行、接近口語的散文文體，也稱古文。文中是用後一意義。

〔24〕六藝：即六經，《詩》、《書》、《禮》、《樂》、《易》、《春秋》。經傳：即六經經文和對於經文的注釋、解說著作。通習：普遍地學習。

〔25〕時：指時俗，時尚，即指唐代恥學於師的風氣。

〔26〕嘉：讚美，以……為嘉。古道：古人（從師求學）的傳統。

〔27〕貽（ㄧˊ）：贈給。

【評析】

全文圍繞從師求學這一中心反覆論證，層層展開。首段由學者必有師，師者必傳道，自然引出「無貴無賤，無長無少，道之所存，師之所存也」這一推論。次段，列舉當時恥於從師的種

種表現。聖人尚且從師，眾人卻以從師為恥；兒童不明句讀，為其擇師，自己卻不懂得從師問道；尊師因為重道，卻把向位卑者求教視為羞辱，把向位高者求教視為諂諛。如此種種，都是因為沒有弄清從師的目的，背棄了尊師重道的傳統。三段，說明「弟子不必不如師，師不必賢於弟子」，只要是學有專長，就應向他學習，把從師求學的意義引深一步。最後一段，點出寫作的意義，是為勉勵青年學者求學上進。

✿ 五 諱辯

【題解】

◆ 封建社會禮制極其嚴格而又極為煩瑣，其中之一就是所謂「避諱」，在言語或文字中遇到君主和長輩的名字，不能直接說出或寫出，要用相近的字來代替或者把字的筆劃加以省簡，因而尊者之名也叫做「諱」。在那個時代，如果「犯諱」就是「不敬」，不僅被認為失禮，甚至會構成犯罪。這種風氣到了唐代更為嚴重，朝廷在刑律中都做了明文規定，要對「犯諱」的人判刑。唐代著名詩人李賀因為父親名叫晉肅，不能參加進士科考。韓愈寫信勸他參加科舉，也遭時人非難。在這種陳規陋習的壓抑束縛之下，人們簡直失去了言論行動的自由，無法充分發揮自己的聰明才智。正是面對這種現實，韓愈憤而寫作此文，批駁了種種維護「避諱」舊習的荒謬論調。但是，由於階級的、時代的局限，他還不能對

◎ 文

這一腐朽風氣加以根本否定。

➲【原文】

愈與李賀書〔1〕，勸賀舉進士〔2〕。賀舉進士有名，與賀爭名者毀之曰〔3〕：「賀父名晉肅，賀不舉進士為是，勸之舉者為非。」聽者不察也，和而唱之〔4〕，同然一辭。皇甫湜曰〔5〕：「若不明白〔6〕，子與賀且得罪。」愈曰：「然。」律曰〔7〕：「二名不偏諱〔8〕。」釋之者曰〔9〕：「謂若言『征』不稱『在』〔10〕，言『在』不稱『征』是也。」律曰：「不諱嫌名〔11〕。」釋之者曰：「謂若『禹』與『雨』、『丘』與『』之類是也。」今賀父名晉肅，賀舉進士，為犯二名律乎？為犯嫌名律乎？父名晉肅，子不得舉進士；若父名「仁」，子不得為人乎？

夫諱始於何時？作法制以教天下者，非周公、孔子歟〔12〕？周公作詩不諱〔13〕，孔子不偏諱二名〔14〕，《春秋》不譏不諱嫌名〔15〕。康王釗之孫，實為昭王。曾參之父名〔16〕，曾子不諱「昔」〔17〕。周之時有騏期〔18〕，漢之時有杜度〔19〕，此其子宜如何諱？將諱其嫌〔20〕，遂諱其姓乎？將不諱其嫌者乎？漢諱武帝名「徹」為「通」〔21〕，不聞又諱車轍之「轍」為某字也，諱呂後名「雉」為「野雞」〔22〕，不聞又諱治天下之「治」為某字也。今上章及詔〔23〕，不聞諱「滸」、「勢」、「秉」、「機」也〔24〕；惟宦官宮妾，乃不敢言「諭」及「機」〔25〕，以為觸犯。士君子言語行事〔26〕，宜何所法守也？今考之於經，質之於律〔27〕，稽之以國家之典〔28〕，賀舉進士為可邪？為不可邪？

凡事父母，得如曾參，可以無譏矣。作人得如周公、孔

177

子,亦可以止矣。今世之士,不務行曾參、周公、孔子之行,而諱親之名,則務勝於曾參、周公、孔子,亦見其惑也。夫周公、孔子、曾參,卒不可勝〔29〕。勝周公、孔子、曾參,乃比於宦者、宮妾〔30〕,則是宦者、宮妾之孝於其親,賢於周公、孔子、曾參者邪?

【注釋】

〔1〕李賀:唐代著名詩人,字長吉,河南福昌縣(今河南省宜陽縣)昌谷人。他是唐代宗室之後,家境衰敗,命運坎坷,因為受到統治階級排斥打擊,只做過幾年奉禮郎這類低級官員,僅僅活到二十七歲(西元790~816年)就夭折了。他的詩作想像豐富,境界奇特,色彩絢麗,具有浪漫主義的風格,某些詩篇也表現了消極低沉的情調。著有《昌穀集》。

〔2〕舉進士:指被地方推舉參加禮部進士科考試。進士,唐代科舉主要設有明經、進士二科。

〔3〕毀:譭謗,攻訐。

〔4〕和而倡之:和(ㄏㄜˋ),以聲應和,引申作呼應、附和;倡,一作「唱」字,歌唱,引申作宣導,提倡。

〔5〕皇甫湜:唐代文學家,曾向韓愈學古文。

〔6〕白:辯白,申辯。

〔7〕律:條例、規定。以下所引兩處有關避諱條文都出自《禮記·曲禮上》。

〔8〕二名不偏諱:二名,兩字的名字;不偏諱,偏字本應作「徧」,全,遍,兩個字不必都避諱,只避諱其中一個字。

〔9〕釋之者:指給《禮記》一書作注的漢代學者鄭玄。

〔10〕言「征」不稱「在」：征在，是孔子母親的名字。文中舉它作例。

〔11〕嫌名：指與尊長名字讀音相近的字。

〔12〕周公、孔子：都被歷代封建統治階級尊奉為聖人。

〔13〕周公作詩不諱：傳說《詩經·周頌》中的《噫嘻》、《雝》兩篇，為周公作，詩中有「克昌厥後」和「駿發爾私」兩句，而周文王名「昌」，周武王名「發」，說明周公作詩並不避諱尊長的名字。

〔14〕孔子不偏諱二名：《論語》所記孔子言論中，曾經幾次單獨使用「征」字、「在」字。

〔15〕《春秋》不譏不諱嫌名：《春秋》是春秋時期魯國的一部編年大事記，相傳孔子曾參加編訂，後世作為儒家「六經」之一。衛桓公名完，「桓」與「完」同音；周康王名釗，他的孫子為昭王，「釗」和「昭」同音。《春秋》並未指責這種現象。

〔16〕曾參之父名晳：曾參（ㄕㄣ），即曾子，春秋末期人，孔子著名弟子之一，相傳很講孝道。其父曾晳，也是孔子弟子。

〔17〕曾子不諱「昔」：《論語·泰伯》記有曾參這樣的話：「昔者吾友嘗從事於斯矣。」

〔18〕騏期：春秋時期楚國人。

〔19〕杜度：東漢齊國丞相。

〔20〕將：與下句句首「將」字都是選擇連詞，「將……將……」表示「還是……還是……」。

〔21〕漢諱武帝名「徹」為「通」：漢武帝（劉徹）時，為了避諱「徹」字，把封號「徹侯」改為「通侯」，把人名「蒯徹」改為「蒯通」。

〔22〕諱呂後名「雉」為「野雞」：呂後，名雉，漢高祖劉邦

的皇后，劉邦死後她曾執政，當時為了避諱，把鳥名「雉」改為「野雞」。

〔23〕上章及詔：上章，上給皇帝的奏章；詔，皇帝所下詔書。

〔24〕不聞諱「滸」、「勢」、「秉」、「機」也：唐朝太祖名虎，太宗名世民，世祖名　，玄宗名隆基，「滸」、「勢」、「秉」、「機」四字都跟皇帝名字同音。

〔25〕「諭」及「機」：二字跟唐朝代宗（李豫）、玄宗（李隆基）名字同音。

〔26〕士君子：古代稱呼官僚貴族，即所謂上流人物。

〔27〕質：本，主，用為動詞，根據。

〔28〕稽：考查。國家之典：朝廷的文獻、法規。唐代法律規定，對犯諱者判處徒刑三年，尊長名字如為二字，觸犯其中一個字的無罪。但在實際生活中，由於唐朝避諱之風更甚，往往也講避諱嫌名。

〔29〕卒：終於，畢竟。

〔30〕比：並列，等同。

【評析】

這是一篇駁論文章。文中駁斥封建禮制的「犯諱」之說，論點明確，論據充分，既引經據典，又用古今事例，反覆論證，多方設問，可謂雄辯有力，犀利明快。律條規定，兩個字的名字不必全避諱，與尊長名字讀音相近的字不避諱，可見李賀父親名晉肅，李賀參加進士科考，沒有觸犯律條。接著引用周公、孔子、曾參都不避諱尊長的名字，漢代也不避諱與武帝（劉徹）、

呂后（呂雉）名字音近的字，更加證明避諱之説虛妄。最後説到
過分講究避諱，比於宦官宮妾，對那些道貌岸然的大人先生是個
絕妙的諷刺！

❀ 六 進學解

【題解】

◆ 這是韓愈散文中別具一格的一篇作品。文中假借國子博士
跟學生之間圍繞勤學成才、必有所用的問題展開了一場問難，揭
露當朝執政不辨賢愚，壓抑人才的實況，抒發自己懷才不遇、仕
途坎坷的憤懣之情。韓愈堅持儒家的正統思想，從青年時代起就
立志輔佐君主，治平天下，實現自己的政治抱負。然而由於他不
肯阿順權貴，敢於指責達官顯貴直至皇帝本人的舉措失當，以致
得罪當朝，屢遭貶斥。儘管學識淵博，著述豐富，可是一直屈居
下位。他在國子博士任上，前後幾次被免。本文作於元和八年（西
元813年），即在重任國子博士一年後。文章借助學生提出質疑，
先生給予解釋，曲折地發洩了他的牢騷不平。其中關於學業精進、
德行慎修的見解，對於後人仍有深刻的啟迪。

⊃ 【原文】

國子先生晨入太學[1]，招諸生立館下，誨之曰：「業精於
勤，荒於嬉；行成於思，毀於隨[2]。方今聖賢相逢，治具畢張

〔3〕，拔去凶邪，登崇畯良〔4〕。占小善者率以錄〔5〕，名一藝者無不庸〔6〕，爬羅剔抉，刮垢磨光。蓋有幸而獲選〔7〕，孰雲多而不揚〔8〕？諸生業患不能精，無患有司之不明；行患不能成，無患有司之不公。」

言未既〔9〕，有笑於列者曰：「先生欺余哉！弟子事先生，於茲有年矣。先生口不絕吟於六藝之文〔10〕，手不停披於百家之編〔11〕，記事者必提其要，纂言者必鈎其玄；貪多務得，細大不捐〔12〕，焚膏油以繼晷〔13〕，恒兀兀以窮年〔14〕。先生之業，可謂勤矣。抵排異端〔15〕，攘斥佛老〔16〕；補苴罅漏〔17〕，張惶幽眇；尋墜緒之茫茫〔18〕，獨旁搜而遠紹〔19〕；障百川而東之〔20〕，回狂瀾於既倒〔21〕。先生之於儒，可謂有勞矣。沉浸醲鬱〔22〕，含英咀華〔23〕。作為文章，其書滿家。上規姚姒〔24〕，渾渾無涯，周誥殷盤〔25〕，佶屈聱牙〔26〕，《春秋》謹嚴〔27〕，左氏浮誇〔28〕，《易》奇而法〔29〕，《詩》正而葩〔30〕；下逮《莊》、《騷》〔31〕，太史所錄〔32〕，子雲、相如〔33〕，同工異曲〔34〕。先生之於文，可謂宏其中而肆其外矣。少始知學，勇於敢為；長通於方，左右具宜。先生之於為人，可謂成矣。然而公不見信於人〔35〕，私不見助於友，跋前躓後〔36〕，動輒得咎。暫為禦史〔37〕，遂竄南夷〔38〕。三年博士〔39〕，冗不見治。命與仇謀，取敗幾時！冬暖而兒號寒，年豐而妻啼饑。頭童齒豁〔40〕，竟死何裨！不知慮此，而反教人為〔41〕！」

先生曰：「籲〔42〕！子來前！夫大木為杗〔43〕，細木為桷〔44〕，欂櫨侏儒〔45〕，椳闑扂楔〔46〕，各得其宜，施以成室者，匠氏之工也。玉札丹砂〔47〕，赤箭青芝〔48〕，牛溲馬勃〔49〕，敗鼓之皮〔50〕，俱收並蓄，待用無遺者，醫師之良也。登明選公，雜進巧拙，紆餘為妍〔51〕，卓犖為傑〔52〕，校短量長，唯器是適

者〔53〕，宰相之方也。昔者孟軻好辯〔54〕，孔道以明，轍環天下〔55〕，卒老於行；荀卿守正〔56〕，大論是弘，逃讒於楚，廢死蘭陵〔57〕。是二儒者，吐辭為經，舉足為法，絕類離倫〔58〕，優入聖域，其遇於世何如也？今先生學雖勤而不由其統〔59〕，言雖多而不要其中〔60〕，文雖奇而不濟於用，行雖修而不顯於眾。猶且月費俸錢，歲糜廩粟；子不知耕，婦不知織；乘馬從徒，安坐而食；踵常途之促促〔61〕，窺陳編以盜竊〔62〕。然而聖主不加誅，宰臣不見斥〔63〕，茲非其幸歟〔64〕！動而得謗，名亦隨之，投閒置散，乃分之宜。若夫商財賄之有亡〔65〕，計班資之崇庳〔66〕，忘己量之所稱〔67〕，指前人之瑕疵〔68〕，是所謂詰匠氏之不以杙為楹〔69〕，而訾醫師以昌陽引年〔70〕，欲進其豨苓也〔71〕。」

【注釋】

〔1〕國子先生：這是作者自稱職銜，因為當時韓愈擔任國子學博士。唐朝設立的主管教育的官署和全國最高學府稱作國子監。國子監下轄國子學、太學、廣文館、四門學、律學、書學、算學七學（七所專科學校），每學都設博士（當時也稱先生）若干人擔任教授工作。太學：唐朝的國子學相當於秦漢時代設的教育貴族子弟的最高學府太學。

〔2〕隨：因循，隨便。

〔3〕治具：即法令。出自《史記·酷吏列傳》：「法令者，治之具而非治之清濁之源也。」畢：副詞，全，都。

〔4〕畯良：才能突出的人。畯，「俊」的通假，一本作「俊」。

〔5〕率：大體。錄：錄用。

〔6〕名：佔有。庸：用。

〔7〕蓋：副詞，表示不定。

〔8〕揚：選舉，提升。

〔9〕既：盡，全。

〔10〕六藝：即六經，《詩》、《書》、《禮》、《樂》、《易》、《春秋》。

〔11〕百家：指先秦諸子學派，有一百八十九家，如墨子、莊子、孟子、荀子等。

〔12〕捐：放棄。

〔13〕晷（ㄍㄨㄟˇ）：日影。「焚油膏以繼晷」，即點起燈火蠟燭接續日光照明，以便讀書。等於說夜以繼日，好學不倦。

〔14〕兀兀（ㄨˋㄨˋ）：勞苦的樣子。

〔15〕抵（ㄉㄧˇ）排：抵制，打擊。

〔16〕攘（ㄖㄤˊ）斥：排斥，反對。

〔17〕補苴（ㄐㄩ）：填補。苴，鞋裡襯墊，這裡用為動詞。

〔18〕墜緒：「墜」，衰落。「緒」，事業。「墜緒」，已經衰落的儒學事業。韓愈從不諱言他以振興儒學的衛道夫子自命。文中稱道孟子、荀子之事，也是用以自況。

〔19〕旁：廣泛。紹：繼承。

〔20〕東之：使之向東流去（注入東海）。「東」，名詞用為使動。「之」，這裡指代百川。

〔21〕狂瀾：巨大的波瀾。文中比喻當時儒學事業所處形勢。「回狂瀾於既倒」，是說時勢之衰，如狂瀾之倒，而以力挽回之。

〔22〕鬱：深厚馥鬱（指文章的思想內容）。，同「濃」。

〔23〕含英咀華：「英」、「華」，指文章的精華。

〔24〕規：畫圓的工具，引申為法則、規範。這裡用為意動，當作法則。姚姒（ㄙˋ）：姚，是虞舜的姓氏；姒，是夏禹的姓氏。這裡「姚姒」指代《尚書》中的《虞書》、《夏書》。

〔25〕周誥：《尚書》中的《大誥》、《康誥》、《酒誥》、《召誥》、《洛誥》五篇的總稱。殷盤：《尚書》中的《盤庚》上、中、下三篇的總稱。

〔26〕佶（ㄐㄧˊ）屈聱（ㄠˊ）牙：「佶屈」，曲折。「聱牙」，別口。總而言之，是說文字古奧，艱澀難讀。

〔27〕《春秋》：傳說曾由孔子編修的魯國編年體史書，記述春秋時期（西元前722年～前481年）二百四十二年間魯國及其他各國重大事件。《春秋》記載史實，言簡意賅，常常寓褒貶於一字之中，因此說它措辭「謹嚴」。

〔28〕左氏：指傳為魯國史官左丘明所作史書《左傳》，後來把《左傳》附在《春秋》有關記載之後，稱作《春秋左氏傳》。《左傳》文辭帶有文學色彩，且較《春秋》記述詳細，因而說它文辭「浮誇」（修飾鋪張）。

〔29〕《易》：即《易經》，我國古代講占卜的書。

〔30〕《詩》：即《詩經》，我國最早的一部詩歌總集，其中大部分是民間歌謠。後世所傳是《毛詩》，共三百零五篇。葩（ㄆㄚ）：華麗。

〔31〕《莊》、《騷》：即《莊子》、《離騷》。《莊子》是戰國時期道家代表人物莊周及其門徒的著作。《離騷》是戰國末年楚國偉大詩人屈原的詩篇，這裡泛指《楚辭》。

〔32〕太史：古代史官，這裡是指西漢著名史學家、文學家司馬遷。「太史所錄」，即司馬遷所著《史記》，又稱《太史公書》。

〔33〕子雲、相如：漢代辭賦作家揚雄（字子雲）、司馬相如

（字長卿）。這裡是指他們的文學作品。

〔34〕同工異曲：歌曲不同，可是唱得同樣地好。這裡是説，《莊子》、《史記》以及屈原、揚雄、司馬相如的作品，儘管內容不同、體裁各異，都是極盡工巧，後來一般是説「異曲同工」。

〔35〕見：副詞，表示被動。「見信於人」是説被人們相信；「見助於友」，用法相同。

〔36〕跋前躓後：出自《詩經·豳風·狼跋》：「狼跋其胡，載躓其尾。」跋，踏住。胡，老狼頷下的懸肉。躓，一作「疐」，絆住。詩句是説老狼往前則踩住自己頷下的懸肉，往後則被尾巴絆住。用以比喻進退兩難。

〔37〕禦史：封建時代中央官職，也稱御史大夫，專管監察百官過失。韓愈於唐德宗貞元十九年（西元803年）遷升監察禦史，因為上疏言事得罪革新派，被貶為陽山令。

〔38〕南夷：南方少數民族地區，這裡即指陽山（今廣東陽山縣）。

〔39〕三年：韓愈從唐憲宗元和元年（西元806年）至元和四年（西元809年），共任三年國子博士。

〔40〕童：山無草木，光禿禿的。「頭童」是説年老禿頂。

〔41〕為：語氣助詞，表示反詰。

〔42〕籲（ㄩˋ）：嘆詞，表示驚疑。

〔43〕宋（ㄇㄤˊ）：房梁。

〔44〕桷（ㄐㄩㄝˊ）：椽子。

〔45〕欂櫨（ㄅㄛˊ ㄌㄨˊ）：二者都是短木。侏儒（ㄓㄨ ㄖㄨˊ）：短柱。

〔46〕椳（ㄨㄟ）：門樞。闑（ㄋㄧㄢˋ）：門閂。楔（ㄒㄧㄝ）：門兩旁所立的木柱，防止碰壞門扇。

〔47〕玉箚：又名地榆，藥名，草本。丹砂：即朱砂，藥名。

〔48〕赤箭：就是天麻，藥名，草本。青芝：青色的芝草。以上四種都是名貴藥物，古人認為服食可以延年益壽。

〔49〕牛溲：即牛尿，藥名。馬勃：藥名，菌類植物。

〔50〕敗鼓之皮：陳舊的破鼓皮，可以入藥。以上三種都是賤藥。

〔51〕紆（ㄩ）餘：從容寬緩的樣子。這裡是説穩重大方。

〔52〕卓犖（ㄌㄨㄛˋ）：豪放超脱。

〔53〕唯器是適：這是文言倒裝句式，如説唯適器。

〔54〕孟軻：就是孟子，戰國時期儒家大師。

〔55〕轍：車跡。「轍環天下，卒老於行」，是説孟子乘著車子周遊天下，遊説各國君主，希望得到任用，終於在奔波勞碌中衰老了。

〔56〕荀卿：戰國時期思想家荀子，時人尊為荀卿（名況）。

〔57〕讒：譏謗。「逃讒於楚，廢死蘭陵」，是説荀子在齊國講學，很受敬重，成為學術界的泰斗。可是齊人為此而嫉恨、譏謗他。他逃往楚國避禍，楚國相國黃歇（春申君）任命他為蘭陵令。黃歇失勢死去，他被免職。從此住在蘭陵，著書立説，直到死去。

〔58〕絕類離倫：離、絕，都是超越，高出。類、倫，都是同類，同輩（即所有儒者）。

〔59〕由：一作繇，經由，依循。統：統緒，傳統，即指儒家正統學説。

〔60〕要：約束，把握。中：中心，核心。

〔61〕促促：一作「役役」，拘謹的樣子。

〔62〕盜竊；抄襲別人的文字（這是自謙之詞）。

〔63〕見：副詞，這裡指代第一人稱賓語，不是表示被動。

「見斥」,罷免我。今語猶用「見諒」(原諒我)。

〔64〕茲:指示代詞,此。

〔65〕若夫:他轉連詞,如說「至於那個……」商:商度,考慮。亡:「無」字的通假。

〔66〕庳:同「卑」,低下。

〔67〕稱:適合,相當。

〔68〕前人:前列的人,顯要人物。瑕疵:玉上斑點為瑕,毛病為疵。總言即指過失、缺點。

〔69〕杙(一ˋ):小木樁。楹:庭前木柱。

〔70〕昌陽:即菖蒲,傳說久服可以延年益壽。

〔71〕豨苓:即豬苓,瀉藥,多食損身。

【評析】

本文採用主客問難、一問一答、往復辯駁的賦體形式,幽默含蓄,妙趣橫生,是由模仿西漢東方朔《答客難》、揚雄《解嘲》而來。在語言風格上多用排偶,雜以散句,闡述事理,描寫情景,氣勢充暢,生動有趣;句式長短交錯,跌宕變化,既有邏輯性,又富感染力。「昔者孟軻好辯,孔道以明,轍環天下,卒老於行;荀卿守正,大論是弘,逃讒於楚,廢死蘭陵。是二儒者,吐辭為經,舉足為法,絕類離倫,優入聖域,其遇於世何如也?」這類整散並用,長短結合,搖曳變化,一氣貫通的句子,在文章中比比皆是。「刮垢磨光」、「細大不捐」、「焚膏繼晷」、「補苴罅漏」、「含英咀華」、「同工異曲」等等,後來都成了流行的成語。

❀七 爭臣論

【題解】

◆「爭臣」（「爭」字也寫作「諍」）就是「諫官」。本文是就唐代河北賢士陽城被薦擔任諫議大夫，五年之中沒有一次論及政治得失一事發表評論，指出身為諫官，就該直言敢諫，不顧安危；不問政治，獨善其身，就是放棄職守，不能算是有道之士。這裡反映儒家積極入世的政治態度和維護封建秩序的階級立場。

➲【原文】

或問諫議大夫陽城於愈[1]：可以為有道之士乎哉？學廣而聞多，不求聞於人也。行古人之道[2]，居於晉之鄙[3]；晉之鄙人，薰其德而善良者幾千人[4]。大臣聞而薦之，天子以為諫議大夫。人皆以為華[5]，陽子不色喜[6]。居於位五年矣[7]，視其德如在野[8]，彼豈以富貴移易其心哉[9]！

愈應之曰：是《易》所謂「恒其德貞，而夫子凶」者也[10]，惡得為有道之士乎哉[11]？在《易》，《蠱》之上九雲[12]：「不事王侯，高尚其事[13]」。《蹇》之六二則曰：「王臣蹇蹇，匪躬之故[14]。」夫不以所居之時不一[15]，而所蹈之德不同也[16]。若《蠱》之上九，居無用之地，而致匪躬之節[17]，以《蹇》之六二，在王臣之位，而高不事之心[18]；則冒進之患生[19]，曠官之刺興[20]，志不可則[21]，而尤不終無也[22]。今陽子在位，不為不久矣；聞天下之得失，不為不熟矣；天子待之，不為不加矣[23]。而未嘗一言及於政，視政之得失，若越人視秦人之肥瘠[24]，忽焉不加喜戚於其心

〔25〕。問其官,則曰「諫議也」;問其祿,則曰「下大夫之秩也」〔26〕;問其政,則曰「我不知也」。有道之士,固如是乎哉?且吾聞之〔27〕:「有官守者,不得其職則去;有言責者,不得其言則去。」今陽子以為得其言言乎哉?得其言而不言,與不得其言而不去,無一可者也。陽子將為祿仕乎?古之人有云〔28〕:「仕不為貧,而有時乎為貧。」謂祿仕者也。宜乎辭尊而居卑,辭富而居貧,若抱關擊柝者可也〔29〕。蓋孔子嘗為委吏矣〔30〕,嘗為乘田矣〔31〕,亦不敢曠其職,必曰,「會計當而已矣」〔32〕,必曰,「牛羊遂而已矣」〔33〕。若陽子之秩祿〔34〕,不為卑且貧,章章明矣〔35〕,而如此其可乎哉〔36〕?

或曰:否,非若此也。夫陽子惡訕上者〔37〕,惡為人臣而招其君之過〔38〕,而以為名者。故雖諫且議,使人不得而知焉。《書》曰〔39〕:「爾有嘉謨嘉猷〔40〕,則入告爾後於內〔41〕,爾乃順之於外〔42〕,曰:『斯謨斯猷,惟我后之德。』」夫陽子之用心,亦若此者。

愈應之曰:若陽子之用心如此,滋所謂惑者矣〔43〕。入則諫其君,出不使人知者,大臣宰相之事,非陽子之所宜行也。夫陽子,本以布衣隱於蓬蒿之下〔44〕,主上嘉其行誼〔45〕,擢在此位〔46〕,官以諫為名,誠宜有以奉其職〔47〕,使四方後代,知朝廷有直言骨鯁之臣〔48〕,天子有不僭賞〔49〕,從諫如流之美〔50〕。庶巖穴之士聞而慕之〔51〕,束帶結髮〔52〕,願進於闕下而伸其辭說〔53〕,致吾君於堯舜〔54〕,熙鴻號於無窮也〔55〕。若《書》所謂,則大臣宰相之事,非陽子之所宜行也。且陽子之心,將使君人者惡聞其過乎〔56〕?是啟之也〔57〕。

或曰:陽子之不求聞而人聞之,不求用而君用之,不得已而起,守其道而不變,何子過之深也〔58〕?

愈曰：自古聖人賢士，皆非有求於聞用也。閔其時之不平〔59〕，人之不乂〔60〕，得其道，不敢獨善其身〔61〕，而必以兼濟天下也〔62〕。孜孜矻矻〔63〕，死而後已〔64〕。故禹過家門不入〔65〕，孔席不暇暖而墨突不得黔〔66〕。彼二聖一賢者〔67〕，豈不知自安佚之為樂哉〔68〕？誠畏天命而悲人窮也。夫天授人以賢聖才能，豈使自有餘而已？誠欲以補其不足者也。耳目之於身也，耳司聞而目司見；聽其是非，視其險易〔69〕，然後身得安焉。聖賢者，時人之耳目也；時人者，聖賢之身也。且陽子之不賢，則將役於賢以奉其上矣；若果賢，則固畏天命而閔人窮也，惡得以自暇逸乎哉〔70〕？

　　或曰：吾聞「君子不欲加諸人」〔71〕，而「惡訐以為直者」〔72〕。若吾子之論〔73〕，直則直矣，無乃傷於德而費於辭乎〔74〕？好盡言以招人過，國武子之所以見殺於齊也〔75〕，吾子其亦聞乎〔76〕？

　　愈曰：君子居其位，則思死其官；未得位，則思修其辭以明其道。我將以明道也，非以為直而加人也。且國武子不能得善人，而好盡言於亂國，是以見殺。傳曰〔77〕：「惟善人能受盡言。」謂其聞而能改之也。子告我曰：「陽子可以為有道之士也」，今雖不能及已，陽子將不得為善人乎哉〔78〕？

【注釋】

　　〔1〕或：指示代詞，有的人。諫議大夫：官名，唐代屬門下省，執掌侍從規諫。陽城：唐德宗時河北賢士，字亢宗，定州北平（今河北定州市）人，少時家貧，借任書吏之機飽覽經籍，在中條山下隱居，後來徙居夏縣（今山西運城東北），德行高尚，遠近仰慕。

應召任諫議大夫，因觸犯權貴，改國子司業，又改道州刺史。

〔2〕行古人之道：指他能像古代顏回等人那樣，不求功名，隱居鄉野，安貧樂道。

〔3〕晉之鄙：古代晉國相當於今山西大部以及河北、河南、陝西一部。鄙，邊境地區，指陽城隱居之地中條山、夏縣，處在古代晉國邊境地區。

〔4〕薰：薰陶。幾：接近。

〔5〕華：榮耀，光彩。

〔6〕色喜：喜形於色，色作狀語，「在臉色上表現……」。

〔7〕五年：歷時五年。陽城貞元四年就任諫議大夫，此文作於貞元九年。

〔8〕在野：指當平民，即隱居時。古時，「在朝」指做官，「在野」指為民。

〔9〕移易：改變。

〔10〕《易》：《周易》，周代講占卜的書，傳說是周文王所作，包括六十四卦，「蠱」、「蹇」，都是卦名。「恒其德貞，而夫子凶」：出自《周易》「恒」之六五，原文「恒其德貞，婦人吉，夫子凶。」意思是說，長久堅持一種道德忠貞，不能應時權變，對婦人說是好事，對男子說，會帶來禍害，不可取法。

〔11〕惡（ㄨ）：疑問代詞，相當何、焉。

〔12〕上九：《周易》六十四卦，每卦有六條爻（一ㄠˊ）辭，上九、六二之類都是爻辭名稱。

〔13〕「不事王侯，高尚其事」：爻辭是說，不肯侍奉王侯，要使自己的行為變得高尚。

〔14〕「王臣蹇蹇，匪躬之故」：爻辭是說，臣子歷盡艱難，是由於他不顧自身，一心盡忠國事的緣故。蹇蹇（ㄐㄧㄢˇ ㄐㄧㄢ

ˇ），艱難的樣子。匪，非。

〔15〕居：處。

〔16〕蹈：踐，引申為實行。

〔17〕節：操行，品德。

〔18〕高：意動用法，認為……高尚。

〔19〕冒進：無所顧忌地追求仕進。

〔20〕曠官：放棄職責。

〔21〕則：用為意動，以為法則，效法。

〔22〕尤：弊害，過失。

〔23〕加：破格，超出一般。

〔24〕肥瘠：胖瘦。

〔25〕忽焉：不經意的樣子。喜戚：喜悅或憂愁。

〔26〕下大夫之秩：唐代官制，諫議大夫的品級為正五品，年俸二百石，相當古代下大夫。

〔27〕聞之：以下所引，出自《孟子·公孫醜下》。

〔28〕古之人：指孟子，從此至「牛羊遂而已矣」各句，出自《孟子·萬章下》，文字有所更動。

〔29〕抱關擊柝：抱關，即看守城門。關是橫持門戶的木頭，如同門閂。擊柝，即打更。柝（ㄊㄨㄛˋ），打更用的梆子，擊之以報更次。

〔30〕委吏：古代管理糧倉的小吏。

〔31〕乘（ㄕㄥˋ）田：古代管理牲畜的小吏。

〔32〕會計：總匯計算，即指管理財物收支之事。

〔33〕牛羊遂而已矣：《孟子》原作「牛羊茁壯長而已矣」。遂，成功，順利，這裡用如長成。

〔34〕若：他轉連詞，至於，像是。

〔35〕章章：顯明清晰的樣子。

〔36〕其：反詰副詞，用法同「豈」。

〔37〕惡：憎惡。訕（ㄕㄢˋ）：嘲笑。

〔38〕招：揭露。《國語·周語下》：「好盡言以招人過。」文中就是揭露過失的意思。

〔39〕《書》：《尚書》，儒家六經之一，書中保存了一些上古歷史文獻和追述古代史實的材料。文中所引，出自《尚書·周書·君陳》。

〔40〕謨（ㄇㄛˊ）：謀劃。猷：謀略。

〔41〕後：帝王，天子。

〔42〕順：附和，贊成。

〔43〕滋：副詞，更加。

〔44〕布衣：即平民、百姓，也指沒有官職的讀書人。蓬蒿之下：如說草野之中，指隱士所居山林鄉村。

〔45〕誼：同「義」。

〔46〕擢（ㄓㄨㄛˊ）：提，拔。用於人事，則有越級提升的意思。

〔47〕以：此處用為名詞，指具體行動、實際表現。

〔48〕骨鯁之臣：魚骨在喉叫鯁（ㄍㄥˇ），古代有「骨鯁在喉，不吐不快」之語。骨鯁之臣，指不顧安危，直言敢諫的耿直臣子。

〔49〕僭賞：這裡是說不恰當的獎賞。僭，越出分外。

〔50〕從諫如流：接受別人的勸諫，好像水流一般順當。

〔51〕庶：表示希望之詞，譯為或者、也許。岩穴之士：指隱居山林不肯出仕的士人。

〔52〕束帶結髮：束好衣帶，盤住頭髮，表示態度莊重，準備

出仕。

〔53〕闕下：闕是古代皇帝宮門兩旁的望樓；宮闕，即指宮殿。古代不敢直說皇帝或朝廷，而用闕下借代。伸：申說，陳述。

〔54〕堯舜：本是原始氏族部落聯盟的兩位首領，儒家奉為聖人，理想的帝王。

〔55〕熙：光明，這裡用為動詞，傳揚。鴻號：偉大的稱號。

〔56〕君：用為動詞，意為君臨，統治。

〔57〕啟：誘導，促成。

〔58〕過：動詞，指責，責怪。

〔59〕閔：「憫」字的通假。憐惜；憂慮。

〔60〕乂（一˙）：治理。

〔61〕獨善其身：只是搞好自身修養。出自《孟子·盡心上》。

〔62〕兼濟天下：全面拯救天下之人。原為「兼善天下」。出自《孟子·盡心上》。

〔63〕孜孜矻矻（ㄎㄨˋ ㄎㄨˋ）：勤奮努力，從不懈怠。

〔64〕已：停止。

〔65〕禹：舜帝時人，傳說舜帝派他治理洪水，前後十三年，三過家門而不入，後來舜帝禪讓天下給他。

〔66〕孔：指孔子。班固《答賓戲》：「孔席不暖，墨突不黔。」即是本文所據。墨：指墨子。

〔67〕二聖一賢：二聖指禹王和孔子，一賢指墨子，這是儒家觀點。

〔68〕安佚：佚，「逸」字的通假。

〔69〕險易：危險、平安。

〔70〕惡：疑問代詞，用法如「何」。

〔71〕君子不欲加諸人：出自《論語·公冶長》。加，凌駕，欺

壓。

〔72〕惡訐以為直者：出自《論語·陽貨》。訐（ㄐㄧㄝˊ），揭露、攻擊別人的短處。

〔73〕吾子：較稱「子」帶有親切意味。

〔74〕無乃：副詞，表示商討、測度語氣，恐怕，是否。

〔75〕國武子：名佐，諡號武子，春秋時期齊國國卿。他因揭發斥責慶克與齊靈公母孟子私通之事，為齊靈公所殺。

〔76〕其：副詞，表示推測語氣，大概，或許。

〔77〕傳曰：古書上說。以下所引出自《國語·周語下》。

〔78〕善人：「能受盡言」之人。

【評析】

河北賢士陽城擔任諫官後，五年之中沒有一次進諫，在朝如同在野。陽城這種態度能否算是恪盡職守？進諫得失，是否借此而揚臣下的名聲，揭君主的過惡？獨善其身，不問政治，是否有道之士？直言進諫，不怕招災惹禍嗎？文中一連提出四個設問，有問有答，有辯有駁，逐層深入，首尾呼應，態度十分鮮明，道理充分有力。文章在寫作上很有特色，是一篇精闢的議論文；它所提出的奉職盡責的原則，對於當今時代從政的人們也有借鑒作用。

❀ 八 送孟東野序

【題解】

◆ 孟郊（西元 751～814 年），字東野，唐代湖州武康人，著名詩人。一生窮困潦倒，中年三次赴考，才中進士，到五十歲被任為溧陽縣尉。他懷才不遇，很不得志，心情鬱悶地去到江南上任。韓愈作為他的多年知交，內心同情他的命運，而且珍惜他的詩才，送別之際，特地寫了此文解勸他。在這篇文章中提出了「物不得其平則鳴」的文學主張，揭示了文學創作的思想內容、藝術風格跟時代、人生的密切關係，道理深湛，見解非凡。字裡行間，流露出對於「善鳴者」不受重視、陷於不幸的深切同情，表達了不滿當權者壓抑人才的情緒。

⊃【原文】

大凡物不得其平則鳴。草木之無聲，風撓之鳴[1]；水之無聲，風蕩之鳴[2]。其躍也，或激之[3]；其趨也[4]，或梗之[5]；其沸也，或炙之[6]。金石之無聲，或擊之鳴。人之於言也亦然，有不得已者而後言。其歌也有思[7]，其哭也有懷[8]。凡出乎口而為聲者，其皆有弗平者乎[9]！

樂也者[10]，郁於中而泄於外者也[11]，擇其善鳴者而假之鳴[12]。金、石、絲、竹、匏、土、革、木八者[13]，物之善鳴者也。維天之於時也亦然[14]，擇其善鳴者而假之鳴。是故以鳥鳴春，以雷鳴夏，以蟲鳴秋，以風鳴冬。四時之相推奪[15]，其必有不得其平者乎！其於人也亦然。人聲之精者為言，文辭之於言，又其精也，尤擇其善鳴者而假之鳴。

其在唐、虞,咎陶[16]、禹[17],其善鳴者也,而假以鳴。
夔弗能以文辭鳴[18],又自假於《韶》以鳴[19]。夏之時,五子
以其歌鳴[20]。伊尹鳴殷[21],周公鳴周[22]。凡載於《詩》、
《書》六藝,皆鳴之善者也。周之衰,孔子之徒鳴之[23],其
聲大而遠。傳曰:「天將以夫子為木鐸[24]。」其弗信矣乎?
其末也,莊周以其荒唐之辭鳴[25]。楚,大國也,其亡也,以
屈原鳴[26]。臧孫辰[27]、孟軻[28]、荀卿[29],以道鳴者也。
楊朱[30]、墨翟[31]、管夷吾[32]、晏嬰[33]、老聃[34]、申不
害[35]、韓非[36]、慎到[37]、田駢[38]、鄒衍[39]、尸佼[40]、
孫武[41]、張儀、蘇秦之屬[42],皆以其術鳴。秦之興,李斯
鳴之[43]。漢之時,司馬遷[44]、相如[45]、楊雄[46],最其善
鳴者也;其下魏、晉氏[47],鳴者不及於古,然亦未嘗絕也。
就其善者,其聲清以浮,其節數以急,其辭淫以哀,其志弛以
肆。其為言也,亂雜而無章。將天醜其德莫之顧邪[48]?何為
乎不鳴其善鳴者也?

　　唐之有天下,陳子昂[49]、蘇源明[50]、元結[51]、李白、
杜甫、李觀[52],皆以其所能鳴。其存而在下者,孟郊東野始
以其詩鳴。其高出魏、晉,不懈而及於古,其他浸淫乎漢氏矣
[53]。從吾遊者[54],李翱、張籍其尤也[55]。三子者之鳴信善
矣。抑不知天將和其聲而使鳴國家之盛邪[56]?抑將窮餓其身
[57],思愁其心腸,而使自鳴其不幸邪?三子者之命,則懸乎
天矣。其在上也,奚以喜?其在下也,奚以悲?

　　東野之役於江南也[58],有若不釋然者[59],故吾道其命於
天者以解之。

【注釋】

〔1〕撓（ㄋㄠˊ）：攪動。

〔2〕蕩：激蕩。

〔3〕激：阻遏水勢，使之激揚。

〔4〕趨：疾行，這裡指水流得快。

〔5〕梗：阻梗，堵塞。

〔6〕炙：燒。

〔7〕思：思緒。

〔8〕懷：感觸。

〔9〕其：副詞，表示推測語氣。大概，或許。

〔10〕樂：音樂。

〔11〕鬱：鬱結，蓄積。中：內心。

〔12〕假：借助，利用。

〔13〕金、石、絲、竹、匏、土、革、木八者：中國古代製作樂器的八種材料，常用來指代各種樂器。金，指鐘、鎛（ㄅㄛˊ）；石，指磬（ㄑㄧㄥˋ）；絲，指琴、瑟；竹，指簫、笛；匏（ㄆㄠˊ），指笙、竽；土，指塤（ㄒㄩㄣ）；革，指鞀（ㄊㄠˊ）、鼓；木，指柷（ㄓㄨˋ）、敔（ㄩˇ）。

〔14〕維：句首語氣助詞。時：季節。下文「四時之相推奪」，四時即四季。

〔15〕推奪：推移，代謝。

〔16〕咎陶（ㄍㄠ ㄧㄠˊ）：又作「皋陶」、「咎繇」。相傳為舜帝的臣子，掌管刑法，制定法律。

〔17〕禹：又稱大禹、夏禹、戎禹，傳說曾任舜帝臣子，奉命治理洪水，卓有功績。後來舜帝讓賢給他做了天子，建立夏代。

〔18〕夔（ㄎㄨㄟˊ）：傳說擔任舜帝的樂官。

〔19〕《韶》：傳說為虞舜時的樂曲，為夔所作。

〔20〕五子：夏王太康的五個弟弟。太康沉於遊樂，百姓都懷有二心，有窮國後羿趁太康游於洛水之南時，在黃河拒守，不讓他回來，終於失國。五子因而怨恨太康，作《五子之歌》，陳述大禹的警戒。此歌已經亡佚。《尚書》所載《五子之歌》，系後人偽託。

〔21〕伊尹：商代著名賢臣，曾經助湯伐桀。湯死，又輔佐湯的孫子帝太甲。據說他曾作《汝鳩》、《汝方》、《鹹有一德》、《伊訓》、《肆命》、《徂後》、《太甲》等文，皆已亡佚。

〔22〕周公：姓姬名旦，武王（發）之弟，成王（誦）之叔，西周初期政治家，鞏固周王朝最有力的人。輔佐武王滅商，武王死後輔助年幼的成王，代行政事，著有《大誥》、《多士》、《無逸》、《立政》等文，創立一套統治國家的禮樂制度。相傳《周禮》、《儀禮》也是由他制定。

〔23〕孔子：春秋末期的思想家、教育家，儒家學派的創始人。他曾周遊列國，不被任用，晚年致力教育和整理文獻，傳說他曾編訂《詩經》、《尚書》等書，並曾根據魯國史料寫成《春秋》。他的弟子記錄、纂集他的言論而成《論語》一書。據傳他的弟子曾參、顏回、仲由等人也都有著述。

〔24〕天將以夫子為木鐸（ㄅㄨㄛˊ）：儀封人（儀，地名；封人，古代管理邊防的官）稱讚孔子的話，出自《論語·八佾》，原文是：「二三子何患於喪乎？天下之無道也久矣，天將以夫子為木鐸。」夫子，是對孔子的尊稱。

〔25〕莊周：戰國時人，哲學家，道家學派的代表人物。著有《莊子》三十三篇。荒唐之辭：《莊子·天下篇》有「荒唐之言」（廣大無邊、任意發揮、旨趣深奧、難以理解的話），是莊周自己所說。

〔26〕屈原：戰國末人，名平，字原，楚國貴族，在楚懷王（熊槐）、頃襄王（熊橫）時參與朝政，先任左徒，後為三閭大夫。遭讒害，被貶斥以至放逐，曾在漢水、湘江一帶流浪十年左右，終因不忍看到祖國瀕臨滅亡，投汨羅江自殺。他是我國文學史上第一位偉大詩人，著有《離騷》、《天問》、《九歌》、《九章》等二十五篇。

〔27〕臧（ㄗㄤ）孫辰：即臧文仲，春秋時魯國大夫。《左傳》襄公二十四年：「魯有先大夫曰臧文仲，既沒，其言立。」

〔28〕孟軻：字子輿，一字子車，戰國中期人，思想家，孔子學說的繼承者，《孟子》一書系由他的弟子編輯而成。

〔29〕荀卿：名況，荀卿是人們對他的尊稱，戰國末人，思想家，曾到齊、秦、楚等國遊歷考察，先後在齊、楚任職。著有《荀子》三十二篇。他是儒家大師，但受戰國時期其他學派很大影響，主張法後王、性本惡、教育改造人性、人能戰勝自然，具有樸素唯物主義思想，這些都與孟子觀點不同。

〔30〕楊朱：字子居，戰國初人，哲學家，主張「為我」學說，正與墨子「兼愛」學說形成對立，他的著作沒有留傳下來。他的言論和事蹟在《孟子》、《莊子》、《韓非子》、《呂氏春秋》等書中有所記載。

〔31〕墨翟（ㄉㄧˊ）：春秋戰國之際人，思想家，墨家學派創始人，主張「兼愛」、「非攻」、「敬鬼」、「節葬」，著有《墨子》五十三篇。

〔32〕管夷吾：字仲，春秋時人，政治家，輔佐齊桓公稱霸。《管子》一書，是後人收集他的言論編輯而成。

〔33〕晏嬰：字平仲，春秋時齊國大夫，據《漢書·藝文志》記載，著有《晏子》八篇，列入儒家。後人採集他的言論和事蹟編為

《晏子春秋》一書。

　　〔34〕老聃：見前《師説》。

　　〔35〕申不害：戰國時人，做過韓昭侯的相，法家代表人物之一，著有《申子》六篇，已經亡佚。他主張用「術」加強國君集權。

　　〔36〕韓非：戰國末人，韓國貴族，出使秦國，被李斯所害，死於獄中。長於著述，著有《韓非子》五十五篇。他是法家思想集大成者。

　　〔37〕慎到：又作到，戰國時人，法家。著有《慎子》四十二篇，已經亡佚。

　　〔38〕田駢（ㄆㄧㄢˊ）：戰國時人，道家，齊宣王時為上大夫。著有《田子》二十五篇，已經亡佚。

　　〔39〕鄒衍：又作騶衍，戰國末人，陰陽家，為燕昭王師傅。著《終始》、《大聖》十余萬言。

　　〔40〕屍佼（ㄐㄧㄠˇ）：戰國時人，曾為秦相商鞅門客，著有《屍子》二十篇。

　　〔41〕孫武：春秋時著名軍事家，被吳王闔閭任為將軍，著有《孫子》十三篇。

　　〔42〕張儀、蘇秦：二人同屬縱橫家，戰國時人。張儀，秦惠王之相，倡連橫之説，遊説六國，打破諸侯聯盟，使秦國更為強大。蘇秦，字季子，倡合縱之説，遊説六國，掛六國相印，聯合六國抗秦，使秦兵十五年不敢攻打六國。他們所著《張子》、《蘇子》，都已亡佚。

　　〔43〕李斯：戰國末人，任秦始皇、二世丞相，後被二世所殺。著名政治家，在輔佐秦始皇統一天下、建立中央集權統治的過程中，起了很大作用。所著《諫逐客書》、《論督責書》，皆見《史記》。

〔44〕司馬遷：字子長，西漢時人，漢武帝時任太史令，著有《史記》（原名《太史公書》）一百三十卷。他是偉大的史學家兼文學家，《史記》一書開創了紀傳體史書，對後世影響很大。

〔45〕相如：複姓司馬，字長卿，西漢著名辭賦家。

〔46〕楊雄：又作揚雄，字子雲，西漢著名儒家學者兼辭賦家，著有《太玄》、《法言》、《方言》和若干辭賦。

〔47〕其下：這時（秦漢）以後。魏、晉氏：封建朝代都是一姓天下，故朝代也稱「氏」。下文「漢氏」，即漢代。

〔48〕醜：意動用法，厭惡，認為……醜惡。

〔49〕陳子昂：字伯玉，唐代梓州射洪（今四川射洪市）人，唐初文學家。《唐書》本傳說：「唐初文章，承徐、庾餘風，天下祖尚，子昂始變雅正。」他是反對六朝綺靡文風、提倡現實主義的開路者。著有《陳伯玉集》。

〔50〕蘇源明：字弱夫，唐代武功人，曾任國子司業、考功郎中，作品大部亡佚，僅《全唐文》載其文五篇，《全唐詩》載其詩二首。

〔51〕元結：字次山，唐代河南（今河南洛陽）人，文學家，著有《元次山文集》。

〔52〕李觀：字元賓，唐代趙州（今河北趙縣）人，文學家，曾任太子校書郎，有《李元賓集》。

〔53〕浸淫：滲透，接近。

〔54〕從吾遊者：指跟作者學詩、古文的人。

〔55〕李翱、張籍：二人都曾向韓愈學詩、古文。李翱（字習文），是古文運動的積極參加者。張籍（字文昌），擅長寫作古風和樂府，是著名詩人。

〔56〕抑：連詞，表示轉折，只是，可是。

〔57〕抑：連詞，表示選擇，還是，用在幾個表示疑問的分句之間。

〔58〕役於江南：指孟郊赴任溧陽縣尉的事。溧陽，唐時屬江南道。役，應差。

〔59〕若不釋然者：好像心情不舒展的樣子。釋然，舒暢，開心。

【評析】

本文開頭提出中心論點：「大凡物不得其平則鳴。」全文自首至尾，扣緊一個「鳴」字，先列草木、金石、風雷、鳥蟲之「鳴」，後列聖人賢士、作家詩人之「鳴」，由古及今，層層深入，論述寄託感慨，敘述寓有諷諫，深刻雄健，一掃六朝文章浮華柔靡之氣。所謂「不平則鳴」，正抒發了有才之士命運坎坷的憤慨。

❀ 九 送李願歸盤谷序

【題解】

◆ 唐時風氣，知交相別，賦詩以贈。詩前附序，說明贈別之意。本文就是有詩有序。序又可獨立成篇，就是所謂「贈序」，是古代散文中一體。

◆ 李願是韓愈的朋友，根據文中所述，他當是一個求仕不得、懷才不遇的文人，因為不滿現實，將要退隱故鄉深山之中。他與

平西王李晟之子同姓同名，但不是一個人。韓愈在這篇贈序中，通過李願的口，刻畫了得勢權貴的專橫跋扈、奢侈腐化，諷刺了庸俗小人的巴結權門、卑鄙無恥。與此相比，更顯示了山林隱士的清高恬淡、無毀無憂。此文作於唐德宗貞元十七年（西元801年），正是作者求官無果、心情抑鬱之時，文中表達了對於退隱生活的嚮往和對於黑暗政局的憤懣。

➲【原文】

太行之陽有盤谷[1]，盤谷之間[2]，泉甘而土肥，草木藂茂[3]，居民鮮少[4]。或曰[5]：謂其環兩山之間，故曰盤。或曰：是谷也，宅幽而勢阻[6]，隱者之所盤旋[7]。友人李願居之。

願之言曰：「人之稱大丈夫者，我知之矣。利澤施於人，名聲昭於時，坐於廟朝[8]，進退百官，而佐天子出令。其在外，則樹旗旄[9]，羅弓矢[10]，武夫前呵，從者塞途，供給之人，各執其物，夾道而疾馳。喜有賞，怒有刑。才畯滿前[11]，道古今而譽盛德，入耳而不煩。曲眉豐頰，清聲而便體[12]，秀外而惠中[13]，飄輕裾[14]，翳長袖[15]，粉白黛綠者[16]，列屋而閒居，妒寵而負恃[17]，爭妍而取憐[18]。大丈夫之遇知於天子，用力於當世者之所為也。吾非惡此而逃之，是有命焉，不可幸而致也[19]。

窮居而野處，升高而望遠，坐茂樹以終日，濯清泉以自潔[20]。采於山，美可茹[21]；釣於水，鮮可食。起居無時，惟適之安[22]。與其有譽於前，孰若無毀於其後[23]；與其有樂於身，孰若無憂於其心？車服不維[24]，刀鋸不加[25]，理亂不知

〔26〕，黜陟不聞〔27〕。大丈夫不遇於時者之所為也，我則行之。

伺候於公卿之門，奔走於形勢之途〔28〕，足將進而趑趄〔29〕，口將言而囁嚅〔30〕，處穢汙而不羞，觸刑辟而誅戮〔31〕，徼倖於萬一〔32〕，老死而後止者，其於為人賢不肖何如也〔33〕！」

昌黎韓愈聞其言而壯之〔34〕。與之酒，而為之歌曰：「盤之中，維子之宮〔35〕；盤之土，可以稼；盤之泉，可濯可沿〔36〕；盤之阻，誰爭子所？窈而深〔37〕，廓其有容〔38〕；繚而曲，如往而複。嗟盤之樂兮，樂且無央〔39〕！虎豹遠跡兮，蛟龍遁藏〔40〕；鬼神守護兮，呵禁不祥〔41〕。飲且食兮壽而康，無不足兮奚所望〔42〕？膏吾車兮秣吾馬〔43〕，從子於盤兮，終吾生以徜徉〔44〕。」

【注釋】

〔1〕太行之陽：太行，山名，在今山西、河北兩省交接之處。陽，山南為陽。盤谷：地名，在今河南濟源市內。因處兩山之間，所以稱谷。

〔2〕間：古體「間」字。

〔3〕藂：「叢」的異體。

〔4〕鮮（ㄒㄧㄢˇ）：很少，極少。

〔5〕或：指示代詞，有的（指人或事物）。

〔6〕宅幽：宅，地址，環境。幽，幽深靜僻。勢阻：勢，地勢。阻，險阻，閉塞。

〔7〕盤旋：盤桓，留戀不肯離開。此為疊韻聯綿詞，其實徘徊、徜徉之類皆其音轉。

◎ 文

　〔8〕廟朝：廟，宗廟，古代天子發佈政令、祭祀宴享常在宗廟舉行，表示奉行祖宗之意；朝，朝廷，天子接見臣下、商議國事之處。坐於廟朝，表示參與政事。

　〔9〕旄：旗杆飾有犛牛尾的旗幟。

　〔10〕羅：擺列。

　〔11〕畯：「俊」字的通假。

　〔12〕便（ㄆㄧㄢˊ）體：體態輕盈。

　〔13〕惠：「慧」字的通假。

　〔14〕裾：衣服的前後襟。

　〔15〕翳（ㄧˋ）：遮，掩。

　〔16〕粉白黛綠：粉、黛是婦女化妝用品，黛，青黑色顏料，用以畫眉。綠，近青，這裡指青色。

　〔17〕負恃：負其所恃。恃，這裡指所恃的美色和技藝。

　〔18〕憐：愛。

　〔19〕幸：僥倖，希求分外的獲利。

　〔20〕濯（ㄓㄨㄛˊ）：洗滌。古代隱者有歌：「滄浪之水清兮，可以濯吾纓；滄浪之水濁兮，可以濯吾足。」（《楚辭·漁父》）此處即用歌詞之意。

　〔21〕茹：吃。

　〔22〕惟適之安：這是動賓倒裝句式，如說惟安所適，覺得怎樣舒適便怎樣，以適意為滿足。

　〔23〕與其：與下「孰若」呼應，構成表示取捨的複句，「與其……孰若……」，是說「與其……怎麼跟上……」。

　〔24〕車服：封建時代車馬和服飾隨官階的高低而有差別，都有嚴格的規定。皇帝有時特賜車服給予功臣或受寵信者。維：維繫，束縛。「車服不維」，含有不受官職的約束，自由隨便之意。

〔25〕刀鋸：古代刑具。「刀鋸不加」，是說身在官場之外，不會觸犯刑律。

〔26〕理：是「治」的代字。唐代避高宗李治之諱。

〔27〕黜陟（彳ㄨˋ ㄓˋ）：貶斥和提升。

〔28〕形勢：指有地位和勢力的顯貴之家。

〔29〕趑趄（ㄗ ㄐㄩ）：又作趦趄、次且，躊躇不前，要進又不敢進的樣子。

〔30〕囁嚅（ㄋㄧㄝˋ ㄖㄨˊ）：下頷微動，遲遲不語，要說又不敢說的樣子。

〔31〕辟：法律。誅戮：處死，殺死。

〔32〕徼倖：同「僥倖」。

〔33〕不肖：不像樣子，不賢。

〔34〕壯：意動用法，以……為壯，認為（其言）豪邁。

〔35〕宮：室。

〔36〕沿：沿水流向下游走去。

〔37〕窈：幽暗。

〔38〕廓：空曠。其：連詞，同「而」。

〔39〕央：窮盡。

〔40〕虎豹遠跡兮，蛟龍遁藏：當時朝中權臣盤踞，地方藩鎮跋扈，因而正直之士產生引退避害的想法。

〔41〕不祥：指鬼魅害人之物。

〔42〕奚（ㄒㄧ）：疑問代詞，用法同「何」。

〔43〕膏（ㄍㄠˋ）：用為動詞，在車軸上摩擦部分塗油。秣：飼馬之料。這裡用為動詞，餵養。

〔44〕徜徉（彳ㄤˊ ㄧㄤˊ）：又作倘佯、相佯、常羊、相羊等等，留戀不去的意思，這裡解作遊玩。

【評析】

本文善於運用襯托和對比，表現得勢權貴、庸俗小人和山林隱士三種不同的處世態度，刻畫生動，文筆活潑。又把辛辣的諷刺寓於具體描寫之中，含蓄曲折，耐人尋味。「伺候於公卿之門，奔走於形勢之途，足將進而趑趄，口將言而囁嚅，處穢汙而不羞，觸刑辟而誅戮，徼倖於萬一，老死而後止者，其於為人賢不肖何如也！」這段描述，成了一幅庸俗世相的諷刺漫畫，惟妙惟肖地畫出了勢利之徒的醜惡嘴臉。

最後一筆「其於為人賢不肖何如也」，蓄勢而不發，啟發讀者思考，更加深沉有力。文中大量使用駢句，駢散交替，融為一體，韻調和諧，富有感情色彩，語言功夫達到了爐火純青的境界。

❀ 十 送董邵南序

【題解】

◆ 董邵南，壽州安豐縣（今安徽壽縣）人，接連幾次應進士考，落第而去，往游河北。韓愈跟他相交，臨別為他作了贈序，並有贈詩《嗟哉董生行》表示委婉的挽留之意。贈詩共三十九句：「淮水出桐柏，山東馳悠悠，千里不能休。淝水出其側，不能千里百里入淮流。壽州屬縣有安豐，唐貞元時，縣人董生邵南隱居行義於其中。刺史不能薦，天子不聞名聲，爵祿不及門。門外惟

有吏,日來徵稅更索錢。嗟哉董生朝出至夜歸讀古人書,盡日不得息。或山而樵,或水而漁。入廚具甘旨,上堂問起居。父母不慼慼,妻子不諮諮。嗟哉董生孝且慈,惟有天翁知,生祥下瑞無時期。家有狗乳出求食,雞來哺其兒,啄啄庭中拾蟲蟻,哺之不食鳴聲悲,徬徨躑躅久不去,以翼來覆待狗歸。嗟哉董生,誰將與儔?時之人夫妻相虐,兄弟為讎,食君之祿而令父母愁,亦獨何心?嗟哉董生無與儔!」河北藩鎮割據稱雄,招引豪傑,擴張勢力,董生去到那裡謀求出路顯然是隱伏某種危險的,然而文中只能隱約其詞地諷勸朋友。文題一作《送董邵南游河北序》。

⊃【原文】

　　燕、趙[1],古稱多感慨悲歌之士[2]。董生舉進士[3],連不得志於有司[4],懷抱利器[5],鬱鬱適茲土[6]。吾知其必有合也[7]。董生勉乎哉[8]!

　　夫以子之不遇時[9],苟慕義強仁者[10],皆愛惜焉,矧燕、趙之士出乎其性者哉[11]!然吾嘗聞風俗與化移易[12],吾惡知其今不異於古所雲邪[13]?聊以吾子之行卜之也[14]。董生勉乎哉!

　　吾因數有所感矣。為我吊望諸君之墓[15],而觀於其市,複有昔時屠狗者乎[16]?為我謝曰[17]:「明天子在上[18],可以出而仕矣[19]!」

【注釋】

　　〔1〕燕、趙:古代國名,戰國時代,燕國大略佔據今遼寧西

部、河北北部，趙國大略佔據今河北南部和山西、河南部分地方。

〔2〕感慨悲歌之士：即指燕國荊軻、高漸離等豪俠義士。感慨，也作「慷慨」，情緒激昂，要為正義事業而奮起抗爭。悲歌，高唱悲壯的歌曲。《史記·刺客列傳》：「荊軻嗜酒，日與狗屠及高漸離飲於燕市，酒酣以往，高漸離擊築，荊軻和而歌於市中，相樂也，已而相泣，旁若無人者。」

〔3〕舉進士：被鄉里推薦赴都城長安參加進士考試。舉，推舉，推薦。

〔4〕有司：主管官員，文中指主持進士科考試的禮部官員。

〔5〕利器：精良的器物，這裡比喻政治才能。

〔6〕鬱鬱：心情鬱悶，很不得志。

〔7〕有合：有所遇合。古代有才之士得到當權人物的賞識任用稱作遇合；反之，則為懷才不遇。

〔8〕勉乎哉：努力吧！文中含有促其提起警惕之意。下文又用此語，反覆提醒。

〔9〕時：時機。

〔10〕苟：假設連詞，如果。

〔11〕矧（ㄕㄣˇ）：進層連詞，況且，何況。

〔12〕化：教化，包括當權者的行政措施和表率作用。移易：改變。

〔13〕惡（ㄨ）：疑問代詞，用法同「何」。

〔14〕聊：姑且、暫時。吾子：比稱「子」含有親昵意味。卜：占卜。古有「卜以決疑」的習俗，這裡表示判定的意思。

〔15〕吊：祭奠，憑弔。望諸君之墓：戰國時，燕昭王任樂毅為上將軍，他率領諸侯軍隊，攻佔齊國七十餘城，後遭陷害，奔往趙國，封望諸君，他的墓在今河北省邯鄲市西南。樂毅是忠臣，這裡是

要董生到了河北勸告稱霸一方、不服朝廷管制的藩鎮歸順朝廷。

〔16〕昔時屠狗者：指隱居民間、屠狗為業的俠義之士，這裡是要董生以義士為榜樣，自勉自勵；同時要他勸說河北義士都來為朝廷效力。

〔17〕謝：致意。

〔18〕明天子：聖明天子，稱頌皇帝的說法。

〔19〕仕：做官任職。

【評析】

河北是藩鎮割據勢力盤踞之地，韓愈在這篇贈序中想要對朋友往游河北發出警示，免被壞人所利用，但又不便明說，只得通過暗示、憂慮、隱喻透出這種資訊，形成一種特有的風格。文中先說「燕、趙，古稱多感慨悲歌之士」，又說「風俗與化移易」，暗示河北諸侯並非忠義之輩，連用兩句「董生勉乎哉」，深表憂慮和警戒。

文章最後舉出歷史人物為榜樣，勸告河北豪傑義士出來報效朝廷，自然董生應當留在京城也就不言而喻了。這篇短文只有一百多字，然而寄託深遠，曲折有致，是一篇很有分量、很精彩的文章，可以看出善於以短寓長的嫻熟技巧。劉海峰說：「微情妙旨，寄之筆墨之外，昌黎平生作文，不欲托《史記》篇下，獨此為近。」評語點出了本文寄託深遠的特點。

◎ 文

❀ 十一 送石處士序

【題解】

◆ 石處士，名洪，字濬川，唐代河陽（今河南孟州人）人，曾任黃州錄事參軍，歸隱河陽，十餘年不肯出仕。元和五年（西元 810 年）四月，烏重胤鎮守河陽，為節度使，平定藩鎮之亂，召他入幕參謀。次年，奉詔擔任京兆昭應尉、集賢校理。元和七年（西元 812 年）六月去世，韓愈為他作墓誌銘。本文是為洛陽人士賦詩歡送石洪前往烏公幕府所寫序文，一本序上有「詩」字。當時朝廷正在鎮壓成德節度使王承宗叛亂，韓愈是把維護國家統一、反對割據分裂看作道義所在的，在序文中熱情讚揚了烏大夫以義取人、禮賢下士和石處士以道自任、應邀赴軍的正確態度，並對他們在平叛事業中不圖私利，誠心合作，以獲成功，寄予殷切希望。文題一作《送石洪處士赴河陽參謀序》。

➲【原文】

河陽軍節度、御史大夫烏公[1]，為節度之三月，求士於從事之賢者[2]。有薦石先生者，公曰：「先生何如？」曰：「先生居嵩邙、瀍穀之間[3]，冬一裘[4]，夏一葛[5]，食朝夕，飯一盂[6]，蔬一盤。人與之錢，則辭；請與出遊，未嘗以事辭；勸之仕，不應。坐一室，左右圖書。與之語道理，辨古今事當否，論人高下、事後當成敗，若河決下流而東注，若駟馬駕輕車就熟路[7]，而王良、造父為之先後也[8]，若燭照、數計而龜卜也[9]。」大夫曰：「先生有以自老[10]，無求於人，其肯

213

為某來邪〔11〕?」從事曰:「大夫文武忠孝,求士為國,不私於家。方今寇聚於恒〔12〕,師環其疆〔13〕,農不耕收,財粟殫亡〔14〕。吾所處地,歸輸之塗〔15〕,治法征謀〔16〕,宜有所出。先生仁且勇,若以義請而強委重焉,其何說之辭?」於是撰書詞〔17〕,具馬幣〔18〕,葡日以授使者〔19〕,求先生之廬而請焉。

先生不告於妻子,不謀於朋友,冠帶出見客〔20〕,拜受書、禮於門內〔21〕。宵則沐浴,戒行事〔22〕,載書冊,問道所由,告行於常所來往。晨則畢至,張上東門外〔23〕。酒三行,且起,有執爵而言者曰〔24〕:「大夫真能以義取人,先生真能以道自任,決去就〔25〕。為先生別。」又酌而祝曰:「凡去就出處何常〔26〕?惟義之歸〔27〕。遂以為先生壽。」又酌而祝曰:「使大夫恒無變其初,無務富其家而饑其師,無甘受佞人而外敬正士〔28〕,無味於諂言〔29〕,惟先生是聽〔30〕,以能有成功,保天子之寵命〔31〕!」又祝曰:「使先生無圖利於大夫,而私便其身圖!」先生起,拜祝辭曰:「敢不蚤夜以求從祝規〔32〕?」於是東都之人士〔33〕,咸知大夫與先生果能相與以有成也〔34〕。遂各為歌詩六韻〔35〕,遣愈為之序云〔36〕。

【注釋】

〔1〕烏公:即烏重胤。

〔2〕從事:漢代以後三公及州郡長官都自任僚屬,稱為從事,至宋廢除。以後,從事成為屬官的通稱。

〔3〕嵩(ㄙㄨㄥ):山名,古稱嵩高,五嶽之一(中嶽),在今河南登封市北。邙(ㄇㄤˊ):山名,在河南洛陽。瀍(ㄔㄢˊ):水名,發源於河南洛陽市西北,注入洛水。谷:水名,發源於河南三

門峽市 陝州區東部，在洛陽西南與洛水會合，又稱澗水。

〔4〕裘：皮衣。「冬一裘，夏一葛」，說明生活儉樸。

〔5〕葛：蔓草類植物，纖維可以織布做夏衣。

〔6〕盂：是古代盛飲食用的器皿。「飯一盂，蔬一盤」，也是說明生活儉樸。

〔7〕駟馬：古代一車套四匹馬。

〔8〕王良、造父：王良，春秋晉國人。造父，周穆王時人。二人是古代著名的馭馬能手。

〔9〕燭照、數計而龜卜也：燭照，比喻見事洞明；數計，比喻計算精確；龜卜，比喻料事如神。

〔10〕以：用為名詞，操守，信念。

〔11〕其：作用同「豈」，表示反詰。某：烏公自稱。

〔12〕寇聚於恒：元和四年（西元809年）三月，成德軍節度使王承宗叛亂，十月，吐突承璀統領各道軍隊討伐，沒有成功。恒，恒州，今河北正定縣。

〔13〕師：軍隊。疆：邊界，國界。

〔14〕殫（ㄉㄢ）：盡。亡：「無」字的通假。

〔15〕歸輸：供給運輸（軍需物資）。歸，「饋」字的通假；送給。塗：「途」字的通假，道路。

〔16〕治法征謀：治軍之法，征敵之謀。

〔17〕撰：撰寫。

〔18〕馬幣：馬匹禮品，都是饋贈之物。

〔19〕卜日：占卜選定吉日，表示鄭重。

〔20〕冠帶：用為動詞，戴起帽子，束好衣帶。衣冠整齊，表示尊敬。

〔21〕書：書信，這裡指聘書。

〔22〕行事：出門應用之物。

〔23〕張（ㄓㄤˋ）：又作帳，供張，古代送別親友，在城郊設帷帳，擺宴席。上東門：洛陽城北門。

〔24〕爵：酒器。

〔25〕去就：如説「取捨」，應聘還是拒絕。

〔26〕出處：出，出仕；處，退隱。

〔27〕惟義之歸：文言動賓倒裝格式，如説「惟歸義」。

〔28〕佞人：巧言善辯而品行不端的人。

〔29〕味：用為動詞，嗜好，接受。「無味」，如説「不吃這一套」。

〔30〕惟先生是聽：文言動賓倒裝句式，如説「惟聽先生」。

〔31〕寵命：光榮的使命。

〔32〕蚤：「早」字的通假。

〔33〕東都：指洛陽。

〔34〕咸：副詞，都，皆。

〔35〕六韻：古代作詩，兩行（一聯）為一韻，六韻即十二行。韓愈賦詩《送石處士赴河陽幕》：「長把種樹書，人雲避世士。忽騎將軍馬，自號報恩子。風雲入壯懷，泉石別幽耳。鹿師欲老，常山險猶恃。豈惟彼相憂，固是吾徒恥。去去事方急，酒行可以起。」

〔36〕云：句末語氣助詞，表示終結。

【評析】

本文善於運用對話表現人物的性格以及人們對人物的讚美，文字洗練，形象鮮明。「有薦石先生者，公曰：『先生何如？』曰：『先生居嵩邙、瀍谷之間，冬一裘，夏一葛，食朝

216

夕，飯一盂，蔬一盤。人與之錢，則辭；請與出遊，未嘗以事辭；勸之仕，不應。坐一室，左右圖書。與之語道理，辨古今事當否，論人高下、事後當成敗，若河決下流而東注，若馹馬駕輕車就熟路，而王良、造父為之先後也，若燭照、數計而龜蔔也。』」這段問答把石洪處士的品格清高、見識卓越、不同流俗、超然物外的形象表現出來。同樣是寫對話，前段、後段不顯雷同，可以看出錘煉語言的功力。

❀ 十二 送溫處士赴河陽軍序

【題解】

◆ 溫處士，名造，字簡輿，並州（治所在今山西太原西南）人，當時他與石處士都在洛陽附近隱居，繼石處士被聘之後，不久也被征討藩鎮王承宗之亂的河陽軍節度使兼御史大夫烏公（重胤）召到幕下。韓愈時為洛陽縣令，與溫、石二人交往密切，並且在公務上依靠他們。他在這篇贈序中一方面為接連送走兩位朋友而依戀難舍；另一方面又熱情讚揚烏公能在國家急難時招用賢材，並為賢材得到任用、能為國家效力而深感欣慰。

➲ 【原文】

伯樂一過冀北之野[1]，而馬群遂空。夫冀北馬多天下，伯樂雖善知馬，安能空其群邪[2]？解之者曰：吾所謂空，非無

馬也,無良馬也。伯樂知馬,遇其良,輒取之〔3〕,群無留良焉〔4〕。苟無良〔5〕,雖謂無馬,不為虛語矣〔6〕。

東都〔7〕,固士大夫之冀北也〔8〕。恃才能深藏而不市者〔9〕,洛之北涯曰石生〔10〕,其南涯曰溫生〔11〕。大夫烏公〔12〕,以鈇鉞鎮河陽之三月〔13〕,以石生為才,以禮為羅〔14〕,羅而致之幕下〔15〕。未數月也,以溫生為才,於是以石生為媒〔16〕,以禮為羅,又羅而致之幕下。東都雖信多才士〔17〕,朝取一人焉,拔其尤〔18〕;暮取一人焉,拔其尤。自居守、河南尹〔19〕,以及百司之執事〔20〕,與吾輩二縣之大夫〔21〕,政有所不通,事有所可疑,奚所諮而處焉〔22〕?士大夫之去位而巷處者〔23〕,誰與嬉遊〔24〕?小子後生〔25〕,於何考德而問業焉〔26〕?縉紳之東西行過是都者〔27〕,無所禮於其廬〔28〕。若是而稱曰〔29〕:大夫烏公,一鎮河陽,而東都處士之廬無人焉,豈不可也?

夫南面而聽天下〔30〕,其所托重而恃力者〔31〕,惟相與將耳。相為天子得人於朝廷,將為天子得文武士於幕下,求內外無治,不可得也。愈縻於茲〔32〕,不能自引去,資二生以待老〔33〕。今皆為有力者奪之,其何能無介然於懷邪〔34〕?生既至,拜公於軍門,其為吾以前所稱,為天下賀;以後所稱,為吾致私怨於盡取也。留守相公〔35〕,首為四韻詩歌其事〔36〕,愈因推其意而序之。

【注釋】

〔1〕伯樂:古代傳說善於相馬的人。冀北之野:《左傳》記載,古代冀州(今山西及河北西北部一帶)是養馬之處。

〔2〕安:疑問代詞,哪裡,怎麼。空:使動用法,使……空。

〔3〕輒：副詞，就，往往。

〔4〕留良：良，指良馬。留，剩餘，遺留。

〔5〕苟：假設連詞，假如。

〔6〕虛語：沒有事實根據的話，胡說。

〔7〕東都：唐代稱洛陽為東都。

〔8〕士大夫之冀北：等於說人才集中的地方。

〔9〕恃才能：有才能並據以驕傲。深藏而不市：深藏，指有才之士隱居。市，出售，這裡指憑才學求官職。

〔10〕洛之北涯：洛水北岸。涯，水濱。石生：石洪，字濬川。曾任黃州錄事參軍，後回故鄉洛陽，隱居不出達十餘年。烏重胤任河陽軍節度使，重禮聘請，讓他做了幕僚。

〔11〕溫生：指溫造。

〔12〕大夫烏公：烏重胤，字保君，元和五年（西元810年）任河陽軍節度使、御史大夫。

〔13〕鈇鉞（ㄈㄨ ㄩㄝˋ）：古代軍法用以處斬罪犯的斧子，將帥出征，皇帝授予鉞，表示他有處斬之權。河陽：今河南孟州市南，唐德宗建中年間，置河陽三城節度使於此。

〔14〕羅：捕鳥用的網。用為動詞，招請。

〔15〕致：使（之）來到。

〔16〕媒：飼養幼鳥，可以用來招引野鳥，因此稱它為「媒」（參看《文選·射雉賦》徐爰注）。居中擔負介紹、聯繫之事，也稱為「媒」。

〔17〕信：的確，真的。

〔18〕尤：同一類中的特出人物。

〔19〕居守、河南尹：居守，指東都留守（鄭余慶）。河南尹，即河南府尹，一府之長官稱尹。

〔20〕百司之執事：百司，各個官署。執事，官員，負有專職的人。

〔21〕二縣之大夫：二縣（洛陽城郊洛陽縣、河南縣）的縣令。當時韓愈任河南縣令。

〔22〕諮：諮詢，請教。處：處置。

〔23〕巷處：名詞「巷」字置於動詞「處」字之前，作狀語，表處所，即謂在裡巷裡住。

〔24〕誰與：疑問代詞「誰」作介詞「與」的賓語，按照古代語法一般須置於介詞之前。

〔25〕小子後生：青年人。

〔26〕考：考核。

〔27〕縉紳：一作搢紳。縉，插。紳，大帶。古代官員上朝所用笏版，平時插在帶間。後來即用「縉紳」指代官員。

〔28〕廬：房屋，有時專指隱居之士所住簡陋的房舍。文中即用這一意義。

〔29〕若是：如此，像這樣。

〔30〕南面：面向南方，朝中皇帝所處位置。聽：治理。

〔31〕托重：委以重任。

〔32〕縻（ㄇㄧˊ）：拴住，牽繫。當時韓愈任河南縣令，所以說「愈縻於茲。」

〔33〕資：依靠，憑依。

〔34〕介然：固定不可移動，存在心裡忘不了。

〔35〕留守相公：指東都留守鄭余慶，因他兩度為相（唐代稱為「同中書門下平章事」），故稱相公。

〔36〕四韻詩：即用四個韻腳的詩，八句詩。

【評析】

本文用伯樂過冀北而馬群空，來比喻烏公任用溫造、石洪而東都無人，用訴述失去助手，介然於懷的私怨，來表達對於國家處於危難、選用賢才的歡欣，用筆巧妙，饒有趣味。「大夫烏公，以鈇鉞鎮河陽之三月，以石生為才，以禮為羅，羅而致之幕下。未數月也，以溫生為才，於是以石生為媒，以禮為羅，又羅而致之幕下。東都雖信多才士，朝取一人焉，拔其尤；暮取一人焉，拔其尤。自居守、河南尹，以及百司之執事，與吾輩二縣之大夫，政有所不通，事有所可疑，奚所諮而處焉？士大夫之去位而巷處者，誰與嬉遊？小子後生，於何考德而問業焉？縉紳之東西行過是都者，無所禮於其廬。

若是而稱曰：大夫烏公，一鎮河陽，而東都處士之廬無人焉，豈不可也？」這裡連用排比，連續發問，表面上吐訴對東都人才流失的埋怨，實際上讚揚烏公善於招納賢士，委婉曲折，意味深長。吳北江說：「凡文字以意在言外，委婉不盡為最上乘。《左氏傳》最為擅場，《史記》亦數數見之，韓文中類此者，蓋可指數。自余各家，於此微旨寥乎絕矣。」「最上乘」之說不免於偏頗，但用於評價本文的寫作風格，無疑是很恰當的。

✤ 十三 贈崔復州序

【題解】

◆ 這篇贈序是寫給復州（今湖北仙桃市）刺史崔君（名字事蹟無考）的，著重說明官吏權重祿厚，小民投訴無門，以致造成「民就窮而斂愈急」的社會矛盾。末尾稱道「崔君之仁」、「於公之賢」，慶倖復州人民在水深火熱中得到復蘇；然而於公聚斂馳名，崔君能否據實上報，為民請命，也難確定。所以慶倖背後，含著諷刺、勸誡之意。

➲【原文】

有地數百里[1]，趨走之吏[2]，自長史、司馬已下數十人[3]，其祿足以仁其三族及其朋友故舊[4]。樂乎心[5]，則一境之人喜；不樂乎心，則一境之人懼。大丈夫官至刺史[6]，亦榮矣。

雖然，幽遠之小民[7]，其足跡未嘗至城邑；苟有不得其所[8]，能自直於鄉里之吏者鮮矣[9]，況能自辨於縣吏乎！能自辨於縣吏者鮮矣，況能自辨於刺史之庭乎[10]！由是刺史有所不聞[11]，小民有所不宣[12]。賦有常而民產無恒[13]，水旱癘疫之不期[14]，民之豐約懸於州縣[15]，縣令不以言[16]，連帥不以信[17]，民就窮而斂愈急[18]，吾見刺史之難為也。

崔君為復州[19]，其連帥則於公[20]。愈以為崔君之仁，足以蘇復人[21]；於公之賢，足以庸崔君[22]。有刺史之榮，而無其難為者，將在於此乎！愈嘗辱於公之知[23]，而舊游於崔君[24]，慶復人之將蒙其休澤也[25]，於是乎言。

【注釋】

〔1〕有地：領有土地，亦即管轄範圍。

〔2〕趨走之吏：趨，急行；走，奔跑。聽任長官驅使、東西奔走服役的屬官、衙役。

〔3〕長（ㄓㄤˇ）史：官名，意義為諸史之長，管理文書之事。司馬：官名，管理軍中賞罰之事。唐代制度，刺史兼管州內軍事，所以屬官之中有司馬。已下：同「以下」。

〔4〕仁：作動詞用，施予恩惠，愛護照顧。三族：父族、母族、妻族合稱三族。故舊：舊交。

〔5〕乎：介詞，用法同「於」。

〔6〕丈夫：男兒。刺史：本是漢代所設的朝廷派往地方的監察官員，唐時以刺史為州的行政長官，兼管軍事。

〔7〕幽遠：閉塞偏遠地域。

〔8〕不得其所：沒有置於適宜的地位或得到應得的待遇，亦即受到委屈、迫害。

〔9〕自直：自己申訴冤枉，伸張正義。鄉里之吏：鄉、裡都是古代基層行政單位，並設鄉長、里胥之類管理。鮮（ㄒㄧㄢˇ）：又作「尟」、「尠」，很少。

〔10〕刺史之庭：庭，公廳，刺史理政之處。

〔11〕由是：由於這樣，因此。

〔12〕宣：表達，吐訴。

〔13〕有常：有固定數額。民產：百姓的產業，家庭收入。無恒：沒有保障，不穩定。恒，意義同「常」。

〔14〕癘疫：瘟疫，急性傳染病。不期：不曾預料，突然發作。

〔15〕豐約：豐足或短缺。這裡指衣食充足或不足。懸：牽

繫，操縱。

　　〔16〕縣令：相當後世縣長。

　　〔17〕連帥：古代十國為連，連有帥。唐代節度使管轄幾個
州，因此以「連帥」稱之。

　　〔18〕就：走向，瀕臨。斂：官府徵收租稅。

　　〔19〕為復州：治理復州（今湖北仙桃市），亦即擔任復州刺
史。

　　〔20〕於公：姓於，名　（ㄅㄧˊ），字允元，當時擔任山南東
道節度使，管轄襄、郢、複、鄧、隨、唐、均、房八州，一向橫徵暴
斂，文中所謂「於公之賢」，語含諷刺。

　　〔21〕蘇：死而復生，或者困而得息。

　　〔22〕庸：同「用」。

　　〔23〕辱：辱沒。「辱於公之知」，意思是承蒙於公賞識自
己，這對於公這樣身居高位的人是辱沒了身份。這是古時慣用的謙
詞。

　　〔24〕遊：交往。

　　〔25〕休澤：美好的恩澤，過去用以稱頌統治者向人民所施的
仁政。

【評析】

　　本文寫作手法靈活多樣。首段寫出刺史統轄幾百地，屬吏
眾多，一喜一怒，關係全州百姓，表面上歆羨刺史的榮耀，實際
上表現在封建專制下，普通百姓任人擺佈的悲慘命運。這裡使用
曲筆。次段寫出鄉里小民有冤屈難以申訴，生活窮困，賦斂更加
急迫。這裡使用直筆。末段說到崔君仁愛，於公賢明，慶倖復州

人民蒙受恩澤，得到復蘇。其實於公以貪虐聞名，崔君未必敢於為民請命。這裡所謂「慶倖」，含著許多無法表達的深意，又是用的曲筆。

⊛ 十四 送楊少尹序

【題解】

◆ 楊少尹，名巨源，字景山，唐代蒲州（今山西永濟市）人，貞元五年（西元789年）考中進士，善於寫詩，曾受白居易的推重，因而聞名。官至國子監司業，年滿七十，辭官返鄉，又被任為本郡（河東郡）少尹（郡守副職）。韓愈在這篇文章中，稱讚楊巨源功成身退、懷舊還鄉，頗有古代君子之風。

⊃【原文】

昔疏廣、受二子[1]，以年老，一朝辭位而去[2]。於時公卿設供張[3]，祖道都門外[4]，車數百兩[5]。道路觀者，多歎息泣下[6]，共言其賢。漢史既傳其事[7]，而後世工畫者，又圖其跡[8]。至今照人耳目，赫赫若前日事[9]。

國子司業楊君巨源[10]，方以能詩訓後進[11]，一旦以年滿七十[12]，亦白丞相去歸其鄉[13]。世常說古今人不相及，今楊與二疏[14]，其意豈異也！

予忝在公卿後[15]，遇病不能出。不知楊侯去時[16]，城門外送者幾人，車幾兩，馬幾匹？道邊觀者，亦有歎息知其為賢

與否？而太史氏又能張大其事〔17〕，為傳繼二疏蹤跡否？不落莫否〔18〕？見今世無工畫者〔19〕，而畫與不畫，固不論也〔20〕。然吾聞：楊侯之去，丞相有愛而惜之者，白以為其都少尹〔21〕，不絕其祿。又為歌詩以勸之。京師之長於詩者，亦屬而和之〔22〕。又不知當時二疏之去，有是事否？古今人同不同，未可知也。

中世士大夫，以官為家，罷則無所於歸〔23〕。楊侯始冠〔24〕，舉於其鄉〔25〕，歌《鹿鳴》而來也〔26〕。今之歸，指其樹曰：「某樹吾先人之所種也〔27〕，某水某丘，吾童子時所釣遊也。」鄉人莫不加敬，誡子孫以楊侯不去其鄉為法〔28〕。古之所謂鄉先生〔29〕，沒而可祭於社者〔30〕，其在斯人歟〔31〕？其在斯人歟？

【注釋】

〔1〕疏廣、受：即疏廣及其兄子疏受。西漢蘭陵（今山東棗莊市東）人，廣字仲翁，為太傅時，其侄受為少傅，在位五年，叔侄都辭官回鄉。

〔2〕一朝：忽然一天。

〔3〕供張（ㄍㄨㄥ ㄓㄤ）：也作供帳，古代送別朋友，要在城郊設帷帳擺宴席。

〔4〕祖道：本是古代旅行祭祀道神的儀式，後來餞行也稱祖道或者祖送。文中即為餞行。

〔5〕兩（ㄌㄧㄤˇ）：古「輛」字。

〔6〕泣下：泣，用為名詞，眼淚；下，淌下。

〔7〕漢史：即班固所著《漢書》，其中有《疏廣傳》。

〔8〕圖：用為動詞，畫像。

〔9〕赫赫：顯明，盛大。

〔10〕國子司業：國子，即國子監，封建時代朝廷管理教育的機構和最高學府。司業，官名，國子監長官副職。

〔11〕後進：青年學生。

〔12〕一旦：如說「一朝」。

〔13〕白：報告。丞相：官名，朝廷中最高官職，輔佐皇帝，管理全國政事。秦漢兩代所置，以後各代時設時廢。

〔14〕二疏：即疏廣、疏受。

〔15〕忝（ㄊㄧㄢˇ）：表謙副詞，辱，不稱（ㄔㄣˋ）其職。

〔16〕侯：古代官員之間尊稱對方為侯。

〔17〕太史氏：史官。

〔18〕落莫：冷落。莫，「寞」字的通假。

〔19〕見今：現今。見，「現」字的通假。

〔20〕固：「故」字的通假。

〔21〕都：指河東郡。

〔22〕屬（ㄓㄨˇ）：跟隨。和（ㄏㄜˋ）：按同韻部作詩。

〔23〕於歸：於為動詞詞頭，無義。

〔24〕冠（ㄍㄨㄢˋ）：古代男子成年（二十歲）行加冠禮，所以常用「冠」表示成年。

〔25〕舉：封建時代科考取士叫舉，赴試或者考中也稱為舉。文中即指通過鄉試中舉。

〔26〕《鹿鳴》：《詩經·小雅》中的一篇。唐代鄉試完畢，州縣長官宴請中舉的人，宴席要奏《鹿鳴》樂曲。

〔27〕先人：指先祖或死去的父親。

〔28〕法：法式，楷模。

〔29〕鄉先生：古時稱辭官返鄉或者在鄉任教的前輩。

〔30〕沒（ㄇ乙ˋ）：「歿」字的通假，死亡。社：這裡指社廟，祭祀社神（土地之神）的地方。

〔31〕歟：語氣助詞，跟前邊的副詞「其」配合，「其……歟？」表示推測、商討語氣，如説「大概……吧？」

【評析】

本文前一部分用西漢疏廣、疏受辭官還鄉，與楊巨源年滿七十辭官而去做比較；後一部分用中世士大夫以官為家，罷官以後沒有歸宿，與楊巨源辭官回鄉，不離本土做比較。前後都用古人比附今人，筆法卻能錯綜變化。在敘述楊巨源辭官還鄉的過程中，處處流露讚歎之情，文字流暢，又富情致。

❀ 十五 贈張童子序

【題解】

◆ 唐代科舉有童子科，張童子在貞元八年（西元 792 年）考中，二年之後，被任為衛兵曹。韓愈也在貞元八年進士及第。他在贈序中，歷述科舉之苦，進升之難，從而襯托張童子才華優異；最後指出張童子不應以目前成就為滿足，必須勤奮學習，通達成人之禮。這就不同於一般讚揚「神童」的世俗之語，提出了正確看待「神童」的深刻見解，直到現在仍有啟發意義。

⊃【原文】

　　天下之以明二經舉於禮部者[1]，歲至三千人。始自縣考試，定其可舉者，然後升於州若府[2]；其不能中科者[3]，不與是數焉[4]。州若府總其屬之所升，又考試之如縣，加察詳焉[5]，定其可舉者，然後貢於天子[6]，而升之有司；其不能中科者，不與是數焉。謂之鄉貢[7]。有司者，總州府之所升而考試之，加察詳焉，第其可進者[8]，以名上於天子而藏之[9]，屬之吏部[10]。歲不及二百人，謂之出身[11]。能在是選者，厥惟艱哉[12]！

　　二經章句[13]，僅數十萬言[14]，其傳注在外[15]，皆誦之[16]，又約知其大說[17]。繇是舉者或遠至十餘年[18]，然後與乎三千之數[19]，而升於禮部矣。又或遠至十餘年，然後與乎二百之數[20]，而進於吏部矣。斑白之老半焉[21]；昏塞不能及者[22]，皆不在是限[23]。有終身不得與者焉。

　　張童子生九年[24]，自州縣達禮部，一舉而進立於二百之列[25]。又二年，益通二經[26]，有司復上其事，繇是拜衛兵曹之命[27]。人皆謂童子耳目明達，神氣以靈[28]；余亦偉童子之獨出於等夷也[29]。童子請於其官之長[30]，隨父而寧母[31]。歲八月，自京師道陝[32]，南至虢[33]，東及洛師[34]，北過大河之陽[35]。九月始來及鄭[36]。自朝之聞人[37]，以及五都之伯長群吏[38]，皆厚其饋賂[39]，或作歌詩以嘉童子[40]。童子亦榮矣！

　　雖然，愈將進童子於道[41]，使人謂童子求益者，非欲速成者[42]。夫少之與長也異觀[43]。少之時，人惟童子之異[44]；及其長也[45]，將責成人之禮焉。成人之禮，非盡於童子所能而已也。然則[46]，童子宜暫息乎其已學者[47]，而勤乎其

未學者可也。愈與童子，俱陸公之門人也〔48〕，慕回路二子之相請贈與處也〔49〕，故有以贈童子。

【注釋】

〔1〕二經：儒家五經（《詩》、《書》、《易》、《禮》、《春秋》）中的兩種。唐代科舉，主要有進士、明經二科，前者重在文辭，後者重在經術。舉：推薦，選送。禮部：封建時代中央官署之一，掌管科舉取士。

〔2〕州若府：唐代制度，全國分為三百多州（行政區），其中大州稱為府，因為設有都督府或都護府。若，連詞，或者，表示選擇。

〔3〕中科：如今語「及格」，達到規定標準。

〔4〕與：動詞，參與，列入其中。

〔5〕察詳：細緻考察。科舉取士除了考試有關科目，還要考察門第出身、生平履歷等情況。

〔6〕貢：呈送。

〔7〕鄉貢：唐代科舉取士，經過地方考試錄取選舉參加中央考試，稱為「鄉貢」。被選送者通稱「舉人」。

〔8〕第：等級。用為動詞，科舉考試按照甲乙等級錄取。

〔9〕上：用為動詞，上報，呈送。

〔10〕屬（ㄓㄨˇ）：交托。吏部：古代中央行政機構「六部」之一，掌管任免、升降、考核官吏之事。唐代進士及第以後再由吏部考試，合格者授以官職。

〔11〕出身：唐代科舉，中禮部試的稱為「及第」，及第進士再由吏部考試，中試的稱為「出身」。「出身」是一種資格。

〔12〕厥（ㄐㄩㄝˊ）：代詞，用法同「其」。惟：句中語氣助詞。哉：語氣助詞，表示感歎語氣。

〔13〕章句：章節和句讀（逗）。

〔14〕僅（ㄐㄧㄣˋ）：副詞，表數之多，意思是達到，足夠，這一用法唐代多見。

〔15〕傳注：解說經義叫傳，注解詞語叫注。

〔16〕誦：背會。

〔17〕大說：主旨，主要精神。

〔18〕繇是：因此，繇，同「由」。

〔19〕與乎三千之數：意即列入「鄉貢」數中，被錄取為「舉人」。

〔20〕與乎二百之數：意即列入「及第」數中，被錄取為「進士」。

〔21〕斑白：頭髮黑白相間。

〔22〕昏塞：腦筋糊塗，不開竅。

〔23〕限：範圍，界限。

〔24〕童子：未成年者，兒童。

〔25〕一舉：一下子。

〔26〕益：副詞，更加，越發。

〔27〕拜：古代授官叫「拜」。衛兵曹：是授予張童子的官職。

〔28〕神氣：神智，精神。

〔29〕偉：用為動詞，認為了不起，高度評價。獨出：惟獨高出。等夷：同輩，文中指和張童子年齡相仿的兒童。

〔30〕其官之長：他所任職的官署長官。

〔31〕寧母：回家探望母親。

〔32〕京師：都城，文中指唐代都城長安。道陝：取道陝州（今河南三門峽市陝州區）。

〔33〕虢：州名，在今河南靈寶市。

〔34〕洛師：洛陽。

〔35〕大河之陽：黃河北岸。水北為「陽」。

〔36〕鄭：州名。

〔37〕聞人：知名人物，「朝之聞人」，即達官顯貴。

〔38〕五都：指雍州、陝州、虢州、蒲州、洛陽。伯長：地方長官。

〔39〕厚：用為動詞，多多贈送。餼（ㄒㄧˋ）：行路所帶食品。賂：錢財，旅行費用。

〔40〕嘉：用為動詞，讚揚。

〔41〕進：使動用法，勉勵，鼓勵。

〔42〕速成：《論語·憲問》：「闕黨童子將命。或問之曰：『益者與？』子曰：『吾見其居於位也，見其與先生並行也。非求益者也，欲速成者也。』」《論語·子路》：「無欲速，無見小利。」可見，「欲速成者」即想走捷徑、急功近利的人。

〔43〕異觀：不能等量齊觀。

〔44〕惟：只是，僅僅。異：認為……不同尋常。

〔45〕及：介詞，等到。長：長大。

〔46〕然則：承接連詞，如此，那麼……。

〔47〕息：停止。

〔48〕陸公：陸贄。唐貞元八年（西元792年），韓愈進士及第，張童子也於同年考中，這年禮部主考為陸贄。門人：進士及第以後，稱考官為座主或恩門，對考官自稱門生或閒人。

〔49〕慕：仰慕、敬佩。回路二子之相請贈與處也：《禮記·檀

弓下》：「子路去魯。謂顏淵曰：『何以贈我？』曰：『吾聞之也，去國，則哭於墓而後行；反其國不哭，展墓而入。』謂子路曰：『何以處我？』子路曰：『吾聞之也，過墓則式，過祀則下。』」回路，即孔子弟子顏回、子路。請贈，要求贈言。處，安排，囑咐。古時朋友離別互相贈言，故有「相請贈與處」的話。

【評析】

　　全文結構嚴謹，層次井然。首段説明科舉選拔程式，由縣而州府，由州府而禮部，由禮部而天子，可見進升之難。次段説明入選經歷的時間，進一步論證進升之難。三段以進升之難襯托張童子九歲及第，稱讚他才智卓異，榮耀無比。末段筆鋒一轉，告誡張童子不應滿足於已學到的知識，而應繼續努力，學習尚未學到的知識。這樣就把文章的主旨提到一個新的高度上來。

❀ 十六　送高閑上人序

【題解】

　　◆ 高閑，唐時烏程（今江蘇蘇州市吳中區和相城區）人，曾入長安，研習佛經，擅長書法。宣宗（李忱）召見，賜他紫衣。後來住在湖州開元寺內，直至逝世。贊寧《高僧傳》記其事蹟。上人，是對僧人的尊稱。《摩訶般若經》：「何名上人？佛言若菩薩一行阿耨菩提，心不散亂，是名上人。」本文作於晚年，唐穆宗長慶年間。主要是借學書做題目，發排佛的議論。

⊃【原文】

苟可以寓其巧智[1]，使機應於心[2]，不挫於氣，則神完而守固[3]。雖外物至，不膠於心[4]。堯、舜、禹、湯治天下[5]，養叔治射[6]，庖丁治牛[7]，師曠治音聲[8]，扁鵲治病[9]，僚之於丸[10]，秋之於弈[11]，伯倫之於酒[12]，樂之終身不厭，奚暇外慕[13]？夫外慕徙業者[14]，皆不造其堂[15]、不嚌其胾者也[16]。

往時張旭善草書[17]，不治他伎[18]。喜怒窘窮、憂悲愉佚[19]、怨恨思慕、酣醉無聊不平，有動於心，必於草書焉發之。觀於物，見山水崖谷、鳥獸蟲魚、草木之花實、日月列星、風雨水火、雷霆霹靂、歌舞戰鬥，天地事物之變，可喜可愕，一寓於書[20]。故旭之書，變動猶鬼神，不可端倪[21]。以此終其身，而名後世[22]。

今閑之於草書，有旭之心哉？不得其心而逐其跡，未見其能旭也。為旭有道，利害必明，無遺錙銖[23]，情炎於中[24]，利欲鬥進[25]，有得有喪，勃然不釋[26]，然後一決於書[27]，而後旭可幾也[28]。今閑師浮屠氏[29]，一死生，解外膠[30]。是其為心，必泊然無所起[31]；其於世，必淡然無所嗜[32]。泊與淡相遭，頹墮、委靡、潰敗，不可收拾。則其於書，得無象之然乎[33]？

然吾聞浮屠人善幻[34]，多伎能，閑如通其術，則吾不能知矣。

【注釋】

〔1〕寓：寄託。

〔2〕機：亦即巧智。

◎ 文

〔3〕神完而守固：古有「神守」之語，是說精神內聚。神完，精神充盈。守固，意志堅定。

〔4〕膠：用為動詞，粘著。

〔5〕堯、舜、禹、湯：指唐堯帝、虞舜帝、夏禹王、殷湯王，儒家所謂平治天下的聖人賢君。

〔6〕養叔：養由基，字叔，春秋時期楚國人，擅長射箭，一發能貫七箚（七層革制的軍服），百步之間射柳葉，百發百中。他的事蹟見於《左傳》成公十六年和《戰國策·西周策》。

〔7〕庖丁：庖，廚師。丁，廚師之名。戰國時人，曾為文惠君（梁惠王）解牛。自稱解牛之時，以神遇而不以目視，十九年中，解牛數千，刀刃還像剛剛磨過一般鋒利。事見《莊子·養生主》。

〔8〕師曠：師，樂師。曠，樂師之名。春秋時期晉國人，許多古書都有師曠耳聰過人、善治音樂的記載。

〔9〕扁鵲：姓秦，名越人，春秋時期鄭（今河北任丘市東北）人。《史記·扁鵲倉公列傳》記載他以高明醫術為人治病的事蹟，並說他能隔牆看人，又能見人五藏。

〔10〕僚：又稱宜僚、熊宜僚，春秋時期楚國勇士，善於弄丸。《左傳》、《莊子》、《淮南子》等書都載有他的事蹟。

〔11〕秋：又稱弈秋。弈，弈人，棋手。秋，弈人之名。《孟子·告子上》記載他棋藝冠於全國，並教授弟子。弈（一ˋ）：圍棋。

〔12〕伯倫：劉伶，字伯倫，西晉沛國（今安徽宿州市西北）人，放浪形骸，終日飲酒，並著《酒德頌》。

〔13〕奚：疑問代詞，用法同「何」。暇：空閒。外慕：愛好別的。

〔14〕徙：轉移，改變。

〔15〕不造其堂：造，到達。堂，正廳。出自《論語·先進》：

「由也升堂矣，未入於室也。」不造其堂，是説學問沒有到家。

〔16〕不嚌（ㄐ一）其胾（ㄗˋ）：嚌，嘗。胾，肉塊。出自《禮記·曲禮上》：「三飯，主人延客食胾，然後辯殽。」不嚌其胾，是説不知其中甘苦。

〔17〕張旭：字伯高，蘇州吳郡（今江蘇蘇州市）人，唐代書法家，好飲酒，善草書，時人呼為「張顛」。杜甫説他「張旭三杯草聖傳。」（《飲中八仙歌》）

〔18〕伎：同「技」，技藝。

〔19〕佚：「逸」字的通假，這裡「愉」、「佚」二字同義。

〔20〕一：副詞，全，都。

〔21〕端倪（ㄋ一ˊ）：頭緒和邊際。用為動詞，測知頭緒和邊際。

〔22〕名：用為動詞，聞名。

〔23〕錙銖（ㄗ ㄓㄨ）：古代極小的重量單位，具體説法不一。這裡比喻極少，輕微。

〔24〕中：內心。

〔25〕鬥：爭，競。

〔26〕勃然：旺盛的樣子。

〔27〕決：衝開，發洩。

〔28〕幾（ㄐ一）：接近。

〔29〕浮屠氏：佛家。浮屠、佛陀，都是梵文「佛」的譯音。

〔30〕一死生，解外膠：一，等同。膠，粘結，人的思想情緒隨著外界事物而起變化，受到外物牽制。所謂「一死生，解外膠」，是把生死視為同等，對身外事物，不作任何好惡喜怒的反應，心如枯井不生波。這是佛家「萬事皆空」的唯心觀點。作者認為，佛徒持有這種「萬事皆空」的人生見解，是不能學好草書的。

〔31〕泊然：寧靜的樣子，這裡是指不為外物所動的精神狀態。

〔32〕淡然：意義同於「泊然」。

〔33〕得無：副詞，表示測度或者反詰。得無……乎？如說「不是……麼？」

〔34〕幻：幻術，表演幻術迷惑眾人，比如吞刀、吐火、種瓜、植樹等。

【評析】

排斥佛學，不遺餘力，這是韓愈許多文章貫穿的共同思想。本文巧妙之處在於不做正面進攻，而是側翼迂迴。文中就學習書法說開去，構思奇妙，議論生動。韓愈認為，學習書法，一要運用智巧，二要精神專注，三要感情賓士。這些都與佛家棄絕人事、心境淡泊、四大皆空、無所哀樂的主張背道而馳。高閑學張旭，練草書，只能是「不得其心，而逐其跡」，形似而已，談不到精通的。篇末筆鋒陡轉，說到佛家門徒善於幻術，真假莫辨，暗寓譏諷，明褒實貶，更加出奇制勝。高步瀛說：「此文別出手眼，以為習釋氏者，其心泊然淡然，無勇決之氣，即習書亦不能精，仍以旁見側出，寓其辟佛氏之旨耳。文心何等靈妙？」

❀ 十七《荊潭唱和詩》序

【題解】

◆ 本文是韓愈為《荊潭唱和詩》所作的序文。裴均，字君齊，唐代河東郡人，貞元十九年（西元803年）五月，任荊南節度使。楊憑，貞元十八年（西元802年）九月，任湖南觀察使。荊即荊南，潭即湖南（唐代潭州）。裴、楊二人及其屬官、幕僚，公務之餘，詩歌唱和，編成一集。韓愈在序文中，對於上司（韓於永貞元年任為江陵法曹參軍，隸屬荊南）官高祿厚，有志文學說了一番稱頌之辭，但是主要在於闡述了「夫和平之音淡薄，而愁思之聲要妙；歡愉之辭難工，而窮苦之言易好」的文學理論。這就揭示了封建時代達官顯貴，驕奢淫逸，志得意滿，不可能唱出時代的強音；相反有些仕途坎坷，備受壓抑的貧士卻往往能寫出真實感人的詩歌。

➲ 【原文】

從事有示愈以《荊潭唱和詩》者[1]，愈既受以卒集[2]，因仰而言曰：「夫和平之音淡薄[3]，而愁思之聲要妙[4]；歡愉之辭難工[5]，而窮苦之言易好也。是故文章之作，恒發於羈旅草野[6]。至若王公貴人[7]，氣滿志得，非性能而好之，則不暇以為[8]。今僕射裴公[9]，開鎮蠻荊[10]，統郡惟九[11]；常侍楊公[12]，領湖之南，壤地二千里。德刑之政並勤[13]，爵祿之報兩崇[14]，乃能存志乎詩書，寓辭乎詠歌[15]，往復循環，有唱斯和[16]，搜奇抉怪[17]，雕鏤文字[18]，與韋布里閭

憔悴專一之士[19]，較其毫釐分寸[20]，鏗鏘發金石[21]，幽眇感鬼神[22]，信所謂材全而能巨者也[23]。兩府之從事[24]，與部屬之吏，屬而和之[25]，茍在編者，咸可觀也[26]。宜乎施之樂章[27]，紀諸冊書。」

從事曰：「子之言是也。」告於公，書以為《荊潭唱和詩》序。

【注釋】

〔1〕從事：州郡長官自任的隨從官員，幕僚。示：讓……看。

〔2〕卒集：誦讀全集（書）。

〔3〕音：古代詩歌都能按曲歌唱，所以詩歌也可稱「音」。

〔4〕要妙（一ㄠ ㄇ一ㄠˋ）：精微的樣子。

〔5〕歡：歡樂。

〔6〕羈旅：旅客。羈（ㄐ一），又作羇、覊、覉。草野：指代山林隱士。

〔7〕至若：他轉連詞，至於，說到。含有前後對比的意味。

〔8〕不暇：不得餘暇，沒有空閒。

〔9〕僕射（一ㄝˋ）：唐、宋兩代朝中設左右僕射，輔佐天子議決國政，相當宰相職位。裴均元和年間入為尚書右僕射，是數年後之事。《昌黎先生集》（《四部備要》）注：「或無僕射裴三字。」此說是正確的。

〔10〕蠻荊：荊州居住少數民族，經濟文化落後，所以冠以蠻字（蠻是古代對少數民族的蔑稱）。

〔11〕統郡惟九：荊南統制九郡，即荊南、夔、忠、萬、澧、朗、涪、峽、江陵。

〔12〕常侍：官名，又稱散騎常侍。侍從天子，掌管文書、詔令。

〔13〕德刑之政：古代統治者常以德政與威刑作為兩種並列的治民手段。

〔14〕崇：高。

〔15〕詠歌：指作詩，因為古代詩歌既可吟誦又能歌唱。

〔16〕斯：連詞，用法同「則」，那麼就……。

〔17〕搜奇抉怪：搜，尋找。奇，奇字。抉，挑選。怪，怪詞。

〔18〕雕鏤：雕刻。這裡指在文辭華麗上下功夫。「雕鏤文字」，如説「雕章琢句」。

〔19〕韋布里閭：韋布，布衣皮帶，形容生活貧寒。里閭，本指裡巷的門，這裡義為里巷，平民所居。

〔20〕較：較量。

〔21〕鏗鏘：又作鏗，金石之聲。

〔22〕幽眇：精微。

〔23〕信：副詞，的確，誠然。

〔24〕兩府：指荊南節度使、湖南觀察使兩個幕府。

〔25〕屬（ㄓㄨˇ）：隨著。

〔26〕咸：副詞，都，全。

〔27〕施之樂章：譜上樂曲。

【評析】

荊南、湖南州郡長官及其屬吏，利用公餘之暇，詩歌唱和，編輯成集，拿來讓韓愈看。韓愈借此發表一通「文章之作，恒發於羇旅草野」的議論，並對詩作與其作者加以稱頌。送詩的

人表示附和。於是記下主賓對話，作為詩序。這就表明，作者沒有特意為它作序，只是用這對話的記錄，姑充作序。文章篇幅短小，語言簡練直快，立論雄健挺拔，頌揚而有分寸，爽直而有餘味，令人玩味。

❀ 十八 張中丞傳後敘

【題解】

◆ 張中丞，即御史中丞張巡，鄧州南陽（今河南鄧州市）人，進士出身，由太子通事舍人出任清河（今河北巨鹿縣）縣令，又調真源（今河南鹿邑縣）縣令。安史之亂發生以後，他先帶兵守雍丘（今河南杞縣），後與許遠共守睢陽，近十個月，斬敵將三百人，殺敵軍十餘萬，城陷之日，張、許及部下三十餘人全部壯烈犧牲。張巡死守睢陽，捍衛江淮，保障唐朝軍隊及時得到補給，為全面反攻創造了條件，意義至關重大。張、許英勇抗敵的事蹟，受到人民的頌揚，卻遭到一些士大夫的誹謗。李翰所寫《張中丞傳》，澄清了事實，伸張了正義。韓愈又為此文寫了後序，進一步批駁了一些士大夫關於守衛睢陽一役的種種謬論，補充了南霽雲、許遠的若干事蹟，從而更加有力地表彰了張巡、許遠的英雄氣概和偉大功績。

◑【原文】

元和二年四月十三日夜[1]，愈與吳郡張籍閱家中舊書[2]，得李翰所為《張巡傳》[3]。翰以文章自名[4]，為此傳頗詳密，然尚恨有闕者[5]：不為許遠立傳[6]，又不載雷萬春事首尾[7]。

遠雖材若不及巡者[8]，開門納巡[9]，位本在巡上，授之柄而處其下[10]，無所疑忌，竟與巡俱守死，成功名[11]。城陷而虜，與巡死先後異耳。兩家子弟材智下[12]，不能通知二父志[13]，以為巡死而遠就虜，疑畏死而辭服於賊。遠誠畏死，何苦守尺寸之地[14]，食其所愛之肉[15]，以與賊抗而不降乎？當其圍守時，外無蚍蜉蟻子之援[16]，所欲忠者，國與主耳。而賊語以國亡主滅[17]。遠見救援不至，而賊來益眾，必以其言為信[18]。外無待而猶死守，人相食且盡[19]，雖愚人亦能數日而知死處矣[20]。遠之不畏死亦明矣。烏有城壞其徒俱死[21]，獨蒙愧恥求活？雖至愚者不忍為。嗚呼[22]！而謂遠之賢而為之邪！

說者又謂遠與巡分城而守[23]，城之陷，自遠所分始，以此詬遠[24]。此又與兒童之見無異。人之將死，其臟腑必有先受其病者[25]；引繩而絕之[26]，其絕必有處；觀者見其然，從而尤之[27]，其亦不達於理矣！小人之好議論[28]，不樂成人之美如是哉[29]！如巡、遠之所成就，如此卓卓[30]，猶不得免，其他則又何說？

當二公之初守也，寧能知人之卒不救[31]，棄城而逆遁[32]？苟此不能守[33]，雖避之他處何益？及其無救而且窮也[34]，將其創殘餓羸之餘[35]，雖欲去，必不達。二公之賢，其講之精矣[36]。守一城，捍天下[37]，以千百就盡之卒[38]，戰

百萬日滋之師[39]，蔽遮江淮，沮遏其勢[40]，天下之不亡，其誰之功也！當是時，棄城而圖存者，不可一二數；擅強兵坐而觀者[41]，相環也。不追議此，而責二公以死守，亦見其自比於逆亂[42]，設淫辭而助之攻也[43]。

愈嘗從事於汴、徐二府[44]，屢道於兩府間[45]，親祭於其所謂雙廟者[46]，其老人往往說巡、遠時事，云：南霽雲之乞救於賀蘭也[47]，賀蘭嫉巡、遠之聲威功績出己上[48]，不肯出師救，愛霽雲之勇且壯，不聽其語，強留之。具食與樂[49]，延霽雲坐[50]。霽雲慷慨語曰[51]：「雲來時[52]，睢陽之人不食月餘日矣。雲雖欲獨食，義不忍[53]！雖食，且不下嚥！」因拔所佩刀斷一指，血淋漓，以示賀蘭[54]。一座大驚[55]，皆感激為雲泣下[56]。雲知賀蘭終無為雲出師意，即馳去。將出城，抽矢射佛寺浮圖[57]，矢著其上磚半箭[58]，曰：「吾歸破賊，必滅賀蘭，此矢所以志也[59]。」愈貞元中過泗州[60]，船上人猶指以相語[61]。城陷，賊以刃脅降巡[62]，巡不屈，即牽去，將斬之；又降霽雲，雲未應，巡呼雲曰：「南八[63]，男兒死耳，不可為不義屈！」雲笑曰：「欲將以有為也。公有言，雲敢不死！」即不屈。

張籍曰：有於嵩者[64]，少依於巡，及巡起事[65]，嵩嘗在圍中。籍大曆中於和州烏江縣見嵩[66]，嵩時年六十餘矣。以巡初嘗得臨渙縣尉[67]，好學，無所不讀。籍時尚小[68]，粗問巡、遠事，不能細也。雲巡長七尺餘[69]，鬚髯若神。嘗見嵩讀《漢書》[70]，謂嵩曰：「何為久讀此？」嵩曰：「未熟也。」巡曰：「吾於書，讀不過三遍，終身不忘也。」因誦嵩所讀書，盡卷不錯一字[71]。嵩驚，以為巡偶熟此卷，因亂抽他帙以試[72]，無不儘然[73]。嵩又取架上諸書試以問巡，

巡應口誦無疑。嵩從巡久，亦不見巡常讀書也。為文章，操紙筆立書〔74〕，未嘗起草。初守睢陽時，士卒僅萬人〔75〕，城中居人，戶亦且數萬。巡因一見問姓名，其後無不識者。巡怒，鬚髯輒張〔76〕。及城陷，賊縛巡等數十人坐，且將戮〔77〕，巡起旋〔78〕，其眾見巡起，或起或泣。巡曰：「汝勿怖！死，命也！」眾泣不能仰視。巡就戮時，顏色不亂，陽陽如平常〔79〕。遠寬厚長者〔80〕，貌如其心。與巡同年生，月日後於巡，呼巡為兄〔81〕，死時年四十九。嵩貞元初死於亳、宋間〔82〕，或傳嵩有田在亳、宋間，武人奪而有之，嵩將詣州訟理〔83〕，為所殺。嵩無子。張籍雲。

【注釋】

〔1〕元和二年（西元807年）：元和，唐憲宗（李純）年號。

〔2〕吳郡張籍：吳郡，郡治在今江蘇蘇州市吳中區。吳郡張氏，是當時的望族。張籍本是和州烏義（今安徽和縣）人，和吳郡張氏是同族，因此便稱吳郡張籍。這是唐士大夫標榜郡望的習氣。

〔3〕李翰：趙州贊皇（今河北贊皇縣）人，唐代著名古文作家李華族人，官至翰林學士。安史之亂平息之後，朝中有些嫉妒張巡、許遠功勞的人，攻擊張巡不該吃人肉來守睢陽，又說許遠背叛張巡，投降叛賊。李翰在戰亂時正隨張巡作客宋州，因而寫了《張中丞傳》上給肅宗，加以辯白。

〔4〕自名：自稱。

〔5〕恨：遺憾，感到不滿。

〔6〕許遠：杭州鹽官（今浙江海寧市）人，原為睢陽太守，敵將尹子奇進犯睢陽，許遠向張巡告急，張巡當時任真源（今河南鹿邑

◎ 文

縣東）令，從寧陵（今河南寧陵縣）率軍前來，共守睢陽。城破被俘，械送洛陽囚禁，後被殺害。

〔7〕雷萬春：張巡部下猛將。

〔8〕遠、巡：即許遠、張巡。

〔9〕納：使之進入。

〔10〕柄：權柄，這裡特指軍事指揮權。

〔11〕成功名：皇帝為了表彰二人，下詔贈張巡揚州大都督，許遠荊州大都督，並為他們立廟睢陽，按時致祭。

〔12〕下：低下。

〔13〕不能通知二父志：張巡之子去疾，聽信當時一些謠言，認為許遠對張巡不忠實，懷疑許遠曾經向賊屈服。代宗大曆中，張去疾上書請追奪許遠官職，代宗叫去疾和許遠之子許峴及百官共同討論，終於肯定許遠雖然後死，但他的忠義不可懷疑。許遠本是睢陽太守，是守城主將，凡是攻城以活捉主將為首功，因此許遠被押送洛陽。

〔14〕尺寸之地：如說彈丸之地，很小一塊地方，即指睢陽。

〔15〕食其所愛之肉：守睢陽時，城中糧盡，張巡殺了愛妾充軍糧，許遠也殺了他的親信僕人給士兵吃。

〔16〕蚍蜉蟻子：蚍蜉（ㄆㄧˊ ㄈㄨˊ），體形較大、身有光澤的螞蟻。蟻子，螞蟻之幼蟲。蚍蜉蟻子，都是比喻微小。

〔17〕而賊語以國亡主滅：叛賊用都城長安陷落，玄宗逃往蜀中、生死未卜來勸降。

〔18〕信：真實。

〔19〕且盡：快要吃光。睢陽城破，遺民僅有四百多人。

〔20〕數：計算。

〔21〕烏：疑問代詞，哪裡，怎麼。其徒：他的部下（官

兵）。

〔22〕嗚呼：嘆詞。

〔23〕分城而守：張、許二人在睢陽城內分區守衛，有人説，張守東北部，許守西南部。

〔24〕詬：誣衊，污辱。

〔25〕臟腑：即五臟（心、肝、肺、脾、腎）、六腑（膽、胃、大腸、小腸、膀胱、三焦）。

〔26〕引繩：拉繩。

〔27〕尤之：尤，過錯，這裡用為動詞，埋怨，責怪。

〔28〕小人：士大夫中間嫉賢害能、造謠譭謗的人。《論語·顏淵》：「子曰：『君子成人之美，不成人之惡；小人反是。』」

〔29〕成人之美：出自《論語·顏淵》，幫助別人成全好事。

〔30〕卓卓：特出，超群。

〔31〕寧：表示反詰，副詞，難道，哪裡。卒：始終。

〔32〕逆遁：預先逃走。逆，預料未來的事。

〔33〕苟：連詞，假如。

〔34〕窮：盡，即指軍隊傷亡、糧食消耗殆盡。

〔35〕創殘：受傷殘廢者。餓贏：饑餓瘦弱者。

〔36〕講：研究，謀算。

〔37〕守一城，捍天下：因為江淮富庶地區，是唐朝給養取給之所。許、張守住睢陽咽喉要地，屏障江淮，使得唐朝軍隊可以取得給養，準備反攻，故説「守一城，捍天下」。

〔38〕就盡：接近全部死傷。初守睢陽有兵九千八百人，城破僅有殘兵六百人。

〔39〕滋：增多。

〔40〕沮（ㄐㄩˇ）遏：阻止。

〔41〕擅：擁有，據有。當時閭丘曉在譙郡，尚衡在彭城，賀蘭進明在臨淮，都擁有強兵，坐視不救。

〔42〕自比：自己比附。比，比附，跟壞人相勾結。逆亂：叛逆作亂之人（安祿山、史思明）。

〔43〕淫辭：過分的、不合事實的議論。

〔44〕從事：處理事務。汴、徐二府：汴，汴州（今河南開封）；徐，徐州（今江蘇省徐州市）。府，幕府。韓愈曾依宣武軍節度使兼觀察使董晉，擔任觀察推官。後來又依武寧軍節度使張建封，擔任節度推官。

〔45〕道：經過。二府：根據考證，應為「二州」。

〔46〕雙廟：後人在睢陽為張、許二人立廟，稱為雙廟。

〔47〕南霽雲：張巡部將，魏州頓丘（今河南清豐縣）人。賀蘭：指賀蘭進明，時任河南節度使，駐軍臨淮（今安徽泗縣東南）一帶，張巡派南霽雲向他求援，他意存觀望，不肯出兵。

〔48〕出：超出。

〔49〕具食與樂：古代官僚貴族宴飲，表演歌舞助興。這裡是要表示對南霽雲隆重接待。

〔50〕延：請。

〔51〕慷慨：情緒激昂。

〔52〕雲：南霽雲自稱其名，表示謙虛。

〔53〕義：名詞用作狀語，按照道義。

〔54〕示：讓（賀蘭進明）看。

〔55〕一座：所有在座的人。

〔56〕感激：感動，激奮，與今義為「感謝」不同。

〔57〕矢：古代兵器，箭。浮圖：一作浮屠，梵語音譯，又譯佛陀，本義指佛教徒，此處指塔。

〔58〕著：同「著」，附著，這裡意為射中。

〔59〕志：用為標誌（記號）。

〔60〕泗州：今江蘇盱眙（ㄒㄩ一ˊ）縣。

〔61〕相語：相，副詞，指代動詞賓語。相語，即告訴我。

〔62〕刃：刀劍之類。脅降：威脅他，逼迫他投降。

〔63〕南八：唐時稱人在兄弟間的排行表示親昵，比如孟浩然《秋登蘭山寄張五》、韋應物《初發揚子寄元大校書》。南霽雲排行為八，故呼南八。

〔64〕於嵩：張巡部下。

〔65〕起事：起兵抗賊。

〔66〕大曆：唐代宗（李豫）年號。烏江縣：廢城在今安徽和縣東北。

〔67〕以巡初嘗得臨渙縣尉：張巡死難以後，他的親戚部屬受到封賞，於嵩補為臨渙（今安徽宿州市）縣尉。

〔68〕時：這時，張籍在大曆中遇到於嵩之時。

〔69〕七尺餘：這是用唐尺，相當今尺六尺多。

〔70〕《漢書》：我國歷史名著，東漢班固所著，我國第一部斷代史，記敘從漢高祖元年（西元前206年）到王莽地皇四年（西元23年）共計230年的歷史。

〔71〕盡卷：背誦完了一卷。

〔72〕帙（ㄓˋ）：古人裝書的布套，集合幾卷為一帙，今稱一函或一套。這裡「他帙」是指另外一卷。

〔73〕盡然：完全如此。

〔74〕操：拿，取。

〔75〕僅（ㄐㄧㄣˋ）：副詞，表示數目之多，幾乎達到。

〔76〕鬚髯輒張：今語鬍子都氣炸了，摹其盛怒之狀。

〔77〕戮：殺，斬。

〔78〕起旋：站起走了一圈。

〔79〕陽陽：毫不在乎，若無其事。

〔80〕寬厚長者：又作寬大長者，待人忠厚的人。

〔81〕呼巡為兄：《新唐書·許遠傳》所記與此不同：「遠與巡同年生而長，故巡呼為兄。」

〔82〕亳、宋：亳（ㄅㄛˋ），今安徽亳州市；宋，今河南商丘市。

〔83〕詣（一ˋ）：到，往。訟：訴訟。

【評析】

　　文章開頭幾句，交代為唐代李翰著《張巡傳》補充情節的緣起。主體分為兩部分。前一部分有三段：第一段著重用事實駁斥所謂許遠怕死投降的誣辭；第二段著重用道理駁斥所謂睢陽城自許遠守處被攻陷的誣辭；第三段事理結合，駁斥張巡、許遠不應死守的謬論，一針見血地指出：「當是時，棄城而圖存者，不可一二數，擅強兵坐而觀者相環也。不追議此，而責二公以死守，亦見其自比於逆亂，設淫辭而助之攻也。」後一部分有兩段：第四段記述老人傳聞，補充南霽雲英勇抗敵、從容就義的事蹟；第五段記述張籍轉述於嵩的話，補充張巡博聞強志、下筆成文及臨刑時神色不亂、無所畏懼的事實，人物形象更為豐滿鮮活。統觀全文，前半著重議論，理直氣壯，令人折服；後半著重記敘，生動活潑，神形兼備。而以表彰英雄、伸張正氣貫穿全

篇,渾然一體。

因此本文歷來獲得很高評價,人們把它和司馬遷的傳記文學相提並論。方望溪說:「退之敘事文學不學《史記》,而生氣奮動處不覺與之相近。」又說:「截然五段,不用鉤連,而神氣流注,章法渾成,惟退之有此。」

❀ 十九 答尉遲生書

【題解】

◆ 這是一封寫給青年學者討論學習古文的信。尉遲生,名汾。是一個品德、文章都很優秀的年輕文人,不追求仕途經濟,有志於學習寫作古文。韓愈在這封回信中,再次闡述了文以載道,氣盛言宜的文學主張,並且抒發了「有志乎古必遺乎今」的感慨。

⊃【原文】

愈白尉遲生足下:

夫所謂文者,必有諸其中。是故君子慎其實。實之美惡,其發也不掩〔1〕。本深而末茂〔2〕,形大而聲宏〔3〕,行峻而言屬,心醇而氣和,昭晰者無疑〔4〕,優遊者有餘〔5〕。體不備〔6〕,不可以為成人;辭不足,不可以為成文。愈之所聞也如是;有問於愈者,亦以是對。今吾子所為皆善矣。謙謙然若不足〔7〕,而以徵於愈,愈又敢有愛於言乎〔8〕?抑所能言者〔9〕,皆古之道〔10〕。古之道,不足以取於今,吾子何其愛之異也?

◎ 文

賢公卿大夫，在上比肩〔11〕；始進之賢士，在下比肩。彼其得之，必有以取之也。子欲仕乎？其往問焉，皆可學也。若獨有愛於是而非仕之謂〔12〕，則愈也嘗學之矣，請繼今以言〔13〕。

【注釋】

〔1〕揜(一ㄢˇ)：同「掩」，遮蔽。

〔2〕本：與末相對，本指樹根，末指枝葉。

〔3〕形：身體。

〔4〕昭晰：明白，清楚。

〔5〕優遊：閒暇自得的樣子。

〔6〕體：身體四肢。

〔7〕謙謙然：謙虛的樣子。

〔8〕愛：可惜。

〔9〕抑：轉折連詞，可是，只是。

〔10〕古之道：古文寫作的原理。

〔11〕比肩：並肩，肩膀挨著肩膀，是說人多。

〔12〕非仕之謂：如說非為仕，不是為了做官。謂，「為」字的通假。

〔13〕請：表敬副詞，不能譯為「請求」。

【評析】

　　這是一篇言簡意賅的微型論文。在寫法上很有特色，文字簡明，道理深刻，一氣呵成，又多轉折。首先闡述文為其外，實為其中的道理，這是作者所持文學創作的根本原則。有人求教，如實作答。至此筆鋒逆轉，說明這是古道，古道不合今俗，為什

251

麼特加愛重？如果想要求仕，達官顯貴、得意新寵，比比皆是，應向他們學習。又作反轉，說明如果不為求仕，獨愛古道，則願今後繼續給予指導。再三轉折，把治學作文的道理講深講透。

❀ 二十 與孟東野書

【題解】

◆ 貞元十六年（西元800年），韓愈在徐州節度使幕中任職，無所建樹，很不得意。他的遠在常州的知交孟東野也是懷才不遇，生計艱難，他寫這封信正是表達這種在落拓無聊中思念故人，渴望會晤傾談的心情。

➲ 【原文】

與足下別久矣[1]，以吾心之思足下，知足下懸懸於吾也[2]。各以事牽，不可合併[3]，其於人人[4]，非足下之為見[5]，而日與之處[6]，足下知吾心樂否也！吾言之而聽者誰歟！吾唱之而和者誰歟[7]！言無聽也，唱無和也，獨行而無徒也[8]，是非無所與同也，足下知吾心樂否也！

足下才高氣清[9]，行古道，處今世，無田而衣食，事親左右無違[10]，足下之用心勤矣，足下之處身勞且苦矣。混混與世相濁[11]，獨其心追古人而從之，足下之道，其使吾悲也。

去年春[12]，脫汴州之亂[13]，幸不死，無所於歸[14]，遂來於此[15]。主人與吾有故[16]，哀其窮，居吾於符離睢上

252

〔17〕。及秋〔18〕，將辭去，因被留以職事〔19〕。默默在此，行一年矣〔20〕。到今年秋，聊復辭去：江湖余樂也〔21〕，與足下終〔22〕，幸矣。李習之娶吾亡兄之女〔23〕，期在後月，朝夕當來此〔24〕。張籍在和州居喪〔25〕，家甚貧。恐足下不知，故具此白〔26〕。冀足下一來相視也〔27〕。自彼至此雖遠〔28〕，要皆身行可至，速圖之，吾之望也。春且盡，時氣向熱〔29〕，惟侍奉吉慶〔30〕。愈眼疾比劇〔31〕，甚無聊〔32〕，不復一一。愈再拜〔33〕。

【注釋】

〔1〕足下：對人的敬稱，從戰國時即流行。

〔2〕懸懸：惦念，牽掛。

〔3〕合併：聚合，同在一起。

〔4〕人人：一般的人，眾人。

〔5〕足下之為見：「之為」用來作為動詞賓語提前的標誌。「足下之為見」，順說即是「見足下」。

〔6〕日與之處：「之」，指代前邊所說「人人」。處，相處，相交往。

〔7〕吾唱之而和者誰歟：唱，吟詩，古代詩可吟誦或歌唱。和（ㄏㄜˋ），詩人之間互相 以詩或詞贈答，答詩即稱和詩。

〔8〕無徒：沒有志同道合的人。徒，同黨，同類。

〔9〕氣清：風神清雅，思想淳樸。

〔10〕事親：奉養父母，這裡指孟郊侍奉老母。左右無違：左右，各方面，處處事事。無違，沒有違背父母意志的事，孝順。

〔11〕混混：污濁，雜亂。與世相濁：世人皆濁，不得已而跟他們周旋應付。

〔12〕去年：指貞元十五年（西元799年）。

〔13〕汴州之亂：汴州，今河南開封。貞元十五年（西元799年）二月，駐在汴州的宣武軍節度使董晉死了，部下叛亂，濫殺無辜，韓愈幸而躲過此禍。

〔14〕於歸：「於」為助詞，並無實義。先秦有此用法。韓愈文中喜用古代詞語。

〔15〕此：指徐州。

〔16〕主人：指當時徐泗濠節度使張建封。有故：有舊交情。

〔17〕居：用為使動，讓（我）住下。符離：今安徽宿縣符離集。睢（ㄙㄨㄟ）：睢水。睢上，睢水岸邊。

〔18〕及：介詞，到了……時候。

〔19〕職事：指張建封委韓愈為節度推官。

〔20〕行：副詞，表示時間，且，將。

〔21〕江湖：指歸隱江湖，漁釣自樂。

〔22〕終：一直到老，終此一生。

〔23〕李習之：名翱，字習之，唐朝宗室，曾向韓愈學古文，有文集。亡兄：指其亡兄韓弇。

〔24〕朝夕：早晚，時間很短。

〔25〕張籍：字文昌，和州烏江（今安徽和縣）人，曾向韓愈學詩，有詩集。居喪：守喪居家不出。

〔26〕白：報告，說明。

〔27〕冀：希望。相：指代動詞賓語。相視，是說看望我們。

〔28〕彼：這時孟郊可能是在常州。

〔29〕時氣：節氣，天氣。

〔30〕惟侍奉吉慶：惟，副詞，含有希望、祝願的意思。侍奉，指孟郊在家侍養母親。吉慶，向他老母祝福。

〔31〕比：副詞，近來。劇：加劇，厲害。

〔32〕無聊：沒趣味，沒意思，愁悶。

〔33〕再拜：古代書信常用的致敬之詞。

【評析】

這封寫給多年老友孟郊的信，表達了作者對老友的殷切思念，對老友生活困苦而能堅持古道的深摯同情。最後說明自己寄人籬下，很不得志，缺少知音，鬱鬱寡歡，更顯示出想與老友晤談的急切心情。隨帶介紹幾位熟人的情況，自然親切。末尾叮嚀老友保重身體，並向老友母親祝福，深情厚誼，溢於言表。感情誠摯懇切，文字素樸無華，讀後給人留下很深的印象。

✿ 二十一 應科目時與人書

【題解】

◆ 唐德宗貞元九年（西元 793 年），韓愈參加禮部博學宏詞科考試，想求韋舍人引薦自己，給他寫了這封信。用誤落淺灘的蛟龍作比喻，表達了渴望得到有力之士援手的心情。

⊃ 【原文】

月、日，愈再拜：

天池之濱〔1〕，大江之濆〔2〕，曰有怪物焉，蓋非常鱗凡介之品匹儔也〔3〕。其得水〔4〕，變化風雨，上下於天，不難

255

也；其不及水，蓋尋常尺寸之間耳[5]。無高山大陵曠途絕險為之關隔也[6]，然其窮涸[7]，不能自致乎水，為獺之笑者[8]，蓋十八九矣。如有力者，哀其窮而運轉之，蓋一舉手一投足之勞也[9]。然是物也，負其異於眾也，且曰：「爛死於沙泥，吾寧樂之。若俯首貼耳，搖尾而乞憐者，非我之志也。」是以有力者遇之，熟視之若無睹也[10]。其死其生，固不可知也。

今又有有力者當其前矣。聊試仰首一鳴號焉[11]，庸詎知有力者不哀其窮[12]，而忘一舉手一投足之勞，而轉之清波乎？其哀之，命也；其不哀之，命也；知其在命，而且鳴號之者，亦命也。愈今者，實有類於是。是以忘其疏愚之罪，而有是說焉。閣下其亦憐察之[13]！

【注釋】

〔1〕天池：《莊子·逍遙遊》中說：「南溟者，天池也。」天池就是寓言故事中的海洋。

〔2〕濆（ㄈㄣˊ）：水邊。

〔3〕常鱗凡介：鱗、介，水中動物之統稱，鱗指魚龍之類身覆鱗片的動物，介指龜鱉之類身披甲殼的動物。常、凡，都是普通的意思。品匯：種類。匹儔：匹敵，同等。

〔4〕其：「其得水……其不及於水……」，兩句「其」字都當如果講。

〔5〕尋常尺寸：指範圍很小。古代八尺為尋，倍尋為常。

〔6〕關隔：關卡阻隔，這裡是說障礙。

〔7〕窮涸：窮，困厄。涸（ㄏㄜˊ），乾涸，枯竭。窮涸如說窮於涸，困在缺水的地方。

〔8〕獺（ㄊㄚˇ）：兩種穴居岸邊的野獸，體形較小，善游水，毛皮珍貴。比獺更小些。

〔9〕一舉手一投足：比喻費力極小。

〔10〕熟視：經常看到。

〔11〕聊：姑且。

〔12〕庸詎：庸、詎兩個反詰副詞複用，難道，哪裡。

〔13〕閣下：對有官職的人的尊稱。其：副詞，表示祈望、請求。

【評析】

這封信中講了一則困在淺灘的蛟龍的故事。如果有人幫助，使它得水，就能變化風雨，上下於天；如果無人幫助，不能得水，爬行尺寸之間，被獺所恥笑。末尾說出自己目前的處境類似這條蛟龍，點明求薦之意。文筆含蓄，曲折有致。古代把科舉中選比作鯉魚躍過龍門，現在韓愈尚未通過，因此自比「怪物」，不稱蛟龍，貼切得體。

✿ 二十二 答李翊書

【題解】

◆李翊，唐德宗時人，貞元十八年（西元802年）中進士。他寫信向韓愈請教學習古文的途徑和要領，韓愈寫了這封答書。在此書中，他介紹自己學習古文的經驗，提出「氣盛言宜」的主張，

強調學習古文的根本功夫在於加強道德修養。貫徹始終的主導思想則是寫作以氣為本,實開論文重氣的先河。

○【原文】

六月二十六日[1],愈白李生足下:

生之書辭甚高,而其問何下而恭也[2]!能如是,誰不欲告生以其道[3]?道德之歸也有日矣,況其外之文乎[4]?抑愈所謂望孔子之門牆而不入於其宮者[5],焉足以知是且非邪[6]?雖然,不可不為生言之。

生所謂「立言」者[7],是也;生所為者與所期者,甚似而幾矣[8]。抑不知生之志,蘄勝於人而取於人邪[9]?將蘄至於古之立言者邪?蘄勝於人而取於人,則固勝於人而可取於人矣;將蘄至於古之立言者,則無望其速成,無誘於勢利[10],養其根而 其實[11],加其膏而希其光[12]。根之茂者其實遂[13],膏之沃者其光曄[14],仁義之人,其言藹如也[15]。

抑又有難者,愈之所為,不自知其至猶未也。雖然,學之二十餘年矣[16]。始者,非三代兩漢之書不敢觀[17],非聖人之志不敢存[18]。處若忘[19],行若遺[20];儼乎其若思[21],茫乎其若迷[22]。當其取於心而注於手也[23],惟陳言之務去[24],戛戛乎其難哉[25]!其觀於人也,不知其非笑之為非笑也[26]。如是者亦有年,猶不改。然後識古書之正偽[27],與雖正而不至焉者,昭昭然白黑分矣[28],而務去之,乃徐有得也。當其取於心而注於手也,汩汩然來矣[29]。其觀於人也,笑之則以為喜,譽之則以為憂,以其猶有人之說者存也。如是者亦有年,然後浩乎其沛然矣[30]。吾又懼其雜也,迎而距之[31],平心而察之,其皆醇也[32],然後肆焉[33]。雖然,不可以不養

也。行之乎仁義之途〔34〕，遊之乎《詩》、《書》之源〔35〕，無迷其途，無絕其源，終吾身而已矣。氣〔36〕，水也；言，浮物也。

水大，而物之浮者大小畢浮〔37〕；氣之與言猶是也：氣盛，則言之短長與聲之高下者皆宜。

雖如是，其敢自謂幾於成乎？雖幾於成，其用於人也奚取焉〔38〕？雖然，待用於人者，其肖於器邪〔39〕？用與舍屬諸人。君子則不然，處心有道，行己有方，用則施諸人，舍則傳諸其徒，垂諸文而為後世法〔40〕。如是者，其亦足樂乎？其無足樂也？

有志乎古者希矣〔41〕，志乎古必遺乎今，吾誠樂而悲之。亟稱其人〔42〕，所以勸之〔43〕，非敢褒其可褒而貶其可貶也。問於愈者多矣，念生之言不志乎利，聊相為言之。愈白。

【注釋】

〔1〕六月二十六日：據考，本文寫於唐德宗貞元十七年（西元801年），韓愈時年三十四歲。

〔2〕下：謙卑。

〔3〕道：韓愈《原道》中說：「博愛之謂仁，行而宜之之謂義，由是而之焉之謂道。」道指仁義之道。

〔4〕其外之文：其，指道德；文，指文章。韓愈認為，道德是內容，文章是表現，故說「其外之文」。

〔5〕抑：連詞，表示轉折，不過，可是。望孔子之門牆而不入於其宮者：《論語·子張》：「子貢曰：『譬之宮牆，夫子之牆數仞，不得其門而入，不見宗廟之美，百官之富。』」《論語·先

進》：「由也升堂矣，未入於室也。」文中即用此典故，説明還沒進入道德之域、學問之門，這是自謙之詞。

〔6〕且：連詞，表示選擇，還是。

〔7〕立言：《左傳》襄公二十四年：「『大（太）上有立德，其次有立功，其次有立言。』雖久不廢，此之謂三不朽。」所謂「立言」，就是創立學説，寫成著作，留傳後世。

〔8〕幾：近。

〔9〕蘄（ㄑㄧˊ）：「祈」字的通假，求。

〔10〕無誘於勢利：唐代科舉和士大夫應酬慣用的是駢體時文，韓愈卻教青年學習古文，不能借此取得功名利祿。

〔11〕　（ㄙˋ）：同「俟」，等待。

〔12〕膏：油。古人照夜，使用油燈，稱作膏鐙或華燈。

〔13〕遂：成，順，這裡指成熟，飽滿。

〔14〕曄（ㄧㄝˋ）：明亮。

〔15〕藹如：言語美好。如，形容詞尾。

〔16〕學之二十餘年矣：韓愈《上邢君牙書》中説：「十三而能文。」據考，本文寫於三十四歲，正合「二十餘年」。

〔17〕三代：指夏、商、周。兩漢：指前漢、後漢。

〔18〕聖人：即指儒家所尊崇的堯、舜、禹、湯、文、武、周公、孔子等人。

〔19〕處：呆著，靜坐。

〔20〕遺：丟失。

〔21〕儼乎：矜持、莊重的樣子。

〔22〕茫乎：迷惘的樣子。

〔23〕注：流注，寫下。

〔24〕惟陳言之務去：代詞「之」字複指前置賓語「陳言」，

如說「惟務去陳言」。

〔25〕戛戛（ㄐㄧㄚˊ）乎：費力的樣子。乎，形容詞詞尾。

〔26〕非笑：非，非議；笑，譏笑。

〔27〕正偽：正，純正；偽，雜駁不純，或者偽託之作。

〔28〕昭昭然：明顯清楚的樣子。

〔29〕汩汩（ㄍㄨˇ）然：水流很急的樣子，這是比喻文思敏捷，如同泉水湧流。

〔30〕浩乎：浩浩蕩蕩，水大的樣子。沛然：水流充沛的樣子。浩乎、沛然，都是比喻文筆奔放恣肆。韓愈的學生皇甫湜曾說：「韓吏部之文如長江秋注，千里一道。」

〔31〕迎而距之：是說寫作之前，先作體察準備工作，對於要寫的意思，有的加以肯定（迎），有的加以排除（拒）。距，「拒」的通假。

〔32〕醇：本指酒味醇厚，引申為純粹。純，本指絲色純潔，引申為純粹。這裡醇字同「純」。

〔33〕肆：放肆，放開筆寫。

〔34〕乎：介詞，同「於」。

〔35〕遊：浸沒，深入。這裡說深入研究。《詩》、《書》：本指《詩經》、《尚書》，這裡代表古代經典。

〔36〕氣：思想境界，道德修養。

〔37〕畢：副詞，全。

〔38〕奚取：奚，疑問代詞，同「何」，用作「取」的賓語，置於動詞之前，如說採取什麼。

〔39〕肖（ㄒㄧㄠˋ）：相像。

〔40〕垂：留下。

〔41〕希：很少，罕見。

〔42〕亟（ㄑㄧˋ）：一再，屢次。其人：那樣的人（有志乎古者）。

〔43〕勸：鼓勵，勉勵。

【評析】

全文除信的開頭、結尾外，共分五段。第一段，説明李翊來信文辭高妙，態度謙恭，令人感動，不能不回答。第二段闡述寫作的根本原則，以古人為楷模，不望其速成，不誘於勢利，注重根本，加強修養。第三段自敍寫作古文的三個階段：深入鑽研古代經典，作文務去陳言，不顧時人的議論嘲笑，此為第一階段；識別古書真偽，然後加以繼承揚棄，文思汩汩湧流，此為第二階段；功夫臻於成熟，筆墨縱橫淋漓，又能省察檢討，去除不純，此為第三階段。

最後歸於養氣～～以仁義為途徑，以詩書為源泉，終身堅持不懈，「氣盛」才能「言宜」。第四段重申不誘於勢利，學成之後，能為當世所用，就發揮作用；不能為當世所用，就傳授弟子，留下文章供後世效法。第五段，讚賞李翊有志於學古人，作古文；又因學古人，作古文，必被當世拋棄而悲歎。文章結構嚴謹，比喻貼切，説理深刻精闢，而又透著諄諄教誨、獎掖後進的深摯情意。李剛己説：「昔歸熙甫論為文之法，謂如兒童放紙鳶，愈放愈高，要在手中線索牢。

此文中幅歷敍平生為學之方，一層深一層，即所謂愈放愈高也。而其行文則一線穿成，半絲不亂，即所謂手中線索牢也。」高步瀛説：「養氣之説，發自《孟子》，《論衡・自紀

262

篇》亦言之。而以氣論文，則始自魏文帝《典論‧論文》，其言文以氣為主，遂開後來養氣之功。《文心雕龍‧氣骨篇》、《顏氏家訓‧文章篇》皆有所闡發，而公言氣盛則言之短長與聲之高下者皆宜，尤為深造自得之言。」

✤ 二十三 與崔群書

【題解】

◆ 崔群，字敦詩，唐代貝州武城縣（今山東武城縣）人，當時在宣歙觀察使崔衍幕中做判官。韓愈跟他是同榜進士，交誼深厚。貞元十八年（西元802年），給他寫信，對他的高尚品格表示衷心欽佩，同時也為他不能得志而感慨，最後約他一同歸隱，終老山林。

➲【原文】

自足下離東都[1]，凡兩度枉問，尋承已達宣州[2]，主人仁賢，同列皆君子，雖抱羈旅之念，亦且可以度日，無入而不自得。樂天知命者，固前修之所以禦外物者也[3]。況足下度越此等百千輩，豈以出處近遠累其靈台耶[4]？宣州雖稱清涼高爽，然皆大江之南，風土不並以北，將息之道[5]，當先理其心，心閑無事，然後外患不入，風氣所宜，可以禦備，小小者亦當自不至矣。足下之賢，雖在窮約[6]，猶不能改其樂，況地至近，官榮祿厚，親愛盡在左右者耶？所以如此云云者，以為

足下賢者,宜在上位,托於幕府[7],則不為得其所,是以及之,乃相親重之道耳,非所以待足下者也。

僕自少至今,從事於往還朋友間,一十七年矣,日月不為不久。所與交往相識者千百人,非不多,其相與如骨肉兄弟者,亦且不少。或以事同;或以藝取;或慕其一善;或以其久故;或初不甚知,而與之已密,其後無大惡,因不復決舍[8];或其人雖不皆入於善,而於己已厚,雖欲悔之不可。凡諸淺者,固不足道,深者止如此。至於心所仰服,考之言行而無瑕尤[9],窺之閫奧而不見畛域[10],明白淳粹、輝光日新者,惟吾崔君一人!僕愚陋無所知曉,然聖人之書無所不讀,其精粗巨細、出入明晦,雖不盡識,抑不可謂不涉其流者也[11]。以此而推之,以此而度之,誠知足下出群拔萃,無謂僕何從而得之也。與足下情義,寧須言而後自明耶?所以言者,懼足下以為吾所與深者,多不置白黑於胸中耳。既謂能粗知足下,而復懼足下之不我知,亦過也。

比亦有人說[12],足下誠盡善盡美,抑猶有可疑者。僕謂之曰:「何疑?」疑者曰:「君子當有所好惡,好惡不可不明,如清河者[13],人無賢愚,無不說其善,伏其為人[14],以是而疑之耳。」僕應之曰:「鳳凰芝草,賢愚皆以為美瑞;青天白日,奴隸亦知其清明。譬之食物,至於遐方異味,則有嗜者,有不嗜者;至於稻也,粱也,膾也[15],炙也[16],豈聞有不嗜者哉?」疑者乃解。解不解,於吾崔君無所損益也。

自古賢者少,不肖者多。自省事已來[17],又見賢者恒不遇,不賢者比肩青紫[18];賢者恒無以自存,不賢者志滿氣得;賢者雖得卑位,則旋而死[19],不賢者或至眉壽[20]。不知造物者意竟如何?無乃所好惡與人異心哉!又不知無乃都不省

◎ 文

記，任其死生壽夭耶？未可知也。人固有薄卿相之官〔21〕，千乘之位，而甘陋巷菜羹者。同是人也，猶有好惡如此之異者，況天之與人，當必異其所好惡無疑也。合於天而乖於人，何害？況又時有兼得者耶？崔君崔君，無悉無悉！

僕無以自全活者，從一官於此，轉困窮甚，思自放乎伊、潁之上，當亦終得之。近者尤衰憊：左車第二牙〔22〕，無故動搖脫去；目視昏花，尋常間便不分人顏色；兩鬢半白，頭髮五分亦白其一，須亦有一莖兩莖白者。僕家不幸，諸父諸兄皆康強早世〔23〕，如僕者又可以圖於久長哉？以此忽忽〔24〕，思與足下相見，一道其懷，小兒女滿前，能不顧念？足下何由得歸北來，僕不樂江南，官滿便終老嵩下〔25〕，足下可相就，僕不可去矣。

珍重自愛，慎飲食，少思慮，惟此之望！愈再拜。

【注釋】

〔1〕東都：洛陽。

〔2〕尋：不久之前。承：接到你的訊息。宣州：今安徽省宣城市。

〔3〕前修：前輩賢人。修，好，善。

〔4〕靈台：指心。《莊子·庚桑楚》：「不可內於靈台。」郭象雲：「心也。案謂心有靈智能任持也。」

〔5〕將息：調養。將，保養，護理；息，休息。

〔6〕窮約：窮困貧乏。窮，困窘；約，衣食貧乏。

〔7〕幕府：古代將帥臨時駐紮要搭帳幕，因此將軍的辦公處所稱幕府。後來也指文官的衙署。

〔8〕決舍：斷絕交往，不再理睬。決，斷絕；舍，拋棄。

〔9〕瑕尤：缺點和過失。瑕，玉上的斑點，比喻毛病、缺點；尤，過失。

〔10〕閫（ㄎㄨㄣˇ）奧：內心深處。閫，門檻；奧，內室。畛（ㄓㄣˇ）域：界限，邊際。畛，田間小路；域，疆界。不見畛域，形容學問深廣，道德崇高，不可限量。

〔11〕抑：連詞，表示轉折，但是，可是。

〔12〕比：近來。

〔13〕清河：唐代縣名，是崔群的郡望。這裡借指崔君。

〔14〕伏：通假為「服」字，佩服，折服。

〔15〕膾（ㄎㄨㄞˋ）：切細的肉。

〔16〕炙：烤熟的肉。

〔17〕省（ㄒㄧㄥˇ）事：懂得人情世故。省，知道，覺悟。

〔18〕比肩：並列，一個個的。青紫：擔任公卿大臣。漢代丞相、太尉金印紫綬（印上的絲帶），御史大夫銀印青綬，故用「青紫」代表高官。

〔19〕旋：很快。

〔20〕眉壽：長壽。老年人常有長眉毛。

〔21〕薄：用為動詞，輕視，看不起。

〔22〕左車：左邊牙床。

〔23〕早世：過早下世，死得很早。

〔24〕忽忽：失意落魄，精神恍惚。

〔25〕嵩下：中嶽嵩山（在今河南省登封市北）之下。

【評析】

全文共有六段。第一段，為老友道德純粹、造詣高深而處

於下位而鳴不平。第二段，說明自己結識上千百人，最欽佩者只有崔君一人，更突出了崔君才德的超越常人。第三段，有人懷疑崔群好惡不明，文中用稻粱膾炙眾人嗜好作比喻加以辯解。第四段，當時社會賢者地位卑下、往往壽短，不賢者地位榮顯、往往壽長，這實在不可理解。但是君子境遇不佳無礙其為君子，希望崔君不要懈怠。第五段，自己擔任教職，更為困窮，未老先衰，心內愁悶，切盼老友前來晤敘，一訴衷腸。第六段，信的結尾，叮囑老友多加珍重身體。這封書信語言淺顯，行文暢達，讀來倍感親切自然。

✿ 二十四 論佛骨表

【題解】

◆唐代鳳翔法門寺佛塔中藏有一節佛手指骨。元和十四年（西元 819 年），憲宗皇帝派人去迎佛骨。準備入宮供奉三天，然後又在各寺廟供奉，掀起一股敬佛浪潮。韓愈堅持儒家正統思想，堅決反對宗教迷信，因此上表強烈反對，觸怒皇帝，幾乎定成死罪，因有裴度等大臣解救，免去死罪，貶為潮州刺史。韓愈在文章中列舉歷史事實，論證佛法不合先王之道，不可相信，信佛危害國家，迷惑百姓，必須制止。並且斥責佛骨是腐朽污穢的東西，應當投入水火，徹底消滅。態度鮮明，意志堅定，甚至提出如果佛祖有靈，能降災禍，自己一身承當，無怨無悔。膽氣豪壯，

令人敬佩！

⊃【原文】

臣某言：伏以佛者[1]，夷狄之一法耳[2]，自後漢時流入中國，上古未嘗有也。昔者黃帝在位百年，年百一十歲；少昊在位八十年，年百歲；顓頊在位七十九年，年九十八歲；帝嚳在位七十年，年百五歲；帝堯在位九十八年，年百一十八歲；帝舜及禹，年皆百歲。此時天下太平，百姓安樂壽考，然而中國未有佛也。其後殷湯亦年百歲；湯孫太戊，在位七十五年，武丁在位五十九年，書史不言其年壽所極，推其年數，蓋亦俱不減百歲；周文王年九十七歲，武王年九十三歲，穆王在位百年。此時佛法亦未入中國，非因事佛而致然也。

漢明帝時，始有佛法，明帝在位，才十八年耳。其後亂亡相繼，運祚不長[3]。宋、齊、梁、陳、元魏已下[4]，事佛漸謹，年代尤促。惟梁武帝在位四十八年，前後三度捨身施佛[5]，宗廟之祭，不用牲牢，晝日一食，止於菜果；其後竟為侯景所逼，餓死台城，國亦尋滅[6]：事佛求福，乃更得禍！由此觀之，佛不足事，亦可知矣。

高祖始受隋禪，則議除之，當時群臣，材識不遠，不能深知先王之道，古今之宜，推闡聖明，以救斯弊，其事遂止。臣常恨焉。伏惟睿聖文武皇帝陛下，神聖英武，數千百年已來，未有倫比。即位之初，即不許度人為僧尼道士，又不許創立寺觀。臣常以為高祖之志，必行於陛下之手。今縱未能即行，豈可恣之，轉令盛也？

今聞陛下令群僧迎佛骨於鳳翔，御樓以觀[7]，舁入大內，又令諸寺遞迎供養。臣雖至愚，必知陛下不惑於佛，作此崇

268

奉，以祈福祥也。直以年豐人樂，徇人之心[8]，為京都士庶設
詭異之觀、戲玩之具耳。安有聖明若此，而肯信此等事哉？然
百姓愚冥，易惑難曉，苟見陛下如此，將謂真心事佛，皆雲：
「天子大聖，猶一心敬信；百姓何人，豈合更惜身命？」焚
頂燒指，百十為群，解衣散錢，自朝至暮，轉相仿效，惟恐後
時，老少奔波，棄其業次[9]。若不即加禁遏，更歷諸寺，必
有斷臂臠身[10]，以為供養者。傷風敗俗，傳笑四方，非細事
也！

　　夫佛本夷狄之人，與中國言語不通，衣服殊制，口不言
先王之法言[11]，身不服先王之法服[12]，不知君臣之義，父
子之情。假如其身至今尚在，奉其國命，來朝京師，陛下容而
接之，不過宣政一見[13]，禮賓一設，賜衣一襲，衛而出之於
境，不令惑眾也。況其身死已久，枯朽之骨，凶穢之餘，豈宜
令入宮禁？

　　孔子曰：「敬鬼神而遠之[14]。」古之諸侯，行吊於其
國，尚令巫祝先以桃茢祓除不祥[15]，然後進吊。今無故取朽
穢之物，親臨觀之，巫祝不先，桃茢不用，群臣不言其非，御
史不舉其失，臣實恥之。乞以此骨付之有司，投諸水火，永絕
根本，斷天下之疑，絕後代之惑。使天下之人，知大聖人之所
作為，出於尋常萬萬也。豈不盛哉？豈不快哉？佛如有靈，能
作禍祟，凡有殃咎，宜加臣身，上天鑒臨，臣不怨悔。無任感
激懇悃之至[16]，謹奉表以聞[17]。臣某誠惶誠恐[18]！

【注釋】

　　〔1〕伏：副詞，表示恭敬。

〔2〕夷狄：東方、北方的少數民族，這裡指稱外國，含有野蠻、落後的意味，表示鄙視。

〔3〕運祚：運數和福氣（含有天命所註定的意味）。

〔4〕元魏：北朝北魏姓拓跋氏，到孝文帝（拓跋宏）時改姓元，因此史稱元魏。

〔5〕三度捨身施佛：南朝梁武帝（蕭衍）在大通元年（西元527年）、中大通元年（西元529年）、太清元年（西元547年）三次入同泰寺做僧人，後被贖回。

〔6〕尋：不久。

〔7〕御樓：（皇帝親自）登樓。過去對皇帝的行動都稱為禦、幸等。

〔8〕徇：遷就，順隨。

〔9〕業次：工作程式，現在應做的事情。

〔10〕臠：肉塊，用為動詞，切成肉塊。

〔11〕法言：合乎禮法的語言。

〔12〕法服：合乎禮法的服裝。

〔13〕宣政：唐代宮殿，在東內大明宮含元殿后。

〔14〕敬鬼神而遠之：見於《論語·雍也》。

〔15〕巫祝：古代祭祀鬼神的官，巫執掌迎神，祝執掌祈禱。桃茢（ㄌㄧㄝˋ）：桃枝（古人認為鬼怪畏懼桃木）和笤帚（用來掃除凶邪）。《禮記·檀弓下》：「君臨臣喪，以巫祝桃茢執戈，惡之也。」

〔16〕懇悃（ㄎㄨㄣˇ）：誠懇。悃，誠實。

〔17〕聞：用為使動，使……聞，稟告。

〔18〕誠惶誠恐：古代表章習慣用語，表示只怕自己言詞不當，內心惶恐得很。

【評析】

本文層層遞進，論述信佛虛妄，禮佛不但無用，還會迷惑民眾，敗壞風俗。上古帝王在位久，壽命長，天下太平，百姓安樂，那時佛法沒有流入中國。漢明帝時佛法傳入，然而歷代亂亡相繼，國運短促。歷史事實證明，禮佛無用。唐初，高祖提議剷除佛教，未能實行。憲宗即位之初，也曾下令禁止度僧道，立寺觀，可惜也未實行。既然禁佛合於祖制，卻要迎奉佛骨，轟動京城，決非小事。以下更用佛本夷狄之法，不合先王之道，敬佛拜佛不合禮法，論證事佛荒謬。進而指出，佛骨是朽穢之物，應當「投諸水火，永絕根本」。道理充分，事實確鑿，辟佛斥佛，決無妥協餘地，確是一篇義正詞嚴、反對信佛的宣言。

❀ 二十五 圬者王承福傳

【題解】

◆ 本文記敘一個持有量才而行、無愧於心的人生哲學，自願拋棄官勳從事體力勞動的泥水匠的事蹟和言談，宣揚「任有大小，惟其所能」的處世思想，鞭笞那種不自量力、貪求富貴的名利之徒。韓愈身為封建士大夫出身的作家，注意並且同情一個被人歧視的貧苦匠人並為他立傳，揭露諷刺剝削階級「多行可愧」、「薄功厚饗」的醜惡行徑，確實難能可貴。他在文章中鼓吹勞動人民受人欺壓是才能低下，分工不同，顯然承襲了統治階級的反動說

教，是作者歷史局限性的表現。

⊃【原文】

　　圬之為技[1]，賤且勞者也。有業之[2]，其色若自得者。聽其言，約而盡。問之，王其姓，承福其名，世為京兆長安農夫[3]。天寶之亂[4]，發人為兵[5]，持弓矢十三年，有官勳。棄之來歸。喪其土田，手鏝衣食[6]。余三十年，舍於市之主人[7]，而歸其屋食之當焉[8]。視時屋食之貴賤，而上下其圬之傭以償之[9]。有餘，則以與道路之廢疾餓者焉[10]。

　　又曰：粟，稼而生者也；若布與帛，必蠶績而後成者也[11]；其他所以養生之具[12]，皆待人力而後完也。吾皆賴之。然人不可遍為，宜乎各致其能以相生也。故君者，理我所以生者也[13]；而百官，承君之化者也[14]。任有小大，惟其所能，若器皿焉。食焉而怠其事[15]，必有天殃[16]。故吾不敢一日舍鏝以嬉[17]。夫鏝易能，可力焉。又誠有功，取其直[18]；雖勞無愧，吾心安焉。夫力，易強而有功也；心，難強而有智也。用力者使於人，用心者使人[19]，亦其宜也。吾特擇其易為而無愧者取焉。

　　嘻[20]！吾操鏝以入富貴之家有年矣。有一至者焉，又往過之，則為墟矣[21]；有再至、三至者焉，而往過之，則為墟矣。問之其鄰，或曰：噫[22]！刑戮也[23]！或曰：身既死，而其子孫不能有也。或曰：死而歸之官也[24]。吾以是觀之，非所謂食焉怠其事，而得天殃者邪？非強心以智而不足，不擇其才之稱否[25]，而冒之者邪[26]？非多行可愧，知其不可，而強為之者邪？將富貴難守，薄功而厚饗之者邪[27]？抑豐悴有時[28]，一去一來[29]，而不可常者邪？吾之心憫焉[30]，是故擇

其力之可能者行焉。樂富貴而悲貧賤,我豈異於人哉!

又曰:功大者,其所以自奉也博[31]。妻與子皆養於我者也,吾能薄而功小,不有之可也。又吾所謂勞力者,若立吾家而力不足,則心又勞也。一身而二任焉,雖聖者不可能也。

愈始聞而惑之,又從而思之:蓋賢者也[32],蓋所謂「獨善其身」者也[33]。然吾有譏焉[34],謂其自為也過多,其為人也過少。其學楊朱之道者邪[35]?楊之道,不肯拔我一毛而利天下[36]。而夫人以有家為勞心[37],不肯一動其心,以畜其妻子[38],其肯勞其心以為人乎哉[39]!雖然,其賢於世之患不得之而患失之者[40],以濟其生之欲[41],貪邪而亡道以喪其身者[42],其亦遠矣!又其言有可以警余者[43],故余為之傳,而自鑒焉[44]。

【注釋】

〔1〕圬(ㄨ):一本作杇,塗抹牆壁。圬者,即舊時所稱泥水匠。

〔2〕業之:業,用為動詞,以(之)為業。

〔3〕京兆長安:京兆,府名,治所在長安。長安,唐代都城,在今陝西西安市附近。

〔4〕天寶之亂:唐玄宗(李隆基)天寶十四載(西元755年)十一月,兼任平盧、范陽、河東三道節度使的安祿山起兵叛亂,相繼攻陷長安、洛陽等地,唐玄宗逃到四川。安祿山死後,安慶緒、史思明繼續叛亂,持續九年之久。史稱「安史之亂」。天寶之亂,唐玄宗曾命榮王李琬為元帥,在都城招募士兵十一萬討伐叛軍,此即文中所謂「發人為兵」。

〔5〕發：徵發，調集，文中義同招募。

〔6〕手鏝：手，名詞用為動詞，拿，握；鏝（ㄇㄢˋ），泥水匠抹牆的工具，也稱圬，今稱抹子或鏟子。

〔7〕舍於市之主人：舍（ㄕㄜˋ），住在；主人，指房東，圬者住在他家，每月付給房租飯費。

〔8〕歸：付給。屋食之當：住房、吃飯的價錢。當，相當的費用，價值。

〔9〕上下：用為動詞，增加或減少。傭：受雇給人做工，這裡指工錢。

〔10〕與：給，送。

〔11〕蠶：用為動詞，養蠶。績：績麻，把麻搓成線或繩。

〔12〕養生：養護生命。

〔13〕理：治。唐高宗名治，唐人行文避而不用，用「理」代替。

〔14〕承：「丞」字的通假，輔助。化：教化，封建時代君主推行政治措施統治人民，美其名為「教化」，意思是要引導人民「向善」。

〔15〕怠：偷懶，鬆懈。

〔16〕天殃：上天所降的災殃，上天的懲罰。

〔17〕舍：放下。

〔18〕直：「值」字的通假，價值，工錢。

〔19〕用力者使於人，用心者使人：《孟子·滕文公上》：「故曰：或勞心，或勞力；勞心者治人，勞力者治於人；治於人者食（讀「飼」）人，治人者食（讀「飼」）於人：天下之通義也。」封建統治者極力宣揚他們剝削勞苦大眾是正當的。圬者也是受了他們的毒害才這樣說。

〔20〕嘻：嘆詞，表示驚異。

〔21〕墟：廢墟，房屋倒塌或拆毀之後的遺跡。

〔22〕噫：嘆詞，表示感歎。

〔23〕刑戮：判罪處死。戮（ㄌㄨˋ），處死。

〔24〕歸之官：由於某種緣故，死後財產收歸官府。

〔25〕稱否：稱（ㄔㄣˋ），相稱，適合。

〔26〕冒之：冒，不顧危險去幹。

〔27〕厚饗：很高的享受。饗，「享」字的通假。

〔28〕抑：連詞，將……？豐悴：豐，指家業興旺；悴（ㄘㄨˋ），指家業衰敗。

〔29〕一：副詞，一……一……。表示有時……有時……。

〔30〕憫（ㄇㄧㄣˇ）：哀憐。

〔31〕自奉：對自己的日常供養。也：語氣助詞，用在句中表示頓宕。

〔32〕蓋：副詞，表示不能確定。

〔33〕獨善其身：《孟子·盡心上》：「窮則獨善其身，達則兼善天下。」意思是說，政治上沒有出路，就只是搞好自身修養；政治上發展順利，就能治好天下。

〔34〕譏：譏評，批評。

〔35〕楊朱之道：楊朱，字子居，戰國時人，思想家。他反對墨子的兼愛和儒家的倫理，主張「貴生重己」，宣揚「為我」至上。

〔36〕不肯拔我一毛而利天下：出自《孟子·盡心上》：「楊子取為我，拔一毛而利天下，不為也。」

〔37〕夫：指示代詞，那個。

〔38〕畜：養活。

〔39〕其：副詞，表示反詰，作用同「豈」，難道，怎麼。與

「其學楊朱之道者邪」句中「其」字表示推測不同。

〔40〕患不得之而患失之：出自《論語·陽貨》：「其未得之也，患得之（據考，此句原為「患不得之」）。既得之，患失之。」成語「患得患失」，由此而來。

〔41〕濟：成全，滿足。

〔42〕亡道：無道。亡，「無」字的通假。

〔43〕警余：使我警惕。

〔44〕自鑒：鑒，本義是鏡子，用為動詞，借鑒。自鑒，給自己作借鑒，對照檢查自身（是否存在圬者所説的毛病）。

【評析】

本文在寫作上很有特色。首先，一般人物傳記以記述行事為主，此傳卻是敘寫行蹤和記述言談互相結合。敘寫行蹤只用開頭一段，寫出泥水匠人王承福的姓名、籍貫、出身、從軍、立功、回鄉、就業；而用後面三段記述他的言談，言談中述説他的生活閱歷及處世之道。其次，用傳主與世俗之人相對照，用實寫與虛寫相映襯，表達人生的見解。泥水匠人王承福的生活信條是「任有大小，惟其所能」，「雖勞無愧，吾心安焉」，「食焉而怠其事，必有天殃」，這正與當世許多追名逐利的仕途人物「薄功厚饗」、「多行可愧」形成鮮明的對比。

富貴之家，大多數年之後化為廢墟，他們或遭刑戮，或身死之後，家道衰敗，或家產抄沒，蕩然無存，都是「得天殃者」。最後一點，末段説明立傳的緣由：「雖然，其賢於世之患不得之而患失之者，以濟其生之欲，貪邪亡道以喪其身者，其

亦遠矣！又其言有可以警余者，故為之傳，而自鑒焉。」篇末點題，足以警戒。

✿ 二十六 毛穎傳

【題解】

◆ 這是一篇寓言。韓愈運用擬人手法為筆的發明、應用與傳播寫了一篇傳記。古代筆用兔毛製成，而且有鋒，所以名之曰毛穎。文中先敘毛穎家族世系，再敘他以俘虜進入宮廷服務，深得皇帝信任，升為中書令，後因年老，而被疏遠；整篇都寫人物，事事與筆關聯。生動奇妙，寓意頗深。所謂「君今不中書耶」等語，嘲諷官僚的昏庸，毛穎年老見疏的結局，感慨仕途的浮沉。

➲【原文】

毛穎者，中山人也[1]。其先明[2]，佐禹治東方土[3]，養萬物有功，因封於卯地，死為十二神[4]。嘗曰：「吾子孫神明之後，不可與物同，當吐而生[5]。」已而果然[6]。明　八世孫𪨷兔[7]，世傳當殷時居中山，得神仙之術，能匿光使物[8]，竊姮娥[9]、騎蟾蜍入月[10]，其後代遂隱不仕雲。居東郭者䝮(ㄐㄩㄣˋ)[11]，狡而善走，與韓盧爭能[12]，盧不及，盧怒，與宋鵲謀而殺之[13]，醢其家[14]。

秦始皇時，蒙將軍恬南伐楚[15]，次中山[16]，將大獵以懼楚[17]。召左、右庶長與軍尉[18]，以《連山》筮之[19]，得

277

天與人文之兆[20]。筮者賀曰:「今日之獲,不角不牙[21],衣褐之徒[22],缺口而長須,八竅而趺居[23],獨取其髦[24],簡牘是資[25]。天下其同書,秦其遂兼諸侯乎!」遂獵,圍毛氏之族,拔其豪,載穎而歸,獻俘於章台宮[26],聚其族而加束縛焉。秦始皇帝使恬賜之湯沐[27],而封諸管城[28],號曰管城子,日見親寵任事。

穎為人,強記而便敏,自結繩之代以及秦事[29],無不纂錄[30]。陰陽、卜筮、占相、醫方、族氏、山經、地志、字書、圖畫、九流、百家[31]、天人之書,及至浮圖、老子、外國之說,皆所詳悉。又通於當代之務,官府簿書、市井貨錢注記,惟上所使。自秦皇帝及太子扶蘇、胡亥、丞相斯、中車府令高,下及國人,無不愛重。又善隨人意,正直、邪曲、巧拙,一隨其人[32],雖後見廢棄,終默不泄。惟不喜武士,然見請,亦時往。累拜中書令[33],與上益狎[34],上嘗呼為「中書君」。上親決事,以衡石自程[35],雖宮人不得立左右,獨穎與執燭者常侍,上休方罷。穎與絳人陳玄[36]、弘農陶泓及會稽褚先生友善[37],相推致,其出處必偕[38]。上召穎,三人者不待詔輒俱往,上未嘗怪焉。

後因進見,上將有任使,拂拭之,因免冠謝[39]。上見其髮禿,又所摹畫不能稱上意[40],上嘻笑曰:「中書君老而禿,不任吾用。吾嘗謂君中書[41],君今不中書耶?」對曰:「臣所謂盡心者[42]。」因不復召,歸封邑,終於管城。其子孫甚多,散處中國夷狄[43],皆冒管城[44],惟居中山者,能繼父祖業。

太史公曰[45]:毛氏有兩族,其一姬姓,文王之子,封於毛[46];所謂魯、衛、毛、聃者也[47];戰國時有毛公、毛

遂〔48〕。獨中山之族，不知其本所出，子孫最為蕃昌。《春秋》之成，見絕於孔子〔49〕，而非其罪。及蒙將軍拔中山之豪〔50〕，始皇封諸管城，世遂有名，而姬姓之毛無聞。穎始以俘見〔51〕，卒見任使，秦之滅諸侯，穎與有功，賞不酬勞〔52〕，以老見疏，秦真少恩哉！

【注釋】

〔1〕中山：中山，戰國時期國名，後被趙國吞滅。即今河北定州市。據傳此地兔毫制筆最宜。所以傳中把毛穎籍貫定為中山。

〔2〕明𥆨：兔之又名，出自《禮記·曲禮下》。𥆨字同「視」。

〔3〕佐禹：依據古代十二屬相之說，卯屬兔，十二支的卯位在東方，東方春能生萬物，因此傳中就說「佐禹治東方土，養萬物有功，因封於卯地，死為十二神」。

〔4〕十二神：即十二屬相。

〔5〕當吐而生：古代曾有兔「口中吐子」的傳說，見於《論衡》、《博物志》。

〔6〕已而：不久之後。

〔7〕需兔：兔所生崽。

〔8〕匿光使物：匿光，在陽光下能夠隱蔽身形使人看不見；使物，役使鬼物為其效勞。

〔9〕竊姮娥：古代神話，後羿（夏代諸侯）向西王母要來不死之藥，他的妻子姮娥（又作嫦娥）偷了吃下，騰空奔月。

〔10〕騎蟾蜍：古代神話，月中有兔和蟾蜍。

〔11〕駿（ㄐㄩㄣˊ）：《新序·雜事》記載，齊國有兔叫東郭，

一天能走五百里。《戰國策·齊策三》又記東郭逡與韓盧爭能的故事。

〔12〕韓盧:韓,韓國;盧,黑色,犬名。韓盧是古代傳說名犬。又稱韓國盧、韓子盧、韓盧。

〔13〕宋鵲:宋國名犬。鵲又作。

〔14〕醢(ㄏㄞˇ):肉醬。用為動詞,剁成肉醬。

〔15〕蒙將軍恬:過去傳說秦朝蒙恬造筆,並不確實。中華人民共和國成立後在戰國墓葬中即已發現毛筆。可能蒙恬在制筆方法、材料上有所改進,使筆趨於精良,因而人稱蒙恬造筆。

〔16〕次中山:次,軍隊停駐。中山在秦國東北,楚國處秦國東南,似不當説「南伐楚,次中山」。不過這是寓言,不需拘泥。

〔17〕懼:用為使動,威脅,使(楚)畏懼。

〔18〕左、右庶長:秦代爵位名稱,左庶長第十級,右庶長第十一級。軍尉:護軍都尉,秦代官名。

〔19〕《連山》:相傳《易經》在夏代叫《連山》,在殷代叫《歸藏》。筮:卜筮,用著(ㄕ)草之莖占卜。

〔20〕天與人文之兆:《易經·賁卦》象傳:「觀乎天文以察時變,觀乎人文以化成天下。」天文指天象,人文指世態。兆,卦兆,迷信所説卦象顯示的未來情況。

〔21〕不角不牙:不長犄角,不長犬齒,是雙關「兔」,下文「衣褐之徒,缺口而長鬚,八竅而趺居」都是雙關「兔」。

〔22〕衣(一ˋ):用為動詞,穿著。

〔23〕趺(ㄈㄨ)居:趺坐,盤腿而坐。

〔24〕髦:古代兒童下垂至眉的頭髮,引申為俊秀之士。

〔25〕簡牘:簡,竹制或木制的長形薄片,編以皮繩;牘,書板。秦代以前所用書寫材料,後被紙張代替。資,憑藉,依靠。「是

資」如說「資是〔靠它〕」。

〔26〕章台宮：秦時宮名。

〔27〕湯沐：指湯沐邑，古代天子賜給諸侯供其生活的封地。稱為湯沐，意為沐浴齋戒，準備朝見。

〔28〕管城：縣名，西周管叔（文王之子）封地（今河南鄭縣）。因為筆毫插入筆桿，筆桿是竹管制的，就說毛穎「封於管城」「號曰管城子」。

〔29〕結繩：古書曾有「上古結繩而治」之說，沒有發明文字以前，人類有過一段利用繩子打結記載事情的歷史。

〔30〕纂錄：纂（ㄗㄨㄢˇ），編集。錄，記錄。

〔31〕百家：戰國時期，百家爭鳴，主要流派為九家：儒家、墨家、名家、法家、道家、陰陽家、縱橫家、農家、雜家。每家都有很多門人，門人之間在理論上不盡相同。故有九流百家之稱。

〔32〕一：全，盡。

〔33〕中書令：中書省（主管奏議，後改執掌機密、草擬詔書）的長官，地位極高。這一官職不是秦代所有，不必拘泥。

〔34〕狎：親近。

〔35〕衡石：衡，秤，作動詞用，稱取；石，一百二十斤。程：限度，作動詞用，作為定額。

〔36〕絳人陳玄：雙關「墨」。唐代絳州（今山西絳縣）進貢墨。墨為黑色（玄），以陳久（陳）為佳品。

〔37〕弘農陶泓：雙關「硯」。唐代虢州（今河南靈寶縣）古為弘農郡，進貢硯。硯為陶制（陶），其中可以容水（泓）。會稽褚先生：雙關「紙」。唐代會稽（今浙江紹興市）進貢紙。紙為楮木纖維所制，漢代有褚先生（名少孫），補《史記》，有文名，文中以諧音稱褚（楮）先生。

〔38〕出處：出仕為官和在家閑住。

〔39〕免冠謝：脫下帽子謝罪。古代士大夫除了居喪或者有罪，不脫帽子。傳中以「免冠」雙關摘下筆帽。

〔40〕稱（ㄔㄣˋ）：合，滿。

〔41〕中書：本為官名，中，在宮廷中；書，管理和草擬文書。此處一語雙關，中，適合；書，書寫。「嘗謂君中書，君今不中書耶？」諷刺當時朝臣昏庸無能。

〔42〕盡心：雙關筆鋒（筆毫中心）已盡。

〔43〕中國夷狄：中國，指中原地區；夷狄，指邊境少數民族地區。

〔44〕冒：假託。

〔45〕太史公曰：太史公，即司馬遷。《史記》在每篇紀傳後，都有「太史公曰」一段文字，或補史實，或作評論。本文完全依照史書列傳體裁，篇末也有此段文字，並托「太史公曰」。

〔46〕封於毛：出自《左傳》僖公二十四年。

〔47〕魯、衛、毛、聃：周文王四個兒子的封地。周公旦封在魯（今山東曲阜縣），康叔封在衛（今河南淇縣），毛伯鄭封在毛（今河南宜陽縣），聃季載封在聃（今河南開封市）。

〔48〕毛公、毛遂：都是戰國時人。毛公，趙人，隱於民間的賢士，事見《史記·魏公子列傳》；毛遂，平原君的門客，曾經自薦出使楚國，事見《史記·平原君列傳》。

〔49〕《春秋》之成，見絕於孔子：杜預（晉代學者，曾為《春秋左氏傳》作注）說過《春秋》「絕筆於獲麟」的話。

〔50〕及：介詞，到了……時候。

〔51〕見（ㄒㄧㄢˋ）：引見。

〔52〕與：參與。

【評析】

本文用人物傳記的形式寫毛筆的製作、使用和日久頭禿被主人所廢棄，因此模擬史傳筆法。第一段，先敘毛穎祖先明，封於卯地，死後為十二屬相，次敘需兔入月宮、齊東郭被害，如同史傳敘述先世。第二段借秦始皇大將蒙恬圍獵獻俘，隱喻聚毛制筆。「遂獵，圍毛氏之族，拔其豪，載穎而歸，獻俘於章台宮，聚其族而加束縛焉。秦始皇使恬賜湯沐，而封諸管城，號曰管城子，日見親寵任事。」處處雙關毛筆。第三段，敘述毛穎性情才能，句句切近毛筆特性。第四段，記述毛穎年老廢退及後裔，如同史傳交代人物的結局。第五段，模仿《史記》「太史公曰」評價毛穎的歷史功績，對其遭到疏遠抒發感歎。茅坤説：「設虛景摹寫，工極古今，其連翩跌宕，刻畫司馬子長。」

柳宗元《讀韓愈所著毛穎傳後題》對此文的奇特筆法和諧趣風格給予佳評：「有來南者，時言韓愈為《毛穎傳》，不能舉其辭，而獨大笑以為怪，而吾久不克見。楊子晦之來，始持其書，索而讀之，若捕龍蛇，搏虎豹，急與之角而力不敢暇，信韓子之怪於文也。世之模擬竄竊，取青媲白，肥皮厚肉，柔筋脆骨，而以為辭者之讀之也，其大笑固宜。且世人笑之也，不以其俳乎？而俳又非聖人之所棄者。《詩》曰：『善戲謔兮，不為虐兮。』《太史公書》有《滑稽列傳》，皆取乎有益於世者也。故學者終日討説答問，呻吟習復，應對進退，拘溜播灑，則罷憊而廢亂，故有『息焉遊焉』之説。不學操縵，不能安弦。有所拘者，有所縱也。大羹玄酒，體節之薦，味之至者。而又設以奇異

小蟲、水草、梨、橘柚，苦鹹酸辛，雖蜇吻裂鼻，縮舌澀齒，而咸有篤好之者。文王之昌蒲菹，屈到之芰，曾晳之羊棗，然後盡天下之奇味以足於口。獨文異乎？韓子之為也，亦將弛焉而不為虐歟？息焉遊焉而有所縱歟？盡六藝之奇味以足其口歟？」

❀ 二十七 燕喜亭記

【題解】

◆ 王公弘中，早年喪父，住在江南，以德行賢良、文章超逸而知名。貞元十年（西元 794 年），考中賢良方正，先後在京城、地方任職，為人正直，政績顯著，很受時人敬重。死時，天子罷朝，遠近相弔。韓愈多年跟他交往，兩度為其部屬，王公死後，為他作墓誌銘，又作神道銘，可以算是交誼深厚。王公不肯阿附權貴，曾與陽城一道力阻裴延齡任宰相；交友注重義氣，冒著風險援救被貶斥的朋友；體察民間疾苦，敢於革除弊政；排斥佛老，拆毀廟宇：這些都是韓愈所深表贊許的。王公被貶出任連州司戶參軍之時，韓愈為他寫了這篇《燕喜亭記》，記述燕喜亭風景區發現、建設的經過及其優美景致，稱頌王公既智且仁的君子之德，並且預祝他不久將會重返京城，成為朝中群臣表率。認真考察一番王公的處境以及作者跟他的友情，就會瞭解這不是那種庸俗的頌揚或者虛偽的應酬，而是出於一種真摯的相知、同情和敬佩。

● 【原文】

太原王弘中在連州[1]，與學佛之人景常、元慧者遊。異日[2]，從二人者[3]，行於其居之後，邱荒之間，上高而望，得異處焉。斬茅而嘉樹列，發石而清泉激；輦糞壤[4]，燔榛翳[5]，卻立而視之：出者突然成邱[6]，陷者岈然成谷[7]，窪者為池，而缺者為洞，若有鬼神異物，陰來相之[8]。自是，弘中與二人者，晨往而夕忘歸焉。乃立屋以避風雨、禦寒暑[9]。既成，愈請名之：其邱曰「　德之邱[10]」，蔽於古而顯於今，有　德之道也；其石谷曰「謙受之谷」[11]，瀑曰「振鷺之瀑」[12]，谷言德，瀑言容也；其土谷曰「黃金之谷」[13]，瀑曰「秩秩之瀑」[14]，谷言容，瀑言德也；洞曰「寒居之洞」[15]，志其入之時也；池曰「君子之池」[16]，虛以鐘其美[17]，盈以出其惡也[18]；泉之源曰「天澤之泉」[19]，出高而施下也[20]；合而名之以屋，曰「燕喜之亭」，取《詩》所謂「魯侯燕喜」者[21]，頌也。於是州民之老，聞而相與觀焉[22]。曰：「吾州之山水名於天下[23]，然而無與燕喜者比；經營於其側者相接也[24]，而莫直其地[25]。凡天作而地藏之，以遺其人乎[26]？」

弘中自吏部郎貶秩而來[27]，次其道途所經[28]：自藍田[29]，入商洛[30]，涉淅湍[31]，臨漢水[32]，升峴首[33]，以望方城[34]，出荊門[35]，下岷江[36]，過洞庭[37]，上湘水[38]，行衡山之下[39]，繇郴逾嶺[40]，猨狄所家[41]，魚龍所宮[42]，極幽遐瑰詭之觀[43]，宜其於山水飫聞而厭見也[44]！今其意乃若不足。傳曰[45]：「智者樂水，仁者樂山[46]。」弘中之德，與其所好，可謂協矣[47]：智以謀之[48]，仁以居之[49]。吾知其去是而羽儀於天朝也不遠矣[50]，遂刻石

以記。

【注釋】

〔1〕太原：府名，即今山西太原市。王弘中：名仲舒，字弘中，並州祁縣（今山西祁縣）人，曾任中書舍人、洪州刺史等職。貞元十九年（西元803年），從吏部員外郎貶為連州司戶參軍，在任期間，建立燕喜亭。連州：今廣東連州市。

〔2〕異日：他日，後來某天。

〔3〕從：使⋯⋯從，亦即帶著（二人）。

〔4〕輦：用為動詞，用車運走。

〔5〕燔（ㄈㄢˊ）：燒毀。樅（ㄗ）：立著枯死的樹木。殪（一ˋ）：自己倒下的樹木。殪，「殰」字的通假。

〔6〕突然：高高突出的樣子。

〔7〕岈然：凹下空闊的樣子。

〔8〕陰：暗中。

〔9〕立屋：指建造燕喜亭。

〔10〕俟（ㄙˋ）德：俟，一作俟，等待。邱名俟德，意為等待有德之人，寓有頌揚王弘中的意思。

〔11〕謙受：《尚書‧大禹謨》：「滿招損，謙受益。」意思是說，驕傲自滿，就要招來損害；謙虛待人，就能增加知識。谷名「謙受」，即取這個意義。

〔12〕振鷺：奮飛的鷺鷥，這是依照瀑布形狀命名。

〔13〕黃金：土壤黃色，所以土谷名為黃金穀。

〔14〕秩秩：有順序的樣子。

〔15〕寒居：明為冬日居留，暗喻貶官時住。

〔16〕君子：是說此池有君子之德，即下文所謂「鐘美」、「出惡」。

〔17〕虛以鐘其美：比喻人能謙虛，集中美好品德，吸收有用的知識。

〔18〕盈以出其惡：比喻人能上進，排除自身的污垢，克服存在的缺點。

〔19〕天澤：泉水自高向低而流，猶如上天所降恩澤。

〔20〕施（一`）：延續，綿延。

〔21〕《詩》：《詩經》，我國西周時期到春秋時期詩歌總集，分為風、雅、頌三部分，其中多數是民間歌謠，少數是貴族詩歌。共三百多篇。又稱《詩三百》或《三百篇》。傳說孔子曾經修訂《詩經》，成為儒家「六經」之一。「魯侯燕喜」：出自《詩經·魯頌·宮》，這首詩歌頌魯僖公能恢復周公故地。「魯侯燕喜」，是說僖公宴飲喜悅。韓愈取「燕喜」二字作亭名，含有歌頌之意。

〔22〕相與：共同，一起。

〔23〕名天下：即名（於）天下（在天下有名）。

〔24〕經營：測量土地、建造房屋。相接：相連，一個接著一個。

〔25〕直：「值」字的通假，遇到。

〔26〕遺（ㄨㄟ`）：贈給，賜予。其人：相當的人，合適的人。「其」字是代詞，這裡意義較活。

〔27〕吏部郎：王弘中曾任吏部員外郎。貶秩：貶職，降級，因為官職是按等級高低分的。唐代官制分為九品三十級。秩，祿秩，官階。

〔28〕次：用為動詞，依次列舉。

〔29〕藍田：今陝西藍田縣。

〔30〕商洛：今陝西商洛市商州區。

〔31〕淅湍：二水名。淅水，在河南淅川縣西南；湍水，源出今河南內鄉縣北芬山。

〔32〕漢水：發源陝西，至湖北省漢陽匯入長江。

〔33〕峴（ㄒㄧㄢˋ）首：即峴山，在湖北襄陽市襄州區。

〔34〕方城：山名，在河南葉縣。

〔35〕荊門：縣名，在今湖北荊門市。

〔36〕岷江：水名，在四川。

〔37〕洞庭：我國著名大湖之一，在湖南省內，北通長江。

〔38〕湘水：在湖南省，今稱湘江。

〔39〕衡山：我國五嶽之一（南嶽），在湖南省。

〔40〕繇：同「由」。郴（ㄔㄣ）：今湖南郴縣。逾，跨過。嶺，南嶺。

〔41〕猨狖（ㄧㄡˋ）：猨字同「猿」；狖，猴類。家：用為動詞，居住，棲息。

〔42〕宮：用為動詞，居住，棲息。

〔43〕極：用為動詞，看盡，看遍。幽：深邃。遐：遙遠。瑰：奇偉。詭：怪異。觀：景象。

〔44〕飫（ㄩˋ）：飽。厭：飽，一作饜。

〔45〕傳：古書記載。此處指《論語·雍也》。

〔46〕樂：用為意動，喜愛。

〔47〕協：協和，一致。

〔48〕智以謀之：「智以」，介賓結構，賓語前置。謀，謀劃，規劃。

〔49〕仁以居之：「仁以」，介賓結構，賓語前置。之，用法同「焉」。

◎ 文

〔50〕羽儀：本義是用羽毛飾於旌旗之類，作為標誌。引申為道德高尚的人得到提拔重用，成為當代表率。這裡預言弘中將被朝廷提拔。天朝：舊稱天子朝廷為天朝，相對分封諸侯及藩國而言。

【評析】

文中記述發現山水佳境及其動人之處：「斬茅而嘉樹列，發石而清泉激；輦糞壤，燔椔翳，卻立而視之：出者突然成邱，陷者呀然成谷，窪者為池，而缺者為洞，若有鬼神異物，陰來相之。」描寫山水，善用排比，給人以層見錯出、應接不暇之感。以下寫山水題名、路途經過，都用這種句式。至於先寫主人所好，映襯主人之德，後寫主人之德，照應主人所好，更是匠心獨運，別出心裁。

❀ 二十八 藍田縣丞廳壁記

【題解】

◆ 本文作於元和十年（西元 815 年）作者 48 歲時。藍田，縣名，京兆府所轄。唐代官廳，盛行壁記，從台省到郡縣，相習成俗。壁記主要記述官職調遷經過。本文以幽默詼諧的風格，細緻生動的描寫，暴露了封建官場的腐朽內幕，反映了長官獨攬大權，吏胥仗勢欺人，副職為了委曲求全，只好逆來順受、無所作為的情況。作者寫出這些，無非是要引起當權人物的注意。

● 【原文】

丞之職，所以貳令[1]，於一邑無所不當問。其下主簿[2]、尉[3]，主簿、尉乃有分職。丞位高而偪[4]，例以嫌不可否事[5]。文書行，吏抱成案詣丞[6]，卷其前，鉗以左手[7]，右手摘紙尾，雁鶩行以進[8]，平立，睨丞曰[9]：「當署。」丞涉筆占位署惟謹[10]，目吏問可不可。吏曰「得」，則退，不敢略省[11]，漫不知何事；官雖尊，力勢反出主簿、尉下。諺數慢，必曰丞，至以相訾謷[12]。丞之設，豈端使然哉[13]！

博陵崔斯立[14]，種學績文[15]，以蓄其有，泓涵演迤[16]，日大以肆。貞元初，挾其能，戰藝於京師[17]，再進，再屈千人[18]。元和初，以前大理評事言得失黜官[19]，再轉而為丞茲邑。始至，喟曰：「官無卑，顧材不足塞職[20]。」既噤不得施用[21]，又喟曰：「丞哉丞哉！余不負丞而丞負余！」則盡鑱去牙角[22]，一蹟故跡[23]，破崖岸而為之[24]。丞廳故有記，壞漏汙不可讀。斯立易桷與瓦[25]，墁治壁[26]，悉書前任人名氏。庭有老槐四行，南牆巨竹千梃[27]，儼立若相持[28]，水循號除鳴[29]。斯立痛掃漑[30]，對樹二松，日哦其間。有問者，輒對曰：「余方有公事，子姑去。」

考功郎中知制誥韓愈記[31]。

【注釋】

〔1〕貳：副，輔助。文中用為動詞。縣丞是縣令的副職，所以說貳令。

〔2〕主簿：掌管文書籍冊和監印事項。

〔3〕尉：掌管治安，督察盜賊。

〔4〕偪：同「逼」，迫近，威脅。縣丞的地位僅次於縣令，縣丞輔佐縣令處理政事，所有事務都可過問，因此很有可能發生跟縣令爭權之事。

〔5〕可否：用為動詞，即置可否。

〔6〕詣（一ˋ）：到。

〔7〕鉗：夾持。

〔8〕雁鶩：大雁、野鴨。行（ㄏㄤˊ）：用為動詞，排成行列。雁鶩行，像大雁野鴨一般排成行列。

〔9〕睨（ㄋㄧˋ）：斜視。輕傲，很不恭敬的神態。

〔10〕涉筆：用筆蘸墨。占位：估量何處簽名恰當（照例應當簽在縣令名字之下）。占，這裡表示選擇。

〔11〕省（ㄒㄧㄥˇ）：看。

〔12〕訾謷（ㄗㄠˊ）：詆毀，攻擊。

〔13〕端：本來。

〔14〕博陵崔斯立：博陵，郡名，在今河北安平縣。崔斯立，字立之，博陵人，貞元四年（西元788年）考中進士，貞元六年（西元790年）考中博學宏詞科。曾任大理評事。

〔15〕種學績文：以種谷績麻作比喻，辛苦求學，努力習文。

〔16〕泓涵：水勢深廣之狀。演迤：延伸，開闊。

〔17〕戰藝：搏戰文場，較量文才，即參加科舉考試。

〔18〕再屈千人：千人，極言其眾，並非實數。因為唐代應進士考者，每年三千人；而應博學宏詞科考者，人數很少。屈，折服；再，兩次。

〔19〕黜（ㄔㄨˋ）：貶退或者廢免。

〔20〕顧：連詞，只是，可是。塞：盡。

〔21〕喋：閉口（不敢說話）。

〔22〕蘖（ㄋㄧㄝˋ）：同「蘗」，伐樹所餘樹樁，引申為斷絕，除去。牙角：比喻棱角、鋒芒。

〔23〕一：完全。躪：踩踏。故跡：舊的腳印，舊的章程。

〔24〕崖岸：比喻高傲嚴峻之行。破崖岸，是說隨同流俗。

〔25〕桷（ㄐㄩㄝˊ）：椽子。

〔26〕墁：與「杇」同義，粉刷，塗抹。

〔27〕梃（ㄊㄧㄥˇ）：竿。

〔28〕儼：矜持的樣子。

〔29〕號（ㄍㄨㄛˊ）：水流聲。除：臺階。

〔30〕痛掃溉：痛，盡力；溉，洗滌。

〔31〕考功郎中知制誥：考功郎中，官名，屬吏部，執掌百官考績事項。知制誥，官名，屬中書省，執掌草擬詔令事項，其他官任此事者，叫兼知制誥。韓愈在元和九年，以考功郎中知制誥，也是兼任。

【評析】

　　縣丞地位僅次於令、長，但照官場舊習，為避免爭權之嫌，處理公事不置可否，只是履行簽署手續。「文書行，吏抱成案詣丞，卷其前，鉗以左手，右手摘紙尾，雁鶩行以進，平立，睨丞曰：『當署。』丞涉筆占位署惟謹，目吏問可不可。吏曰『得』，則退，不敢略省，漫不知何事；官雖尊，力勢反出主簿、尉下。」「庭有老槐四行，南牆巨竹千梃，儼立若相持，水㶁除鳴。斯立痛掃溉，對樹二松，日哦其間。有問者，輒對曰：『余方有公事，子姑去。』」這些地方描寫生動逼真，而且富有諷刺意味。前人評道：「極意摹寫，見其流失非一日，既為斯立

發其憤懣，亦望為政者聞之，使無失其官也。」

❀ 二十九 祭十二郎文

【題解】

◆ 十二郎是韓愈次兄韓介的兒子，韓愈長兄韓會的繼子，在韓氏家族中排行十二，故稱十二郎。名叫老成。老成正當年輕之時，竟於貞元十九年（西元803年）五月死於江南。韓愈幼年喪父，兄嫂韓會夫婦把他撫養成人，從小就跟十二郎共同生活，感情深摯。後來三個哥哥都先後夭折了，大嫂帶領他們叔侄輾轉南北，艱難度日。十二郎之死，使他無限悲傷，寫了這篇哀慟欲絕的祭文。

➲【原文】

年月日[1]，季父愈[2]，聞汝喪之七日，乃能銜哀致誠[3]，使建中遠具時羞之奠[4]，告汝十二郎之靈：

嗚呼[5]！吾少孤，及長，不省所怙[6]，惟兄嫂是依[7]。中年[8]，兄歿南方[9]，吾與汝俱幼，從嫂歸葬河陽[10]，既又與汝就食江南[11]，零丁孤苦，未嘗一日相離也。吾上有三兄，皆不幸早世[12]。承先人後者，在孫惟汝，在子惟吾；兩世一身，形單影隻[13]。嫂嘗撫汝指吾而言曰：「韓氏兩世，惟此而已！」汝時尤小，當不復記憶；吾時雖能記憶，亦未知其言之悲也！

吾年十九，始來京城[14]。其後四年，而歸視汝。又四年，吾往河陽省墳墓[15]，遇汝從嫂喪來葬。又二年，吾佐董丞相於汴州[16]，汝來省吾，止一歲，請歸取其孥[17]。明年，丞相薨[18]，吾去汴州，汝不果來。是年，吾佐戎徐州[19]，使取汝者始行，吾又罷去[20]，汝又不果來。吾念，汝從於東，東亦客也，不可以久；圖久遠者，莫如西歸，將成家而致汝。嗚呼！孰謂汝遽去吾而歿乎[21]？吾與汝俱少年[22]，以為雖暫相別，終當久相與處，故舍汝而旅食京師，以求斗斛之祿[23]。誠知其如此，雖萬乘之公相[24]，吾不以一日輟汝而就也[25]！

去年，孟東野往[26]，吾書與汝曰：「吾年未四十，而視茫茫[27]，而髮蒼蒼[28]，而齒牙動搖[29]。念諸父與諸兄，皆康強而早世，如吾之衰者，其能久存乎？吾不可去，汝不肯來，恐旦暮死[30]，而汝抱無涯之戚也[31]。」孰謂少者歿而長者存，強者夭而病者全乎[32]？嗚呼！其信然邪？其夢邪？其傳之非其真邪？信也[33]，吾兄之盛德而夭其嗣乎[34]？汝之純明而不克蒙其澤乎[35]？少者強者而夭歿，長者衰者而存全乎？未可以為信也！夢也，傳之非其真也，東野之書，耿蘭之報[36]，何為而在吾側也？嗚呼！其信然矣！吾兄之盛德而夭其嗣矣，汝之純明宜業其家者[37]，不克蒙其澤矣！所謂天者誠難測，而神者誠難明矣！所謂理者不可推，而壽者不可知矣！

雖然，吾自今年來，蒼蒼者或化而為白矣，動搖者或脫而落矣，毛血日益衰[38]，志氣日益微[39]，幾何不從汝而死也[40]！死而有知，其幾何離？其無知，悲不幾時，而不悲者無窮期矣！汝之子始十歲[41]，吾之子始五歲[42]，少而強者不

可保，如此孩提者[43]，又可冀其成立邪？嗚呼哀哉！嗚呼哀
哉！

汝去年書云：「比得軟腳病[44]，往往而劇[45]。」吾曰；
「是疾也，江南之人，常常有之。」未始以為憂也。嗚呼！其
竟以此而殞其生乎[46]？抑別有疾而至斯乎[47]？汝之書，六月
十七日也；東野云：汝歿以六月二日[48]；耿蘭之報無月日。
蓋東野之使者不知問家人以月日[49]；如耿蘭之報[50]，不知當
言月日；東野與吾書，乃問使者，使者妄稱以應之耳[51]。其
然乎？其不然乎？

今吾使建中祭汝，弔汝之孤與汝之乳母[52]。彼有食可
守，以待終喪，則待終喪而取以來；如不能守以終喪，則遂取
以來。其餘奴婢，並令守汝喪。吾力能改葬，終葬汝於先人之
兆[53]，然後惟其所願[54]。

嗚呼！汝病吾不知時，汝歿吾不知日，生不能相養以共
居，歿不能撫汝以盡哀，斂不憑其棺[55]，窆不臨其穴[56]。吾
行負神明[57]，而使汝夭；不孝不慈，而不得與汝相養以生，
相守以死。一在天之涯，一在地之角，生而影不與吾形相依，
死而魂不與吾夢相接，吾實為之，其又何尤[58]！彼蒼者天
[59]，曷其有極[60]！自今已往，吾其無意於人世矣[61]！當求
數頃之田於伊、潁之上[62]，以待餘年。教吾子與汝子，幸其
成[63]；長吾女與汝女[64]，待其嫁。～～如此而已！

嗚呼！言有窮而情不可終，汝其知也邪？其不知也邪？嗚
呼哀哉！尚饗[65]！

【注釋】

〔1〕年月日：祭文有的寫明年月日，也有並不寫明的。此文，《文苑英華》作「貞元十九年五月二十六日」。

〔2〕季父：叔父。古代父親一輩中排行最末的，稱為季父。現在只有伯父、叔父之稱。

〔3〕銜哀：含著哀痛。

〔4〕建中：人名，韓愈派去祭奠十二郎的使者。時羞之奠：時羞，應時美味的食物。奠，祭奠，此處用為名詞，祭品。

〔5〕嗚呼：嘆詞，用於表達強烈的感歎。祭文用它表示極度悲慟。

〔6〕省：知道，記得。怙（ㄏㄨˋ）：依靠。《詩經‧小雅‧蓼莪》：「無父何怙。」這裡指代父親。韓愈幼年喪父，因此不記得父親。

〔7〕惟兄嫂是依：代詞「是」字複指前置賓語「兄嫂」，這是古代賓語前置的特有格式。兄嫂，指韓愈長兄韓會及其妻鄭氏。

〔8〕中年：韓會死時年僅四十出頭。

〔9〕兄歿南方：唐代宗大曆十二年（西元777年），韓會由於元載（宰相）黨案，被貶為韶州刺史，死於任所。

〔10〕河陽：縣名，故城在今河南孟州市，是韓氏的老家。

〔11〕就食江南：唐德宗建中二年（西元781年），北方藩鎮李希烈等作亂，社會動盪不安。韓愈隨嫂遷居宣州（今安徽宣城市宣州區），因為那裡有韓氏置的土地住宅。

〔12〕早世：早死，夭折。

〔13〕形單影隻：孤獨淒涼。

〔14〕始來京城：韓愈於唐德宗貞元二年（西元786年）自宣城游京城長安（今陝西西安市）。

〔15〕省：察看，探視。

〔16〕吾佐董丞相：董晉曾任丞相，故稱董丞相或董相公，他在貞元十二年（西元796年）任汴州節度使，韓愈為他的僚屬（觀察推官）。

〔17〕孥（ㄋㄨˊ）：妻子兒子的統稱，即家眷。

〔18〕薨（ㄏㄨㄥ）：古代公侯去世叫薨，唐代二品以上官員去世稱薨。

〔19〕佐戎徐州：貞元十四年（西元798年）在徐泗濠節度使張建封幕下任節度推官。佐戎，就是助理軍務。

〔20〕吾又罷去：貞元十六年（西元800年）張建封去世，韓愈回到洛陽。

〔21〕遽：突然，很快。

〔22〕少年：相當今語青年。

〔23〕斗斛之祿：很少的俸祿。斛（ㄏㄨˊ），古代十斗為一斛，南宋以後五斗為一斛。

〔24〕萬乘之公相：古代以兵車多少作為衡量諸侯國家大小的標準。兵車一輛有馬四匹叫做一乘。萬乘之國，就是有地方千里的大國。公相，指公侯、國相。萬乘之公相，借指高官顯爵。

〔25〕輟（ㄔㄨㄛˋ）：本義停止。這裡「輟汝」意思如同上文「舍汝」，即是丟下你，離開你。

〔26〕孟東野：孟郊，字東野，唐代著名詩人，韓愈的朋友，他去江南任溧陽縣尉，所以韓愈托他帶信。

〔27〕茫茫：不明，這裡形容眼已昏花。

〔28〕蒼蒼：頭髮斑白。

〔29〕齒牙：古代齒、牙有別，排列於牙床前部（靠近嘴唇）的叫齒，排列在牙床後部的叫牙。文中齒牙並舉。

〔30〕旦暮：早晚，不久。

〔31〕無涯之戚：無窮的悲痛。涯，邊；戚，悲。

〔32〕夭：夭折，早死。

〔33〕信也：這裡含有假設語氣，如果確實。

〔34〕嗣：後嗣，兒子。

〔35〕澤：遺澤，留給後代的福分。

〔36〕耿蘭：人名，宣州韓氏的僕人。

〔37〕業：用為動詞，經營家業。

〔38〕毛血：頭髮和血色，可作健康狀況的標誌，因此可以指代體質或身體。

〔39〕志氣：精神。

〔40〕幾何：多久。

〔41〕汝之子始十歲：十二郎（老成）有二子，長名湘，次名滂，這時韓湘十歲。

〔42〕吾之子始五歲：指韓昶。

〔43〕孩提：年紀幼小。孩，小兒；提，嬰兒需人提抱。

〔44〕比：近來。軟腳病：今稱腳氣病，起初雙腳軟弱無力，不能行走，隨之腿腫。這是食物當中缺乏維生素B1所致。

〔45〕劇：嚴重。

〔46〕殞：通隕，墜落，喪失。殞其生，喪了命。

〔47〕抑：還是，選擇連詞。其……？抑……？構成選擇複句。斯：代詞，這個，這樣。

〔48〕以六月二日：以，表示在……時。

〔49〕蓋：副詞，表示不能肯定，大概。

〔50〕如：連詞，表示他轉，至於。

〔51〕妄：隨便，不顧事實。

〔52〕吊：慰問遭不幸之事（如喪親）者。

〔53〕先人之兆：祖先的墓地。韓氏祖墓在河陽。

〔54〕惟其所願：指其餘奴婢，在十二郎靈柩下葬後，或去或留，聽其自便。

〔55〕斂：通殮，入殮，安置死者屍體入棺。

〔56〕窆（ㄅㄧㄢˋ）：下葬。

〔57〕負：得罪，對不起。

〔58〕尤：過失，用為動詞，埋怨，責怪。

〔59〕彼蒼者天：出自《詩經·秦風·黃鳥》。人在痛苦至極時，往往呼天詰問。

〔60〕曷其有極：出自《詩經·唐風·鴇羽》。曷，何時；極，盡頭。悲痛什麼時候才有窮盡？

〔61〕無意於人世：無心去論人間的是非成敗，去求世俗的功名利祿。

〔62〕伊、潁：二水名。伊水出河南盧氏縣東南，注入洛水。潁水出河南登封縣西境潁谷，東南流入安徽，注入淮河，是淮河最大的支流。伊、潁之上，指韓愈家鄉。

〔63〕幸：希望。

〔64〕長：使動用法，使……長，養育。

〔65〕尚饗（ㄒㄧㄤˇ）：一作尚享，古代祭文經常用作結語，「請享用（祭品）吧！」尚，庶幾；饗，歆享，接受。

【評析】

這篇文章一反祭文要用韻語的常規，面對死者之靈，回憶早年叔侄患難與共的生活經歷，訴說幾番聚而複離的依戀感情，狀寫自己驚聞侄兒去世噩耗似夢似真、忽疑忽信的恍惚心態，悲

歎家境零落、世路坎坷的不幸遭遇，用口頭語，道家常事，絮絮吐訴，真切感人。「嗚呼！汝病吾不知時，汝歿吾不知日，生不能相養以共居，歿不能撫汝以盡哀，斂不憑其棺，窆不臨其穴。吾行負神明，而使汝夭；不孝不慈，而不得與汝相養以生，相守以死。一在天之涯，一在地之角，生而影不與吾形相依，死而魂不與吾夢相接，吾實為之，其又何尤！彼蒼者天，曷其有極！自今已往，吾其無意於人世矣！當求數頃之田於伊、潁之上，以待餘年。教吾子與汝子，幸其成；長吾女與吾女，待其嫁。～～如此而已！」這裡有悔恨，有傷悼，談家業，談子女，如同叔侄相見，有說不完的話，句句道來，感人肺腑。

✺ (END)

國家圖書館出版品預行編目 (CIP) 資料

韓愈新解 / 韓愈原著；陳霞村，胥巧生編
注. -- 初版. -- 臺北市：華志文化事業有限
公司, 2023.05
　　面；　公分. -- (諸子百家大講座 ; 25)
ISBN 978-626-97295-5-5(平裝)

844.15　　　　　　　　　112005581

系列／諸子百家大講堂 25

書名／韓愈新解

書號／D025

華志文化事業有限公司

原　著　韓愈
譯　注　陳霞村　胥巧生
執　行　編　輯　簡煜哲
美　術　編　輯　楊雅婷
封　面　設　計　王志強
文　字　校　對　陳欣欣
企　劃　執　行　張淑芬
總　編　輯　黃志中
社　長　楊凱翔
出　版　者　華志文化事業有限公司
電　子　信　箱　theway.a1688@msa.hinet.net
地　址　116 台北市文山區興隆路四段九十六巷三弄六號四樓
電　話　0937075060

總　經　銷　商　旭昇圖書有限公司
地　址　235 新北市中和區中山路二段三五二號二樓
電　話　02-22451480
傳　真　02-22451479
郵　政　劃　撥　戶名：旭昇圖書有限公司（帳號 12935041）

出版日期　西元二○二三年五月初版第一刷
Printed In Taiwan

版權所有　禁止翻印

本書由三晉出版社授權獨家發行繁體字版權

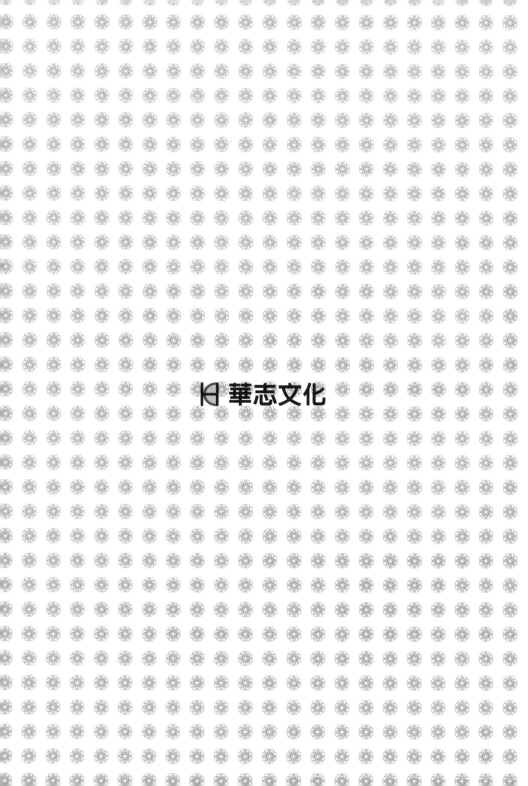

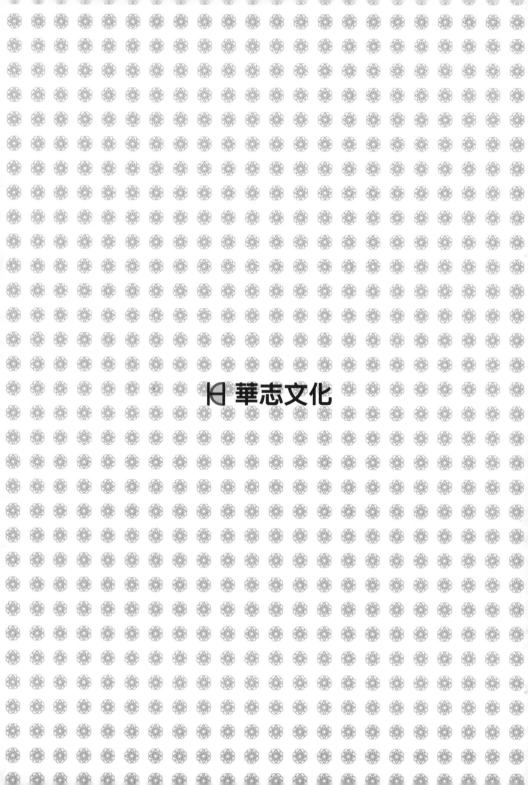
華志文化